btb
Aus Freude am Lesen

btb

Buch

Als Pierre sechs Jahre alt ist, verschwindet seine Mutter Nelly. Ohne ein Wort, mitten in der Nacht. Notgedrungen muss Pierre den fragwürdigen Erklärungen seines Vaters Marc Glauben schenken, der behauptet, Nelly habe sie beide verlassen. Seitdem verbindet Vater und Sohn eine seltsame Hassliebe, geprägt von Misstrauen und Sprachlosigkeit, von der ständigen Sehnsucht nach der Mutter und Geliebten. Bis Marcs Lügengebäude eines Tages in sich zusammenstürzt und Pierre sich verzweifelt gegen den Mann wendet, der nur vorgibt, sein Vater zu sein …
»Nellys Lachen« ist die Geschichte einer zerstörerischen Leidenschaft und eine fesselnde literarische Studie über die dunklen Seiten der Liebe.

Autor

Yann Queffélec gehört zu den angesehensten französischen Autoren der Gegenwart. 1985 wurde er für seinen internationalen Bestseller »Barbarische Hochzeit« mit dem Prix Goncourt ausgezeichnet. Auch »Nellys Lachen«, Queffélecs zehnter Roman, eroberte in Frankreich umgehend die Bestsellerlisten. Der Autor lebt mit seiner Familie in Paris und in der Bretagne.

Yann Queffélec

Nellys Lachen

Roman

Aus dem Französischen
von Doris Heinemann

btb

Die Originalausgabe erschien 2000 unter dem Titel
»Osmose« bei Éditions Robert Laffont, Paris.

Umwelthinweis:
Alle bedruckten Materialien dieses Taschenbuches
sind chlorfrei und umweltschonend.

Der btb-Verlag ist ein Unternehmen der Verlagsgruppe
Random House.

1. Auflage
Genehmigte Taschenbuchausgabe März 2005

Umschlaggestaltung: Design Team München
Umschlagfoto: Uwe Suthmann
Satz: IBV Satz- und Datentechnik GmbH, Berlin
SR · Herstellung: Augustin Wiesbeck
Made in Germany
ISBN 3-442-73279-4
www.btb-verlag.de

FÜR ÉLISABETH,
NEVEN
UND LÉONORE

… denn er war nun schon erfahren genug, um zu
begreifen, dass diese Fantasien auf dem Grunde
der Seele eine Ablagerung von Trauer zurückließen,
die sich Tag um Tag anhäufen würde:
und die wäre dann am Ende die wahre Ursache
des Sterbens.

GUISEPPE TOMASI DI LAMPEDUSA

KAPITEL 1

Die *Désertas* kroch auf den Horizont zu. Pierre döste am Bug, er saß auf der Ankerwinde. Er hätte sich gern ausgestreckt, aber das Blech war glühend heiß. Am Abend wurde es lauwarm, in der Nacht war es eiskalt. Bei jeder Bewegung klirrten die Handschellen. Eine Hand war frei, die andere mit einem Edelstahlreif an die Ankerkette geschlossen. Sie vibrierte, der Edelstahlreif auch, es tat weh. Wenn sie bloß nicht den Anker warfen. Er wandte sich um und sah sie am Ruderhaus stehen. Der Bulle in dem eng sitzenden Overall kümmerte sich um ihn. Mit an der Taille baumelndem Schlagstock brachte er ihm zu essen, gab ihm zu trinken, begleitete ihn zur Toilette. Er steckte ihm eine Zigarette zwischen die Lippen, und kommentarlos, an die Reling gelehnt, rauchte Pierre sie. Wann sind wir da? Bald, antwortete der Bulle.

Schon seit drei Tagen waren sie bald da, seit drei Tagen waren sie unterwegs, vielleicht auch seit zehn oder zwanzig. Pierre verlor die Orientierung, die Zeit glich dem Horizont, nie fern, nie da, bald. Er war sich keiner Sache sicher, nur seiner Angst. Angst zu leben, Angst zu sterben, Angst vor seinem Schatten auf dem Metall, Angst vor dem an das schwarze Kettenglied geschlossenen Edelstahlreif. Sein Blick folgte der straffen Kette bis zu dem klaffenden Loch, man konnte das blaue Wasser darunter sehen. Es war so einfach, ihn verschwinden zu lassen. Wer würde sich seinetwegen Gedanken machen? Sie mussten nur warten, bis ihn die Sonne auf dem Blech halb geschmolzen hätte und er schon fast tot wäre, und dann den Anker werfen. Sie logen ihn an, die Richter wie die Bullen. Es ging nicht nach Désertas, der weit vor der Küste liegenden Anstaltsinsel. Alles nur Geschwätz: die zehn Jahre Haft und die Hoffnung, man werde sich ändern und eines Tages eine nahezu intakte Freiheit zurückgewinnen. Er sah seine gefesselte Hand und wusste, was ihn erwartete: das Rasseln einer Stahlmasse, die ihn mit in die Tiefe riss.

Der Schatten des Bullen schob sich über seinen. Er hatte ihn nicht kommen hören.

»Wir sind gleich da.«

Eine der Wolken am Horizont war vielleicht ein wenig dunkler, ein wenig dichter über dem Wasser, war vielleicht eine Insel.

Der Bulle ließ sich mit einem Knie auf das Blech nieder, schloss den Edelstahlreif vom schwarzen Kettenglied los und befestigte ihn an seinem Handgelenk.

»Na, Kleiner, wen haben wir denn kaltgemacht?«

»Niemanden.«

»Deine Freundin?«

»Nein.«

»Deine Mutter?«

»Die ist tot.«

»Wäre dir doch zuzutrauen, deine Mutter umzubringen – oder?«

Lächelnd und spielerisch begann er Pierre zu ohrfeigen, lasche Schläge, die am Ende doch wehtaten.

»Du warst es, du hast sie kaltgemacht!«

»Nein.«

Der Bulle verfolgte Pierre um die Ankerwinde und presste ihn gegen die Reling. So aneinander gekettet wirkten sie wie zwei einarmige Boxer, von denen einer dafür bezahlt wurde, in Deckung zu bleiben, während der andere Maulschellen auszuteilen hatte, die zuweilen zu echten Faustschlägen gerieten. Pierre mochte noch so sehr den Kopf hin- und herbewegen, die Schläge trafen ihn auf die Nase, die Schläfen, er sah Funkengarben; er war sich keiner Sache sicher, nur seiner Angst.

»Gib's zu.«

Er versuchte sich trotz seiner Handschellen zu entziehen, ließ sich fallen; nein, es ist nicht wahr, sagte er; das Vibrieren des Motors übertrug sich auf die Blechwände, die Schläge hagelten auf seinen geschundenen Körper.

»Das ist doch nicht weiter schlimm«, flüsterte ihm der Bulle ins Ohr, er lachte, als er ihm den Kopf an den Haaren hochzog. »Wen hast du kaltgemacht?«

»Niemanden.«

»Deinen Vater?«

»Ich hab keinen.«

KAPITEL 2

Heute Abend oder nie, dachte Marc immer wieder und umklammerte das Lenkrad. Er fuhr ein bisschen schnell, eine Fahrweise, die seine Gesundheit gefährden konnte. Er hatte es eilig, nach Hause zu kommen, aber: Vorsicht. Man stirbt nicht am Abend vor der Hochzeit. Er hatte sich fein gemacht, sich ein jugendliches Aussehen gegeben. »Vergiss die Nelke im Knopfloch nicht, sprüh dir was unter die Arme …«, hatte sie gesagt. Nichts hatte sie gesagt, es war ihr egal. Das Mädchen konnte ihn nicht riechen. Er wollte sie, sie wollte nicht, die Heirat würde nichts ändern. Sie blühte auf, wenn er ging, verlosch, wenn er zurückkam. Sie lebte neben ihm, ohne ihn zu sehen, und beklagte, dass er es nicht genauso hielt. Er war verliebt, der arme Trottel, verliiiiebt! … Sie sagte: »Sieh woanders hin, Marc.« Und er sah woanders hin, bis zur Genickstarre, damit sie sicher sein konnte, dass er ihr nichts vom Schimmer ihrer nackten Waden stahl, damit ihm nur nichts ins Auge fiel. Getrennte Schlafzimmer, getrennte Nächte. Sie oben, er unten. Schlimmer als allein sein: nicht begehrt sein. Und noch schlimmer: in seiner Ecke, den Kopf unter dem Kopfkissen, begehren. Er heiratete sie, um sie aufs Kreuz zu legen, Tag und Nacht und immer wieder. Auch wenn sie ihn bis auf die Knochen ausnähme. Auch wenn sie sich nach einem halben Jahr scheiden ließe. Aber bis dahin: Hü, mein Mädchen …

Er ließ das Fenster herunter und atmete die eisige, mit der ganzen Kälte der Nacht gesättigte Luft ein. Wie er sie liebte, diese düstere Landschaft, diesen Fluss, auf dem sich keinerlei Leben abspielte, dieses weltverlorene Kaff in dem riesigen Tal. Und mehr noch liebte er Nelly, mit einer wunden, nach Atem ringenden Liebe. Heute Abend würde sie blechen, ihm für diese Liebe bezahlen, die sie seit Monaten mit Füßen trat, auf deren Kosten sie es sich gut gehen ließen, sie und ihr schreckliches Balg. Zwei Blutsauger. Schluss damit. Zug um Zug. Ich heirate die Mama; ich vögel die Mama. Gleich würde er das Haus unter den Linden sehen, das erleuchtete Küchenfenster. Als würde er vom guten Geist des Hauses erwartet, vom Heimchen am Herd, das schon ganz feucht wäre unter seinem Kittel. Stattdessen würde er eine sarkastische, abweisende Nelly antreffen, viel zu selbstgewiss und überlegen, er würde Pierrot winseln hören, den verdammten Sohnemann, jedermanns Sohn und auch seiner, denn er, Marc, war dämlich genug gewesen, ihn anzuerkennen und ihm seinen Namen zu geben. Jede Nacht, wenn er oben nachsah, fand er Nelly quer über dem Bett liegend, die Turnschuhe noch an den Füßen und den Jungen in den Armen. Mutter und Sohn schliefen eng umschlungen. Aber nachher würde er nicht wieder nach unten gehen, er würde sich nehmen, was ihm zustand. Ohne jedes Mitleid.

Wie oft hatte er sich genau das gesagt, wenn er aus dieser Kurve kam? Tausende Male. Beklommene Rückfahrten, schlaflose Nächte, frühe Morgen, an denen er das Knarren der Dielenbretter über sich hörte, das Quietschen der Wasserhähne, das Geräusch von Nellys Zahnbürste. Heute Abend war es anders. Er kam im Hochzeitsanzug, und wer Hochzeit sagt, meint auch Vollzug. Er hatte sich rasieren, maniküren und die Haare schneiden lassen, und er hatte sich in Schale geworfen: schwarzer Blazer mit Goldknöpfen, Krawatte und langer Mantel in Silbergrau, sogar den Mahagonikleiderbügel hatte er mitgekauft. Nelly würde ihn kaum wieder erkennen. Er würde den Schrecken in ihren Augen lesen, durch ihre zarte, durchscheinende Haut ihr Herz schlagen fühlen.

Da wären wir, seufzte er, als er den Wasserlauf durch die Weiden glänzen sah und auf der anderen Seite die Schattenmauer der Hügel.

Er schaltete Motor und Scheinwerfer aus und ließ den Wagen bis zum Tor ausrollen. Der Asphalt schimmerte wie Katzenfell. Er parkte unter dem Maulbeerbaum, zog die Handschuhe aus und strich sich übers Kinn. Er hatte sich äußerlich verändert, nicht mehr und nicht weniger. Genau wie sie. Er sah die Nelly des ersten Abends wieder, das nette rotwangige Mädchen in dem zu großen Fruit-of-the-Loom-T-Shirt, das knapp über den Po reichte. Jung und dumm. Nach ihrem Streit war sie für Monate verschwunden, um dann völlig verwandelt wieder aufzutauchen, die Augen grüner denn je, beängstigend schön.

Eine andere Frau. Er schlug die Augen wieder auf. Gerade jetzt durfte er nicht aussehen wie ein Junge, den der Blick einer Frau in tausend Stücke reißt, gerade jetzt durfte er nicht zögern. Er griff nach dem Blumenstrauß.

Draußen bemerkte er, dass die Temperatur rasch fiel. Dieser feine Regen wartete nur darauf, sich in Schnee und Glatteis zu verwandeln. Morgen früh, wenn er unter der warmen Decke läge, würde er das Tal entdecken wie ein Kind seinen ersten Weihnachtstag. Weiß würde es sein und mit toten Vögeln übersät. Er würde so lange im Bett herumgammeln können, wie er wollte. Endlich wäre es der schönste Tag seines Lebens.

Er verschmähte das Tor und stieg mit einem Schritt über das Gartenmäuerchen. Es war still, nur der hinter dem Gebüsch verborgene Fluss war zu hören. Das Haus war nur wenige Meter entfernt, ein kompakter Schemen, in dem sich unten das helle Fenster abzeichnete. Sie hätte die Außenlampe anknipsen können, dachte er. Das gehört sich so, wenn man seinen künftigen Ehemann zum Abendessen erwartet. Es sei denn, sie hat es sich anders überlegt. Es sei denn, sie hat sich mit Pierre aus dem Staub gemacht und nur einen Zettel hinterlassen unter dem Magneten an der Kühlschranktür. *Adieu.*

Dann würde er den Kragen seines Mantels hochschlagen und bei den Vögeln im Schnee schlafen.

Während er auf das Fenster zuging, fiel daraus ein ins Riesenhafte gedehnter menschlicher Schatten auf das Gras. Im selben Augenblick schien Nelly sich ihm hinter der Scheibe zuzuwenden. Mit niedergeschlagenen Augen schnitt sie Kerbel klein, die Schere war zu groß für ihre

Hand. Der kleine Körper, komm, mein Wieselchen … Ein hübsches Bild: die Gattin, die an den Kochtöpfen auf den Mann ihres Lebens wartet. Obwohl die Schale auf dem Tisch, halb voll mit irgendwelchem Grünzeug, wohl eher das Öko-Dinner für den lieben Kleinen enthielt. Aber schließlich hatte auch der das Recht zu futtern, seine Bäuerchen zu machen und nach Belieben in seiner Spinatpampe herumzumatschen. Umso besser würde er dann schlafen, ohne die Toten aufzuwecken oder den frustrierten Pimmel ein Stockwerk tiefer. Eines Abends, als Nelly das Kind fütterte und Pierre ewig am Sauger lutschte, hatte er gespottet: »Na, das macht ihm wohl Spaß, hat sein Vater auch so gern …« Nur gut, dass sie den Schluss nicht gehört hatte. Nur gut, dass er nicht gesagt hatte, was er eigentlich dachte: Du gibst ihm das Fläschchen, damit du ihm nicht vor meinen Augen die Brust geben musst. Du hast viel zu viel Angst, dass ich mich darauf stürze. Und ob er das tun würde. Aber Madame war ja so sensibel, sie mochte keine Typen wie ihn, die in alles ihre Nase steckten, alles verschlangen.

Auf dem Herd stand der große Topf. Was sie wohl kochte? Er hätte bloß an die Scheibe zu klopfen und zu fragen brauchen. Er tat es nicht, er blieb noch etwas vor dem Fenster stehen, den Blumenstrauß im Arm. Der Regen lief über seinen geschorenen Schädel. Unvermittelt hob Nelly den Kopf und blickte in die Nacht, ohne ihn zu sehen. Ihre Augen blickten zärtlich, fand er und war nicht glücklich darüber. Eine Zärtlichkeit mit sehr fernem Ursprung, geheim gehalten, eine innige Liebkosung. In deren Strahlungsfeld er nur zufällig geraten war. Am

Ende der Welt suchte sie eine verlorene Harmonie, die Augen eines Mannes, der sie bis aufs Blut schmelzen ließe. Über die Entfernung hinweg teilten sie dieselbe Erinnerung, dieselbe Erregung – im selben Augenblick. Fast hätte er die Scheibe eingeschlagen.

Als er durch die Küche hereinkam, stand sie immer noch an der Spüle, im Profil. Bei seinem Anblick fuhr sie unwillkürlich zusammen.

»Du hast dein Motorrad nicht reingestellt, Nelly, es regnet.«

Sie hielt eine Tomate in der Hand, er den durchweichten Nelkenstrauß. Sie ohrfeigte ihn nicht, aber in ihrer Iris flammte Wut. Auch er war aus der Fassung. Seine Augen tasteten über ihre Brust, ihre Beine, an die sich die schwarzen Leggings schmiegten wie eine zweite Haut, die silberfarbenen Turnschuhe mit den roten Schnürbändern. »Nicht schlecht«, flüsterte er, »gar nicht schlecht.« Auch der Lippenstift war nicht schlecht. Eine unverhoffte Gunst. Wenn er jetzt schluckte, würde sie es merken, würde misstrauisch werden. Er räusperte sich und sagte:

»Da …«

Mit einem gemurmelten Dank stellte Nelly die Blumen ins Becken. Kein Wort über sein verändertes Aussehen.

»Wie findest du mich?«

Sie fand zu ihrem trotzigen Gesichtsausdruck zurück.

»Bildschön. Was ist das da?« Sie legte einen Finger an die Wange.

»Ein kleiner Schorf. Ich hab die Warze wegbrennen lassen. Und sieh dir das an.«

Er lächelte und stülpte die Lippen vor, um das Zahnfleisch zu zeigen.

»Was sagst du dazu?«

»Wozu?«

»Ich hab den Zahnstein entfernen lassen.«

Wenn er mit der Zunge über die Zähne fuhr, fühlten sie sich an, als hätte man sie durch Oliven ersetzt.

»Sind sie nicht schön?«

»Sehr schön.«

»Nicht so schön wie deine.«

Wortlos hob sie den Deckel vom Kochtopf und setzte einen herrlichen Duft frei, der das ganze Haus zu beseelen schien. Es ging ihnen gut. Der Tisch war gedeckt, in den beiden Messingleuchtern auf dem als Tischdecke dienenden Pareo brannten Kerzen. Wer weiß, vielleicht waren sie glücklich. Bald würden sie es wissen.

»Setz dich, Marc, das Essen ist fertig. Frösche in *Beurre rouge*.«

»Hm, lecker, vor allem die Schenkel.« Marc rieb sich die Hände.

Im April gab es keine Frösche, allenfalls als Sonderangebot aus der Tiefkühltruhe. Sie kamen aus Asien, Hehlerware der internationalen Pharma-Banden. Man brauchte viel Gottvertrauen, um diese Schwarzmarkt-Embryos zu kochen.

»Fällt dir nichts auf?«

»Mir fällt ein hübscher Mantel auf, eine hübsche Krawatte, ein hübscher Haarschnitt – ich muss mich noch daran gewöhnen.«

Mit zwei Fingern zog er die Oberlippe nach vorn.

»Der Schnurrbart, Nelly, du hast den Schnurrbart vergessen. Beinahe hätte ich ihn dir zur Erinnerung mitgebracht, aber ich war mir nicht sicher, wie du reagieren würdest. Ihr steht ein bisschen auf Kriegsfuß, du und die Erinnerungen.«

»Kommt darauf an. Willst du in diesem Aufzug essen?«

Er zog den Mantel aus, legte ihn sorgfältig zusammengefaltet auf die Bank und setzte sich an den Tisch. Im schwarzen Blazer, die drei Goldknöpfe geschlossen.

Sie brachte den Kochtopf und füllte Marcs Teller. Er bekam einen Soßenspritzer ab. Sie entschuldigte sich nicht.

»Was ist das?« Er zeigte auf die Flasche, die in einem Metallkühler zwischen den Kerzenhaltern stand.

»Ouzo.«

Seit sechs Jahren rührte er keinen Alkohol mehr an. Ein Gelübde. Und ganz sicher würde er heute Abend nicht wieder damit anfangen. Er hatte etwas Besseres vor.

»Und was ist das für eine Irren-Musik?«

»Die Delfonics.«

»Und Pierre?«

»Schläft.«

»Dieses Kind hat eine echte Begabung zum Schlafen«, sagte er mit einem Blick zur Decke.

Er war bei seiner dritten Portion, die Knöchelchen stapelten sich am Tellerrand. Nicht zu lange gekocht und als Froschschenkel deklariert, schmeckten die Embryos nicht schlecht. Man beschmierte sich sämtliche Finger damit. Die Soße war missraten. Wie brachte Nelly es nur fertig, sich nicht zu bekleckern? Sie hatte sich die Nägel blasslila lackiert und Glitzercreme auf die Unterarme aufgetragen. *Er* bezahlte das Glitzerzeug, den Nagellack, die Cremes, die Leggings. Und *er* wurde von ihr zurückgestoßen wie ein aus dem Gebüsch auftauchender Satyr.

»Hervorragend. Du hast nicht gespart mit der Kartoffelstärke.«

»Es ist keine dran.«

»Dann also Maizena?«

»Auch nicht. Es ist ein Rezept von dir. Einfach nur eingekocht. Hast du es schon vergessen?«

Er trank ein Glas Wasser. Es war kein Wasser.

»Keinen Alkohol, hatte ich gesagt.«

»Nur zum Anstoßen.«

»Worauf?«

»Auf deinen Sohn.«

»Na, du hast wirklich keine Hemmungen!«

Er zwang sich ein Lachen ab und trank einen Schluck Ouzo. Den letzten. Er hatte einen echten Horror vor dem Alkohol, dieser zerstörerischen Lava. Nachdem sie ihn verlassen hatte, hatte er sich ganz allein davon geheilt. Und nun wollte sie sicherstellen, dass sie ihn gefahrlos heiraten konnte, dass sie ihre Lippen leuchten lassen konnte, ohne in ihm das Verlangen zu wecken, sie zu zerreißen. Kleiner Körper, mein Wieselchen, wofür hältst du mich eigentlich? Mechanisch hob er sein Glas und sah sie dahinter lächeln. Er sah ihre Zähne, das Fleisch ihrer Lippen und war kurz davor, sie anzuflehen. Er schob seine Hand über die Tischdecke und berührte sie am Unterarm, und die verstohlene Zärtlichkeit ließ sie vom Stuhl auffahren.

»Was ist los?«, fragte er verärgert.

»Davon kriegt man ja Gänsehaut.«

»Ich auch, aber mich stört sie nicht.«

Ihr Gesichtszüge wirkten seltsam entgleist. Entweder hatte sie Angst – aber vor wem? –, oder sie war betrunken. Würde sie ihm heute Abend enthüllen, wer der Vater seines Kindes war? Das würde er ihr nicht raten. Ein andermal gern, wenn sie ihren Lippenstift abgewischt hätte und er in der Lage wäre, ihr ein für alle Mal das Maul zu stopfen. Oder aber es war etwas ganz anderes. Sie bemühte sich, ihre Unruhe zu verbergen. Bei allem Großtun ging dem Mädel der Arsch auf Grundeis.

»Stoßen wir an«, sagte sie.

»Das haben wir doch schon.«

»Das meinst du nur«, murmelte sie.

Sie füllte sein Glas bis zum Überlaufen. Ich fange gerade an zu trinken, sagte er sich beinah beruhigt, aber diese Stimme gehörte schon nicht mehr zu ihm. Er griff nach der Flasche und goss erst ihr, dann sich selbst nach. Eine komische Sache, so ein Gelübde. Es schmilzt dahin wie eine Schneeflocke auf der Fingerkuppe. Anfangs macht es nichts weiter, die Götter üben keine Rache. Sie lachen dich nur aus. Worum hatte er gebeten? Nellys Rückkehr. Seit sechs Jahren war sie zurück. Morgen würden sie Mann und Frau sein. Und jetzt gleich Geliebte, ob sie wollte oder nicht. Er würde ihr einen Orgasmus verschaffen, ob sie wollte oder nicht. Er hatte das Leben noch vor sich, wenn er Nelly liebte. Wenn er sie nicht liebte, war er tot. Seit sechs Jahren war er tot. Auf dein Wohl, kleiner Körper. Die Götter hatten ihn schön drangekriegt!

»Wann war das noch, Marc, als du das letzte Mal Frösche gegessen hast?«

Sie saß nicht mehr am Tisch, sondern machte sich hinten an der Anrichte zu schaffen, es war wirklich ermüdend.

»Setz dich wieder hin, ich habe mir dir zu reden.«

»Also, wann war's?«

Jetzt auch noch Fragen. Wenn er etwas hasste, dann Fragen. Ab der dritten fühlte er sich gelöchert. Bei der vierten verlor er das Gedächtnis. Bei der zehnten schlief er mit geballten Fäusten ein, und man tat gut daran, ihn schlafen zu lassen.

»Keine Ahnung. Ich trage die Tage, an denen ich Frösche esse, nicht im Kalender ein.«

»Das solltest du aber! Und außerdem solltest du einen dieser schönen Knöpfe öffnen, sonst platzen sie ab.«

»Alle drei, wenn du willst.« Er knöpfte den Blazer auf. »Nun bist du dran, Wieselchen, knöpf dich ein bisschen auf, denk an die Hochzeitsnacht …«

»Erst gib Antwort.«

Allmählich hatte er genug. Da wäre noch dies, da wäre noch das. So war Nelly. Haare spalten und noch mal spalten. Dieser Drang, immer erst rumzumäkeln, bevor es in die Falle ging. Sie rechnete sich in den Schlaf. Wenn sie erst einmal im Bett lag, gab es kein Halten mehr. Die gute alte Zeit.

»Ich weiß es nicht, und ich will es auch nicht wissen.«

»Du willst es nicht wissen?«

»Ich geh dir auch nicht mit deiner letzten Bouillabaisse auf den Senkel.«

»Nicht so laut, Marc. Du schreist immer, wenn du lügst. Und wisch dir gefälligst den Mund ab.«

Sie ist es, die schreit. Sie ist wieder an den Tisch getreten und in einer strengen Haltung stehen geblieben.

»Du hast es vergessen? Ja? In der einen Hand hast du immer eine Tafel und in der anderen einen Schwamm. Und sie ist immer blitzsauber, deine Tafel!«

Er unterzog sie einer kurzen kritischen Musterung, die Augen, den Hals, die sich unter der grauen Strickjacke abzeichnenden Brüste, die Beine.

»Du wärest toll im Fernsehen. Vielleicht müsstest du noch was am Ausschnitt ändern.«

»Und du, du bist nirgends toll. Na, wann?«

Sie war boshaft freundlich, und er witterte eine Falle. Er kippte seinen Ouzo in den Kochtopf und trank eine Karaffe Wasser halb leer.

»Worauf willst du eigentlich hinaus?«

»Ich helfe dir ein bisschen auf die Sprünge. Wir erlebten gerade die große Liebe.«

»Wenn es die große Liebe war, hatte ich Wichtigeres im Sinn als Frösche.«

»Und das, das erinnert dich auch an nichts?«

Sie packte die Ouzoflasche am Hals, zerschlug sie an der Tischkante und hielt sie ihm unter die Nase.

»Du bist verrückt!« Er wich etwas zurück. »Komm, sei friedlich.«

»Und das?«

Sie ließ die Flasche los, griff in den Kochtopf und warf eine Hand voll Frösche auf seine Jacke. Er lachte, als hätten sie wirklich Spaß. Gut, dass er getrunken hatte. Er nahm eines der Froschschenkelpaare und zog es mit demonstrativer Langsamkeit auseinander, wie beim Krick-Krack-Spiel. Es war spannend. Krick: heute Abend; Krack: nie.

»Und das hier, Nelly, erinnert es dich an was? Stell es dir lebendig vor, das Tierchen, wie es sich die Leggings auszieht, woran erinnert es dich? Sieh nur, wie geschmeidig!« Er trennte die beiden Schenkel, er wollte es ihr vormachen, aber sie war schon nicht mehr im Zimmer. Sie stand an der Garderobe und zog eilig seine Felljacke über, völlig unbefangen, dabei hatte er ein Vermögen dafür gezahlt und lieh sie nicht gern her.

»Was machst du da?«

Bis zum Kinn vermummt und wortlos ging sie. Seine Braut.

»Warte!« Er stand auf. »Wo willst du hin?«

Sie war nicht mehr da. Die Tür stand weit offen. Ein schwarzes Loch mit Regenstreifen. Er setzte ihr nach, aber er kam zu spät zum Gartentor. Das Rücklicht des Motorrads entfernte sich in die Nacht.

Außentemperatur: 3°C. Stimmung: 0. Die Armaturen glommen grün. Hundert, hundertzwanzig Stundenkilometer. Hupend überholte er die Lastwagen. Im Vorbeifahren geriet er unter die Wasserfontänen und ordnete sich hupend wieder ein. Keine Nelly. Wie schnell konnte sie mit ihrem klapprigen Motorrad fahren? Eine einzige Inszenierung, dieser Abend. Die Rache einer Frau. Sie würde ihn nicht so einfach verlassen. Sie beide würden sich nicht verlassen. Morgen würden sie sich, ganz nach Plan, das Jawort geben. Sie hatte diese Heirat gewollt, sie sollte sie haben. Er würde sie zum Rathaus zerren. Er fluchte, während er fuhr. In seiner Jugend war er voller Selbstvertrauen gewesen, hundert Jahre würde er werden, aufrecht und stark würde er bleiben. In seiner Jugend waren die Mädchen Frösche, sie zogen vorüber. In seiner Jugend gab es keine Nelly.

Das Fenster war heruntergedreht, er erstickte und schlotterte zugleich, bekam Schneeflocken ins Gesicht und kniff die Augen zusammen. Im Scheinwerferlicht die Vögel, die verbaute Zukunft, die Lastwagen, die Erinnerungen. Alle waren sie noch da. Er hatte sie alle gespeichert, die nie abgelegten Hassgefühle und Verdächtigungen. Jeden Streit, bei dem ihn die Eifersucht überwältigt hatte, konnte er erneut durchleben. Ihre große Liebe, wie Nelly sagte, ihre schöne, große Liebe, so groß, dass sie sich von jemand anders ein Kind hatte machen lassen, so schön, dass sie zu ihr zurückkehrte, aber wohin? Mit wem? Er schlug die Stirn gegen das Steuer. Das letzte Mal, dass er Frösche gegessen hatte? Als passierte es gerade jetzt. Gestern, vorgestern, heute Abend, er aß sie jeden Tag bis zum Erbrechen. Ein Familienrezept, diese *Beurre rouge*, Rotwein und Schalotten einkochen lassen, man muss die Butter zwischen den Fingern kneten, ein Gefühl, das man nicht vergisst. Manche Erinnerungen ziehen einem die Haut vom Leibe.

Drei Motorradfahrer versperrten ihm die Straße, drei Fettärsche. Ein vierter röhrte von hinten heran. »Na los«, schrie Marc, »macht mich fertig, macht ihn fertig, meinen Allradantrieb mit Rammschutzbügel. Krick: Ich sterbe. Krack: Ich bringe sie um!« Er sah die Ausfahrt zum Limites-Pass auftauchen, verließ die Schnellstraße und fand sich auf dem Lande wieder. Er fuhr über die Dive und am Kraftwerk vorbei, einem großen weißlichen Klotz am Fuß der Hänge, im Wasser spiegelte sich die Kette seiner roten Lichtpünktchen.

Er ließ das Industriegebiet hinter sich und fuhr auf den Hügel zu, die Straße stieg an. Nach den ersten Kurven wurde der Schnee dichter, die Fahrbahn verschwand. Das einzige durch die Schneeflocken sichtbare Licht war das der Scheinwerfer. Wenn sie die Abzweigung zum Pass genommen hatte, konnte er Nelly Lebewohl sagen. Es bestand keinerlei Aussicht, da oben durchzukommen. Bestenfalls käme er gerade noch rechtzeitig, um einen erfrorenen und dringend einer Herzmassage bedürftigen Frosch mit steifen Schenkeln aus dem Schnee zu klauben. Dein kleiner Körper. Nelly. Ein plötzliches Reißen am Lenkrad ließ ihn fast gegen den Felsen schleudern. Es hätte nicht viel gefehlt, und er hätte in der Schlucht gelegen. Man sah absolut nichts. Fahl floss die Straße unter den Scheinwerfern weg, im Zickzack. »Nichts mehr los mit mir«, murmelte er und schaltete das Radio ein. Er gähnte, seine Augen brannten. Natürlich, sie hatte dafür gesorgt, dass er trank, dass er nicht mehr in der Verfassung war, ihr nachzujagen. Natürlich, sie hatte alles vorausgeplant. Allem Anschein nach war er der Angeschmierte, aber anders als Nelly glaubte er felsenfest an das Unvorhergesehene. Die einzige Art Gerechtigkeit, die er ernst nehmen konnte. Er schüttelte den Kopf und schloss das linke Auge, seine Technik, um nicht am Steuer einzunicken. Die Gedanken wenden sich dem anderen Auge zu, der Geist bleibt wach. Er sah sich mit der Küchenschere in der Hand und schloss das rechte Auge. Er hatte immer noch die Schere in der Hand. Nelly reichte ihm Banknoten, er schnitt sie in einen Topf, in dem eine rote Soße brodelte. Er wechselte das Auge. Er hatte die Schere immer noch. Er träumte nicht: Hinter ihr stand ein Mann. Sie küssten sich, Nelly hatte den Arm erhoben und zog den Fremden am Nacken zu sich. Mit einem Schrei öffnete er beide Augen.

Sein Herz schlug, dass ihm fast die Trommelfelle barsten. Da hinten, noch vom Schnee verschleiert, war ein Lichtschein. Er schaltete die Scheinwerfer aus, sah aber nichts mehr, und schaltete sie wieder ein. Wieder das Licht. Die Kurven ließen es aufleuchten und verschwinden. Es wurde größer, tanzte, ein Glühwürmchen, eine Illusion, verharrte. Jemand kam auf ihn zu. Ja, es war ein Motorrad, ja, es war Nelly. Barhäuptig, die Beine ausgestreckt, die Absätze im Schnee, fuhr sie mitten auf der Fahrbahn, ließ Fontänen ins Dunkel sprühen, eine Verrückte. Komm, mein Frosch, komm und heirate mich, hol dir deinen Ehering und deine Knete. Eine Kehre verdeckte sie, dann tauchte sie wieder auf, ganz zart, am Rande des Abgrunds. Auge für Auge sah er sie auf sich zukommen und suchte nach besänftigenden Worten, dein kleiner Körper. Er schaltete die Nebelscheinwerfer aus, geblendet vom Motorradscheinwerfer, der inzwischen riesig war, eine Lichtscheibe, in der Nellys zerzauste Mähne sichtbar wurde. Sie war nur noch etwa zwanzig Meter entfernt, sie versuchte ihm noch auszuweichen und sich seitlich an ihm vorbeizuschlängeln. Marc ließ das Lenkrad los, so dass die schlecht eingestellte Lenkung den Wagen nach links zog, und schloss die Augen.

Als er sie wieder öffnete, stand der Geländewagen am Rand der Schlucht. Er schaltete die Beleuchtung ein und stieg aus. An das warme Blech gelehnt, suchte er nach dem Lichtpunkt. Der Schnee fiel lautlos ins Dunkel. In wenigen Sekunden würde man keine Spur mehr sehen.

Als er nach Hause kam, liefen die Delfonics noch immer. Eine Kerze brannte noch auf dem Tisch. Er ging geradewegs zur Anrichte. In der Schublade fehlte keine einzige Banknote. Er trank einen Schluck Ouzo, stellte die Blumen in eine Vase und spülte das Geschirr. Diese Soße war ein Brei, war Leim, Kartoffel- und Maisstärke, eine einzige Schweinerei, der Topf war hin. Als er die Tischdecke abnahm, bemerkte er etwas zu seinen Füßen. Er neigte den Kopf und begegnete dem fragenden Blick eines kleinen Jungen im Schlafanzug.

»Wo ist Maman?«

KAPITEL 3

Der Tag auf Désertas ging zu Ende. Die Farben verblichen. Langsam, wie eine kleine Hand, schloss sich das Meer um die winzige Insel. Gleich würde sich die Hand wieder öffnen, und es wäre dunkel. Der Mond würde sein steinernes Auge am Horizont leuchten lassen, und die Engel würden vorüberstreichen. Nur sie machten Halt an diesem Erdenpunkt, an dem 27 Verbannte der Gesellschaft ihre Schuld zurückzahlten. Was sie getan hatten? Sie hatten nichts getan. Weder getötet noch gestohlen, noch alten Damen die Zähne eingeschlagen. Sie würden sich rächen. Man würde noch von ihnen hören. Sie hatten einen langen Arm. Verträumte, empfindsame, mutige, umgetriebene, fantasievolle Kinder, leichte Beute für Gespenster und böse Feen. Sie fürchteten sich vor dem Geist des Vulkans und dem Seeungeheuer in der Lagune. Aber der Krater auf Désertas war nur ein seit Jahrhunderten verstopfter alter Schlot und der Hai, so blutrünstig er auch sein mochte, bissig wie ein Märchenfisch; die Schwimmer, die hin und wieder von ihm verschlungen wurden, erwachten ohne den kleinsten Kratzer.

Die Sonne wurde vom Vulkan verdeckt, ein Duft wie von Orangenblüten durchzog die heiße Luft. Durch die Lorbeerbüsche am Ufer drangen Stimmen und Lachen. Die Versuchskarnickel hatten ihre Mahlzeit beendet und kamen über den Pfad. Der Erste, der am Strand auftauchte, trug einen Lederhut und hinkte leicht. Es war Gun, der Boss, vierzehn Jahre. Er litt an den Folgen eines Sonnenbrands, den er im Alter von weniger als einer Woche auf einem Dach davongetragen hatte. Er würde einfach nicht mehr gesund werden, basta. Er würde immer Brandblasen haben, und die würden immer brennen, basta. Und ebendeshalb war er, der Würdevolle, der Mürrische, Chef dieser Bande, die sich an seine schönen Reden klammerte, sich an seinen Brandblasen versengte und ihm auf Schritt und Tritt folgte: etwa ein Dutzend Jungs in Shorts, kurzärmeligen blauen Hemden und verschlissenen Leinenschuhen – die sieben Zwerge mit ihrem Schneewittchen, hätte man meinen können! Ein Dicker schob eine Schubkarre, ein anderer ließ lässig ein Transistorradio schlenkern, und weit abgeschlagen folgte ein Kleiner, er hatte einen undichten Kanister geschultert. *Kleiner* nannte man ihn, und seinen Bruder nannte man *Großer.*

Gun wandte sich in regelmäßigen Abständen um und beschimpfte sie. Auch die anderen wandten sich um und suchten die grüne Nacht über den Lorbeerbüschen ab, horchten auf die Geräusche der Gefahr. Sie hatten Angst vor den Aufsehern und vor allem vor dem Hund. Jeden Abend schlossen sie ihn in den Duschräumen ein, einen afrikanischen Hund mit ebenholzschwarz gestromten

Flanken, kahlen Ohren und geiferndem Maul – er hieß Mama.

Ein Feuer knisterte unter den funkelnden Sternen. Unterhalb der Lorbeersträucher saßen die Karnickel im Kreis und tranken die Worte ihres Chefs.

Durch den Hut größer wirkend, stand Gun schwankend im Sand und ließ seine Augen leuchten. Wieder einmal hatte man kein Schiff vorbeifahren, kein Flugzeug fliegen sehen, nichts, was von einem anderen Planeten fiel. Hat jemand irgendwas gesehen? Was hast du gesehen, Kleiner? Ein Flugzeug? Was für ein Flugzeug? Weiß mit Propellern, und hinter dem Vulkan ist es abgestürzt. Du hast sogar verbranntes Fleisch gerochen. Eines Tages wird deine Mutter nach verbranntem Fleisch riechen. Du wirst sehen, wie sie sich zwischen deinen Nudeln verteilt, und dann wirst du sie aufmampfen. Und es wird dir gut schmecken. Noch nicht mal die Knochen wirst du uns zum Abnagen geben. Allmählich gehst du uns auf den Geist, Kleiner, mit deinen Luchsaugen, die Flugzeuge abstürzen sehen! Wenn es wenigstens Kampfflugzeuge wären, wenn du uns Gewehre daraus holen würdest.

Einige lachten hämisch, und Gun ergriff wieder das Wort. Seine warme, raue Stimme konnte auflodern wie Feuer. Im Deklamieren ließ er seine großen hinkenden Schritte weiter ausgreifen, diese einst, als seine Schienbeine noch gleich lang waren und ein Ledermantel um seine Waden schlug, so majestätischen Schritte. Wieder einmal kein Hinweis auf die Lage der Insel, und solange sie die nicht kannten, war eine Flucht witzlos. In der

Schule hatte er gelernt, dass man jahrelang auf dem Ozean treiben konnte, ohne einer Menschenseele zu begegnen.

»Der Ozean ist so weit wie von hier bis zum Mond, und dann gibt's da auch noch Wirbelstürme.«

»Und da drin fliegende Untertassen«, fügte der Kleine hinzu. »Der Krieg der Sterne.«

Protestgemurmel wurde hörbar.

»Du erzählst immer nur Quatsch. Wirbelstürme sind leer. In meinem Dorf hat man Experimente gemacht, sie haben nichts gefunden.«

»Ich glaub nicht an Wirbelstürme. Auch so was, was man uns in der Schule erzählt hat, genau wie die Religion. Glaubst du etwa dran?«

»Wir scheißen drauf, auf die Wirbelstürme! Die helfen nur gegen verstopfte Klos, das gab's bei mir zu Hause.«

»Schnauze!«, brüllte Gun. »Wirbelsturm oder nicht, wir müssen hier weg. Und bis dahin gehen wir kein Risiko ein und beseitigen alle Verräter. Alle einverstanden?«

Beifälliges Gemurmel. Gun ließ seinen Blick über die um ihn versammelte Bande wandern. Er nahm seinen Hut nicht ab, aber er hob das Kinn, und man sah seine glänzenden Augen, seine Wimpern, die nie zuckten.

»Wir stimmen über die Exekution des Spitzels ab. Er hat uns in den Sack gesteckt, jetzt soll er selbst drin ersticken. Der Kerl ist nur ein kleiner Schnüffler, der extra vom Kontinent gekommen ist, um uns auszuspionieren. Spitzel waren es auch, die uns nach Désertas gebracht haben, und so was machen wir kalt. Wer ist für die Exekution?«

Alle Arme zeigten zu den Sternen.

»Bringt ihn her.«

Ein Fußtritt ließ einen Jugendlichen in den erleuchteten Kreis stolpern, wo Gun schon wartete. Die Hände des Jungen waren auf dem Rücken gefesselt, über dem nackten Oberkörper trug er einen schwarzen Blazer, von dem ein goldfarbener Knopf baumelte. Er war höchstens fünfzehn. An seinen glatten Lippen sah man, dass er hier neu war. Trotz seiner gekrümmten Haltung war er größer als Gun. Er hatte noch sein Fleisch auf den Knochen, Blut in den Adern und Gefühle in den schönen dunklen Augen, aus denen die Angst sprach. Er schwieg. Er hatte begriffen, dass er die von diesem hinkenden und beim Sprechen zitternden Bandenhäuptling geschaffene Spannung auf keinen Fall zerstören durfte.

»Auf die Knie!«

Pierre gehorchte. Unter seiner Nase waren Guns Tennisschuhe, der eine, gut geschnürt, stand mit der ganzen Sohle im Sand, der andere war auf die Spitze gestützt, seine Lasche stand ab, der Schnürsenkel fehlte. Die wachsamen Augen der etwas weiter entfernten Karnickel erinnerten an Vogel- oder Katzenaugen. Manche streckten sich, andere kauerten sich zusammen, er hörte ihre Stimmen, gelegentliches Lachen, vereinzelte Beschimpfungen.

»Letzte Nacht wollte uns dieser Mistkerl bescheißen. Wir fragen ihn, was er getan hat. Er weiß es nicht. Wir fragen noch einmal. Er weiß es immer noch nicht. Er weiß nichts, er ist irrtümlich hierher gekommen, sagt er. Er kommt uns mit einer Geschichte von einer Schlucht, in die seine Mutter gestürzt ist, als er klein war. Woher weiß er das? War er in der Schlucht? Hat er sie vielleicht reingestoßen?«

Gun beugte sich über den im Sand knienden Pierre.

»Hast du sie reingestoßen?«

»Nein.«

»Er schert sich gar nicht um mich!«, brach es aus Gun hervor. »Er meint, er sei stärker als ich! Aber nicht mehr lange.«

Pierre riskierte einen Blick. Zwischen den Beinen des Anführers hindurch sah er die lachenden Karnickel und im Dunkel der Nacht eine Mondsichel am Horizont.

»Mit dir ist's aus«, sagte Gun und verschränkte die Arme. Die Spitze seines linken Turnschuhs berührte den Sand jetzt nicht mehr. Er schnippte mit den Fingern, und der Kleine mühte sich mit dem großen Kanister heran.

»Das ist Diesel, der brennt langsam. Normalerweise nehmen wir Teer. Verbind ihm die Augen.«

Der Kleine zog sein Hemd aus und band es Pierre vor die Augen. Die Mondsichel verschwand, der Horizont auch.

»Zieh ihm die Schuhe aus und übergieß ihn.«

Pierre fühlte, wie kleine Hände an seinen Schuhen zogen. Durch den Stoff hörte er einen Chor erregter Stimmen. Er werde brennen, sagten sie. Sie sagten: »Nur nicht schmollen, Petze!«, und lachten. Sie bewarfen ihn mit Sand. Bespuckten ihn. Zweimal hörte er den Metallverschluss des Kanisters klappern.

»Ich krieg ihn nicht auf«, sagte der Kleine mit einem lang gezogenen, melodiösen Seufzer.

»Blödmann!«, fuhr ihn Gun an, und der Verschluss gab endgültig nach.

Er hörte das Gluckern des Benzins, das über seinen Kopf lief, dann unterdrücktes Lachen, tiefe Atemzüge. Ein heißer Luftstrom glitt über seine Wange, als Gun den Kanister ins Feuer warf.

»Wer soll das Streichholz anzünden?«

»Du«, antworteten die Karnickel im Chor.

»Du hast es wirklich verdient, Gun, du darfst ihn anzünden.«

»Hol ihm den Pimmel raus und zünd ihn an.«

Allgemeine Begeisterung.

»Ob du dich traust, ihm den Pimmel anzuzünden?«

»Mach's ordentlich.«

»Ein hübscher kleiner flambierter Pimmel.«

Pierre wollte blindlings fliehen, aber man packte ihn an den Knöcheln. Er fiel mit dem Gesicht in den Sand, und plötzlich wurde das Streichholz angerissen, ein langes, schabendes Geräusch, das ihn einhüllte wie eine vom Himmel stürzende Woge. Er schrie, und sein Mund füllte sich mit Sand.

»Hebt ihn auf!«

Schon stand er. Er stieß gegen Köpfe und Fäuste, Benzin und Schweiß tropften von seinem Körper, er trat um sich, und als sie »Du brennst!« riefen, wälzte er sich stöhnend im Sand. Das Hemd rutschte von seinen Augen. Durch seine Tränen hindurch sah er wieder den Mond und das Lachen.

»Stopp!«, rief Gun. »Genug gespielt!«

Er setzte seinen missratenen Fuß auf die Wange des neben dem Feuer liegenden Jungen. Als wolle er eine Kippe austreten.

»Ich wette, er hat sich in die Hose gemacht. Ich wette, er wird uns nun respektieren und uns endlich sein mieses Leben erzählen.«

Er wollte Pierre am Ohr packen, aber es war glitschig wie Seife, auch seine Haare waren glitschig.

»Du wirst es uns erzählen.«

»Ja.«

»In allen Einzelheiten?«

»Ja.«

»Und vergiss nicht, uns zu erklären, wie du es angestellt hast, irrtümlich zu uns zu kommen. Wie es kommt, dass die Gesellschaft sich einbildet, ein kleines Miststück wie du sei eine Bedrohung der öffentlichen Ordnung. Wird's bald?«

»Ja«, antwortete Pierre in Todesangst.

Er war in Angst geboren, er lebte in ihr. Je mehr Schiss er hatte, desto mehr hasste er. Das erste Mal nachts in einem verlassenen Haus, in dem eine schreckliche Musik lief. Er war die Treppe hinuntergegangen. Er hatte nicht gewagt, die Tür zu schließen oder die Kerzen auszublasen, er hatte den Schatten zugesehen, die über die Wände und die offenen Schubladen huschten, er hatte sich unter dem Tisch versteckt. Er hatte seinen Vater kommen sehen, totenblass, mit Handschuhen an den Händen. Seine Mutter war niemals wiedergekommen. In jener Nacht war sie weggegangen, sie hatte noch nicht mal das Wasser aus der Badewanne ablaufen lassen, in der die Haarbürste und eine Shampooflasche trieben. Und was hatte

Marc gesagt? Das erklär ich dir später. Und später? Sie hat dich verlassen. Frauen sind seltsam. Und noch später? Deinetwegen, Pierre. Auch ich habe sie verloren.

»Also!«, schrie Gun und packte ihn an den Jackenaufschlägen.

»Ich bin schuld«, begann Pierre und richtete sich auf. »Sagte mein Vater. Über meinen Vater wäre einiges zu sagen …

Er stockte. Blut verstopfte seine Nase. Ihm war übel von den Benzindünsten. »Mein Vater …«, sagte er noch einmal und rang nach Atem. Eine erste Kippe landete auf seinem Fuß. Dann eine weitere, und noch eine. Diese Idioten rauchten auch noch. Sie saßen im Kasperletheater, und der Kasper war er, und wenn ihnen die Aufführung nicht gefiel, war er dran. In einer Ecke saß Gun, die entstellte Klaue ausgestreckt, und schälte lächelnd eine Banane. Er wirkte verträumt, aber unter der Krempe seines Lederhutes erriet man ein teuflisch lauerndes Auge.

Der Kleine seufzte auf:

»Da kommt Mama.«

Einen Moment war alles in der Schwebe, Schreckensworte, angehaltener Atem. Gun richtete sich auf und griff nach einem langen, halb verkohlten Stock, alle Karnickel sicherten in Richtung des Pfads, wo man die Meeresbrise in den Lorbeerbüschen spielen hörte.

»Ich hab mich getäuscht. Vorbeugen ist besser als Heilen.«

»Blödmann!« Gun schnaubte vor Wut. »Scheiß-Blödmann«, und warf den noch rauchenden Stock nach ihm.

»Ihr seht nichts«, sagte der Kleine in seiner gedehnten, leicht stotternden Sprechweise. »Ihr hört nichts. Ihr seht das Meer, und das ist alles. Einmal habe ich Amerika in der Lagune gesehen. Da war eine dicke Blonde in weißen Plastikstiefeln auf einem Pferd. Sie hat mit mir gesprochen.«

»Ich reiß dir die Augen raus.«

»Das ändert auch nichts.«

»Du hast uns alles verdorben mit deinen dummen Witzen, wir gehen zurück.«

Die Karnickel folgten Gun in einer Reihe und nahmen ihren Gefangenen mit. Der Kleine blieb am Strand. Er führte Selbstgespräche und sah ins erlöschende Feuer. Als es völlig niedergebrannt war, zog er einen Löffel aus der Tasche und fischte einen Goldknopf aus der heißen Asche. Er war von einem schwarzen Blazer gefallen.

Am nächsten Abend versuchte Pierre seine Geschichte zu erzählen. Er dachte wirklich, er würde sie zu Ende bringen. Er hatte Durst, man reichte ihm eine Flasche. Seine Fesseln schürften ihm die Haut auf, man band ihm die Hände los. Er wusste nicht, womit er anfangen sollte, er war so sehr daran gewöhnt, die Zähne zusammenzubeißen, dass es ihm schwer fiel, seine Sätze dem Lauf einer Erinnerung folgen zu lassen, die er sich geheim zu halten geschworen hatte, in seinem tiefsten Innern, dort, wohin die Worte nicht lebendig gelangen können. Er sprach ernst und schwerfällig, die geplatzte Lippe blutete nicht mehr.

»Meine Alten, das sind Marc und Nelly.«

»Das hast du schon gesagt.«

»Das ist wichtig, das mit meinen Alten. Wenn ich euch nicht sage, wie ich geboren wurde, versteht ihr gar nichts. Sie haben sich in Le Havre kennen gelernt, an einem 14. Juli. Der ideale Abend, um seine Schwesterseele zu finden. Man brauchte sich bloß zu bücken.«

»Deine Schwester kann uns mal!«

»Der fickt seine Schwester.«

»Vielleicht ist sie hübsch«, sagte der Kleine, der in der Schubkarre kauerte, die Hände zwischen den Schenkeln, die Augen halb geschlossen.

Er hatte einen weiteren vollen Kanister angeschleppt, für den Fall, dass Pierre exekutiert werden würde, aber er hatte keinen Diesel hineinpumpen können. Mama hatte vor dem Tank gelegen. Stattdessen hatte er Meerwasser genommen. Das brannte genauso und roch nicht so eklig.

Pierre fand keine Worte mehr. Er versuchte, nicht an den lecken Kanister zu denken. Er war schon zehn Tage da, die Sterne kreisten.

»Ich wäre auch reingefallen an jenem Abend. Ich hätte Schwesterseele gespielt und alles geschluckt, genau wie mein Alter, der mit nichts Bösem rechnete. Sie war neunzehn, er dreißig und verheiratet. Typ langhaariger Pirat mit Pferdeschwanz. Weil er aussah wie ein großer Reisender, träumte er von weiten Fahrten, ging über die Straße, bumste die Nachbarin, sagte ihr: ›Ich gehe weg‹, und kehrte zu seiner Frau zurück. Er lebte von ihrem Geld.«

»Und woher weißt du das alles?«

»Man hat es mir so oft erzählt …

… Meine Mutter war nicht so umwerfend damals. Lieb und brav. Reichlich Pfunde auf den Hüften. Die sieht man als Erstes und dann erst die grünen Augen und die ebenmäßigen Zähne, aber dann ist es schon zu spät, man denkt, sie sei kein hübsches Mädchen, und ihre Freundinnen gingen wohl gern mit ihr aus. Kurz, als Neunzehnjährige rechnete sie nicht damit, dass ihr die Männer noch nachlaufen würden. Sie lebte ihr Leben ohne Höhen und Tiefen, und so schien es auch in Zukunft weiterzugehen, Landwirtschaftsschule, Blumengeschäft, ordentliche Gefühle, aus denen ordentliche Ehen werden. Am Wochenende verkaufte sie Blumen in den Strandrestaurants. Da sieht sie meinen Vater, der allein zu Abend isst. Oder vielmehr sieht er sie zuerst, mit ihren weißen Nelken und ihrem Fruit-of-the-Loom-T-Shirt. Er möchte ihr eine Blume abkaufen, um sie ihr zu schenken, aber draußen findet ein Rockkonzert statt, und man kann sein eigenes Wort nicht verstehen. Sie lacht über seine Taubstummenmimik. Er steht auf und zieht sie in die Nähe der Küche, aber da hört man auch nicht mehr. Sie gehen die Treppe runter. Da ist es nicht gerade romantisch, aber schon besser als im Restaurant. Hier kann man wenigstens Bekanntschaft schließen. Meine Mutter ist wie alle Mädchen, sie liebt die Schönschwätzer. Er schwatzt das Blaue vom Himmel, sagt Sachen, die sie nie gehört hat, jedenfalls nicht so, er sei hingerissen, sie komme gerade im rechten Moment, sie sei schön, das noch dazu, und das sei natürlich kein Grund, sie zu küssen, nicht mal auf die Wange, obwohl er doch solche Lust dazu habe. Was soll nur aus mir werden, sagt er und streichelt das Obst auf dem T-Shirt, bist du wenigstens frei? Meine Mutter antwortet, dass sie in einen jungen Mann verliebt ist und ihn nach dem Diplom heiraten wird. ›Vorher wäre es auch ein schwerer Fehler‹, sagt mein Vater und drängt sie in die Toilette, die weißen Nelken fallen auf die Bodenfliesen, so ist das Leben. Wer von beiden der größere Idiot war? Weiß ich auch nicht. Sicher beide. Denn statt hinterher zurückzukehren, er zu seiner Frau, sie zu ihrem jungen Mann, verheddern sie sich in einer Liebesbeziehung. Er liebt Nelly gar nicht mal so sehr, mein Vater, aber er ist ein Kind, ein Tunichtgut, es macht ihm Spaß, sich in das Leben anderer zu drängen und Unheil anzurichten, und danach macht er sich aus dem Staub. Aber meine Mutter ist aus anderem Holz geschnitzt.«

»Was für 'n Holz?«

»Anfangs geht es. Meine Mutter entdeckt die Liebe, und ihre grünen Augen beginnen zu glänzen. Erst ist es nur ein Funken in der Iris. Nach einem Monat eine Flamme, sie ist völlig entbrannt. Ihre Mutter ist Luft für sie, den Verlobten schickt sie weg. Von ihrem Vater hat sie eine Motorjacht geerbt, die im Hafen von Le Roy vor sich hin rottet. Sie braucht sie, um Marc dort unterzubringen. Sie ist verrückt nach Marc. Sie will mit ihm weggehen. Ein Jahr Liebe und Abenteuer nur für sie beide, er ist einverstanden. Sie will ein Kind, nicht erst in zehn Jahren, wenn sie alt wäre und er den jungen Mädchen nachsteigen würde, sie ist Frau genug, um sich denken zu können, dass ein Kind ein Fuchseisen ist und mein Vater ein

Fuchs. Er hat nichts dagegen, warum auch, er sagt: Wunderbar, ein Kind der Liebe, eine Familie, er baut eine Wiege fürs Schiff, und da die Monate vergehen und sie nicht schwanger wird, lässt er sie im Krankenhaus untersuchen, könnte ja sein, dass sie ein kleines Frauenproblem hat oder mental blockiert ist. Genau das ist es, sie ist blockiert, sie ist zu sehr darauf aus, alles ist zu schön, alles geht zu schnell, Nelly, wir kriegen das Baby, wenn wir es kriegen, wenn es uns will, wenn wir weit weg sind. Ob es an der Liebe liegt oder am Streit mit ihrer Mutter, sie wird zusehends schöner, sie gefällt, man pfeift ihr hinterher, und mein Vater findet es gar nicht lustig. Im Juli lieben sie sich schon seit einem Jahr, sie verlassen Le Havre über die Kanäle, Richtung Süden. In die Wiege haben sie wasserdichte Tütchen mit Samen von Zucchini-, Bohnen-, Soja- und Maissorten gelegt, um sie gegebenenfalls an die Schwarzen zu verkaufen. Marc weiß genau, dass sie nicht bis zu den Schwarzen kommen, dass ihr Kreuzer ein alter und völlig seeuntüchtiger Seelenverkäufer ist, er weiß nur nicht, wie er es Nelly sagen soll. Noch dreht sich die Schraube, und die Kühe, an denen sie vorüberziehen, scheinen keinen Grund zur Panik zu sehen. Nelly ist ein wenig unruhig. Sie macht sich Sorgen ums Geld. Sie fragt sich, ob Marc das Geld für die Reise wirklich auf die Bank gebracht hat. Er hätte ihr doch den Beleg zeigen können! 45 000 Francs, kein Pappenstiel! An einem Abend bricht sie in Tränen aus und droht, alles hinzuwerfen. Weihnachten sind sie in den Salzlagunen der Rhône, und dieser hübsche dunkelblaue Streifen da hinten, das ist das Meer, Nelly, da sind wir zu Hause. Sie werden es nie befahren. Zum Abendessen kauft Marc beim Schleusenwärter lebende Frösche, Nelly findet es zum Kotzen, einen Skandal. Man gibt der Frau, die man liebt, keine Frösche zu essen, wirf sie ins Wasser. Dich werf ich ins Wasser!, brüllt Marc. In der Lagune ankern sie neben einem großen rostigen Segler mit Mennige-Muster, er gehört einem Spanier. Zur Ablenkung lädt Marc ihn zum Abendessen ein, er ist weder jung noch alt, nicht sonderlich gut aussehend. Nur … Das Leben ist eben ein Glücksspiel, und den Schwesterseelen geht man besser aus dem Weg. Man kauft Frösche und versaut sich sein ganzes Leben, mit einem Schlag, mitten ins Herz. Ich sehe es vor mir, als wäre ich dabei gewesen, ihr kleines Weihnachtsfest auf der Salzlagune, ihr fatales Festessen mit dem Spanier. Und meins. Das ist der Beginn meines Lebens.

KAPITEL 4

Die beiden Schiffe lagen nebeneinander mitten in der Salzlagune. Es war kalt, die Sterne hingen an einem Kupferhimmel. Marc und Nelly standen am Heck und sprachen über die Liebe, ein geräuschloser Kampf. Nelly sagte: »Ich glaube nicht mehr daran …« Sie lehnte an der Reling und starrte blicklos ins Wasser. Gerade war sie vom Tisch aufgestanden, Marc war ihr gefolgt und hatte den Spanier unten sitzen lassen. »Und warum glaubst du nicht mehr daran?« »Du gefielst mir nicht mal, aber du konntest so wunderschön daherreden … Ich war verrückt nach dir.« »Red keinen Quatsch!« Er flüsterte, Nelly antwortete in normaler Lautstärke und sagte, er sei nervös und nervöse Leute gingen ihr auf die Nerven. Der Spanier hatte wahrscheinlich seinen Spaß und rieb sich die Hände. »Du bist müde, überreizt, vertrau mir.« »Nein.« Bei jedem ihrer Neins erstarrte er. Er versuchte es mit Erklärungen, mit Versöhnungsangeboten, Beschwichtigungen, er schwor, dass er sich seiner sicher sei und auch ihrer beider Liebe, mehr denn je, in einigen Tagen würden sie darüber lachen. Aber Nelly hörte nicht ihm zu, sondern der Stimme eines guten Geistes, der ihr immer wieder dieselbe Antwort einflüsterte: »Es ist vorbei.« Und Marc gab auf, er wusste nur zu gut, dass man gegenüber einer Frau, die die Wahrheit nur aus ihrem Herzen schöpft, nie das letzte Wort behalten kann, und Nellys Herz floss über vor Kummer, zu sehr geliebt zu haben, nicht mehr zu lieben, es damit gut sein lassen zu wollen, kein Liebespaar mehr sein zu wollen, auch keine guten Freunde, rein gar nichts mehr; zwei Übermütige, die einander alle Wunder der Welt vorgespiegelt haben, und ihr Spiegel zerspringt in tausend Stücke.

Sie wandte sich ihm zu und hauchte:

»Ich wollte deine Frau sein, wollte so viele Kinder haben, wie du wolltest, oder gar keine.«

»Hör auf mit dem Quatsch und komm essen!«

»Lass mich.«

Er schlug eine andere Tonart an, gab sich zärtlich und streichelte ihren Nacken.

»Du bist ein Nervenbündel«, sagte er und spürte, wie sie sich unter seiner Hand verkrampfte. »Vielleicht bist du …«

Das Dröhnen eines Flugzeugs übertönte Marcs Stimme. Es hob von einer befeuerten Piste ab, die weit in den Salzsee hineinragte und eine Kette von gelben und violetten Lichtern auf die Wasseroberfläche legte. Die kalte Luft roch nach Lavendel und Kerosin.

»Vielleicht bist du schwanger …«

»Von wem?«, fragte Nelly höhnisch. »Von dir?«

Seit sie die Schleuse passiert hatten, schien eine Zwillingsschwester ihren Platz eingenommen zu haben, die in ihrem Namen lakonische Antworten gab, Marc nur flüchtig kannte und verblüfft zusah, wenn seine Hände sie berührten.

»Du wärst nicht die Erste!«

Sie hatte den Mund schon zum Sprechen geöffnet, hatte schon zu einer direkten Erwiderung angesetzt, doch dann nickte sie nur und wich aus.

»Du hast mich ins Krankenhaus geschickt, als wir uns Gedanken machten. Man hat mir Spritzen gegeben, mir Blut abgenommen, mich von einer Abteilung in die andere gezerrt, man hat mir Angst eingejagt, Studenten haben in den kleinsten Winkel meines Körpers gestarrt, ein alter Frauenarzt hat mir zum Spaß auf den Hintern gehauen, du dürftest deine Freude daran gehabt haben ...«

»Wir waren uns da völlig einig«, unterbrach er sie.

»... du hast mich von Spezialisten testen lassen, du hast mich höchstselbst getestet und dich über die guten Ergebnisse gefreut. Ich verstehe, dass du stolz bist. Und jetzt bin ich schwanger. Einfach lachhaft!«

Er wurde blutrot.

»Wann ist es passiert?«

»Letzten Mittwoch, Viertel nach zehn.«

»Ja, lach mich nur aus!«

»Glaubst du mir nicht? Glaubst du, ich sei unfruchtbar? Habe ich kein Recht, von dir schwanger zu sein?«

»Aber ja doch«, schien er die Frage übergehen zu wollen.

»Ist das alles, was du dazu zu sagen hast?«

»Aber nein, ich schnappe über vor Freude. Ich warte

nur darauf, dass der Idiot da unten geht, und dann schreie ich mein Glück heraus.«

Sie war es, die etwas zu sagen hatte, und dieses Etwas lauerte in ihren Augen, sichtbar, aber nicht greifbar, ein schwarzer Klumpen.

Vor einem Monat waren sie in Le Havre aufgebrochen. Das Glück der ersten drei Wochen lag weit hinter ihnen. In der letzten Woche hatte sich dieses Paar, dem die Liebe zu jeder Tages- und Nachzeit nicht mehr zum Glück reichte, tagtäglich gestritten. Nelly verschloss sich. Sie sah Marc nicht mehr an, sie beobachtete ihn. Sie redete nicht mehr vertrauensvoll mit ihm, um der Freude willen, eine Meinung oder ganz ähnliche Erinnerungen mit ihm zu teilen – sie schlug zielsicher zu, mit kleinen unerwarteten Fragen, auf die er ausweichend antwortete und voller Erstaunen darüber, dass sie überhaupt aufgetaucht waren. Abends gähnte sie. Er musste entdecken, dass ein so schönes Mädchen sich nicht blindlings verschenkt und keine Hemmungen hat, sich zu verweigern, selbst dem Mann, von dem sie sagte, sie liebe ihn. Sie sagte es nicht mehr.

»Gleich morgen früh machen wir den Test. Legen wir halt später ab. Wir haben das ganze Leben vor uns, vor allem, wenn du was Kleines erwartest. Stell dir nur vor ...«

»Ich hab's bis obenhin, mir was vorzustellen. Pump das Schlauchboot auf und bring mich an Land. Das schuldest du mir. In zwei Minuten hab ich meine Sachen gepackt.«

»Bist du nicht mehr schwanger?«, spottete er.

»Weiblicher Wankelmut. Bring mich zurück.«

»Es wird dunkel, das ist gefährlich.«

Er legte ihr die Hand auf die Schulter. Gerade hatte er sie zum letzten Mal berührt.

»Ich geh runter, komm mit.«

Er ging auf die Kajüte zu, unten sah man einen Minitannenbaum blinken.

»He, Marc«, sprach Nelly ihn von hinten an. »Was bedeutet das, Azoo... dingsda?«

Marcs Herz setzte aus. Er ließ sie das Wort nicht wiederholen.

»Kenn ich nicht.«

Unten an der Treppe holte er wieder Luft und sah das richtige Wort in großen Lettern vor sich: AZOOSPERMIE. Ein solches Wort fällt einem nicht einfach so ein, man sagt es nicht ohne Grund. Mit einem solchen Wort kann man einen Mann plattmachen. Sie hatte es nicht gesagt, aber so gut wie. Sie hatte es abgewandelt, abgemildert, um es ihm nicht ins Gesicht zu schleudern. Woher wusste sie es? Wer hatte es ihr gesagt? Warum wollten sie alle immer nur Bälger, immer nur das!

Und das war das Schreckliche für den Mann, der eines Tages auf seine Weise und ohne jemanden zu schwängern mein Vater sein würde. Er dachte, Nelly würde nichts erfahren, ein solches Wort würde ihr nie den hübschen Mund verziehen. In der Zeit vor meiner Mutter ließ er sich Hormonspritzen in den Hintern jagen, aber er brachte kein Kind zustande. An jenem Abend, als sie sich in Le Havre begegnen, hat er gerade seine Frau sitzen lassen, mit der er schon zehn oder fünfzehn Jahre zusammen war und die an nichts anderes dachte als ein Kind, die Basaltemperatur, die fruchtbaren Tage, Amulette, Windelhöschen, Tests, Blutentnahmen, Ultraschall, nie ist sie schwanger, sie verliert den Verstand, sie liebt ihn, sie hasst ihn. Und er hat die Nase voll davon, bei offenem Fenster mit ihr zu schlafen, einmal pro Woche und mit Eisbeuteln auf den Nieren, er hat genug von Pillen, Spritzen, Entnahmen und dem Besamen einer Halbirren! Am Ende verfolgt ihn nur noch eine fürchterliche Angst: dass sie schwanger wird und er der Vater eines blökenden Monsters, nach all diesen Hormonen und neuen Behandlungsmethoden, die er über sich ergehen lassen musste, diesen Terminen im Krankenhaus, wo ihm die Weißkittel einbläuen: »Nur Geduld, noch ist nichts verloren, wir müssen nur Ihren Keimzellen helfen, bis zur Eizelle durchzuhalten.« Er weiß genau, dass sie nichts erreichen und er nur totes Zeugs von sich gibt. Er tritt zu einer letzten Untersuchung an, alles oder nichts, irgendwas Amerikanisches, und verdrückt sich, bevor er die Ergebnisse bekommt. Er sagt niemandem Bescheid, er folgt seinen Füßen bis zum Bahnhof, steigt in irgendeinen Zug und in Le Havre wieder aus, einfach nur um zu flüchten und zu vergessen. Noch am selben Abend begegnet er Nelly, verliebt sich, und die Vergangenheit steht nicht mehr zur Debatte: Liebe, blauer Himmel, Familie, so viel das Herz begehrt. Und mein Vater rechnet beinahe damit, Vater zu werden, in die Haut eines Mannes zu schlüpfen, der einen seiner Söhne anerkennt, warum also nicht mich!

Als Marc sich wieder setzte, begrüßte ihn der Spanier mit einem strahlenden Lächeln und Marc lächelte ebenso breit zurück. Eine Schnapsidee, diese Einladung. Scheiß-Spanier. Kaum hatte er seinen Hintern auf den roten Moleskin gepflanzt, war er auch schon festgeklebt. Bald würde er zu einem alten Cognac nicht Nein sagen, und die Flasche würde genauso draufgehen wie die Nacht. Sie hatten seinen Vornamen nicht verstanden, Marc sprach ihn mit Señor an, Nelly, weichen Blicks, gar nicht. Zur Besiegelung der Freundschaft hatte er ein kleines Fässchen selbst eingelegter Anchovis mitgebracht und eine Flasche Ouzo, die für die Liebe stand, das heißt für eine nackte Frau, das heißt für Nelly. Er bildete sich ein, das reiche schon, um die Dame des Hauses ins Bett zu kriegen, ihr was unterzujubeln, nur so, aus Freundschaft. Der Lichtschein aus dem Ofen umfloss die nackte Frau. Der Spanier ließ Nelly nicht aus den Augen.

Schmeiß ihn raus, hatte sie gesagt, ja, leicht getan, aber danach, wen würde sie danach rauswerfen? Ihn, den Geliebten, den Lügner, den Zuchthengst mit den leblosen Eiern, und sie würde wieder sagen: Ich glaube nicht mehr daran, es ist vorbei …

Er streckte die Hand nach der Flasche aus, und Nelly riet ihm in einem Ton, der ihn wütend machte, zu Wasser überzugehen.

»Sie müssen es ihr nachsehen, Señor, sie ist schwanger und noch nicht dran gewöhnt. Sie kann sich noch nicht zwischen der Seereise und dem Kleinen entscheiden. Sie fragt sich, ob unsere Beziehung dieser freudigen Neuigkeit standhält, und ich denke nein. Ich denke, Sie sollten mit ihr weggehen, je eher je besser, sie will nichts lieber als das.«

Er trank ein Glas Ouzo, ein zweites auf die Liebe, ein drittes auf die Schwangeren, ein viertes auf das Wohl des Babys.

»Wie könnten wir es nennen …«

Der Spanier feixte und zeigte seine sämtlichen weißen Zähne. Wo hatte er nur seine Hände? Marc sah unter dem Tisch nach, und Übelkeit stieg ihm in den Kopf. Nelly brachte ihn wieder ins Gleichgewicht. Er musste sich an der Sitzbank festklammern, und als er den Spanier ansah, sah er zwei Taranteln, die ihre schwarzen Klauen regten.

»Ouzo, wenn es ein Junge ist. Ouza, wenn es ein Mädchen ist, und wenn es ein Monster ist, denn die Natur geht manchmal seltsame Wege, wenn es ein Monster ist …«

»Nennen wir es Marc.«

Er zog sein Taschenmesser und stach es in das Anchovisfässchen. Während er auf die feucht glänzenden Filets schielte, griff eine leichte Hand an seinen Augen vorbei. Er wollte sie packen und hielt eine Kanne in der Hand, die er mechanisch zum Mund führte. Kaffee, verdammt! … Die Kanne zerschellte, Nelly schrie auf. Sie war von Kopf bis Fuß bespritzt, Pullover und Haar troffen.

»Eins dieser Mädchen, knapp dem Napalm entronnen«, höhnte er.

Der Schmerz nahm ihm den Atem. Er hielt eine spitze Glasscherbe in der heftig blutenden Hand. An allem war nur diese Nutte schuld.

»Ist das nicht ein Pulli von mir?«

Sie stand auf, er bedrohte sie mit der Scherbe, sie setzte sich wieder. Sie sah ziemlich ramponiert aus, ihre Wange blutete, na ja, einmal drübergeleckt und man sähe nichts mehr, aber der Pulli war hin.

»Zieh ihn aus!«

Er streckte den Kopf vor und beschnupperte sie aus nächster Nähe. Die Frau riecht nach Kaffee. Er teilt sie mit niemandem, weder ihren Geruch noch ihren Schatten auf der Holztäfelung, Finger weg, er teilt nicht, nicht ihre Haut, auch nicht ihre gemeinsamen Geheimnisse, sie gehört ihm. Er wollte ein Kind von ihr, damit sie es gut sein lässt.

»Her mit dem Pulli!«

»Nachher.«

»Sofort! In Spanien gehorchen die Frauen!«

»Das wird dir Leid tun.«

Er sucht nach dem Muskel, mit dem er gewöhnlich verächtlich eine Augenbraue hebt.

»Sag das noch einmal, und du kriegst meine Hand in die Fresse.«

Er zeigte ihr seine blutige Hand, sie würde schon noch weich werden.

»Weißt du, wie du aussiehst, wenn du einen Orgasmus hast?«

Noch beherrschte sie sich, aber ihre Lippen bebten.

»Wie ein Fisch, hast du das dem Herrn schon gesagt? Hat man dir nie erzählt, dass du beim Orgasmus nur das Maul aufsperrst? Das können Sie ruhig wissen, Señor.«

Das Blutrinnsal auf Nellys Wange hatte den Mundwinkel erreicht, sie wischte es mit dem Ärmel ab.

»Verflucht noch mal!«, explodierte Marc. »Zieh ihn aus!«

Nelly rutschte ein wenig zurück auf der Bank, kreuzte die Arme, stülpte den Pullover hoch und zog ihn über den Kopf. Im selben Augenblick flehte er leise: Zieh ihn wieder an, bitte … Darunter trug sie ihr Seiden-T-Shirt, es war durchsichtig wie ein Blütenblatt.

»Und gib mir das T-Shirt.«

In den grünen Augen sah er sich, wie er sich in noch keinem Spiegel gesehen hatte – so, wie er war. Das T-Shirt schwebte über Nellys Schultern. Sie trug nichts mehr außer ihrem Tauftaler.

»Scheißspiel«, keuchte Marc. »Ich wette, dein BH steckt im Hosenschlitz dieses Herrn.«

Er sah den Spanier unbeweglich neben dem Tisch stehen, seine großen Augen glänzten. Hatte er seinen Hintern doch noch hochgekriegt. War auch Zeit. Endlich konnte man zur Sache kommen.

Marc lachte und spuckte sich die Lunge aus dem Leib, als er in derselben Nacht wieder an Deck kletterte. Beim Anblick der Sterne wurde ihm schwindelig und er fiel gegen die Heckreling. Der Aufprall war so heftig, dass er sich völlig die Hose durchnässte. Hinter ihm stieg rötlicher Rauch aus den Bullaugen. Aber kein verspäteter Familienvater an Land, keine schlaflose Ehefrau, kein Nachtschwärmer machte sich die Mühe, ihn zu bemerken und sich auszumalen, wie Flammen nach Kindern im Schlafanzug züngelten. Der Rauch krümmte sich einen Moment, um dann seine Spiralen zu entrollen. Als er sich aufgelöst hatte, lag Marc immer noch als menschlicher Putzlumpen vor der Reling und wartete mit offenen Augen darauf, dass es ihm besser ging und er wieder hinunter in die Hitze konnte. Ein leichter Wind wehte, schneidend wie Eisen. Er hatte eiskalte Füße und klamme Hände. Bestes Wetter für einen Spaziergang der Keimzellen. Da oben war es rappelvoll mit Sternen. Ständig prallten sie von irgendwelchen Himmelsecken ab. Nelly sagte …

»Nelly …«

Er schleppte sich zur Kajüte.

Im Innern stank es nach verbranntem Haus. Die milchigen Flecken der Bullaugen schwammen im Dunkel. Man hörte einen Gegenstand regelmäßig über die Bretter rollen. Der Schalter ist da irgendwo, dachte er und hob den Arm, einen Knüppel, dessen Gewicht über seine Kräfte zu gehen schien. Blind hielt er sich an etwas fest, trat in etwas Weiches, etwas Splitterndes und fürchtete trotz aller Trunkenheit, über einen Leichnam zu stolpern. Der ginge dann über Bord.

Im Umdrehen berührte er den Schalter, und die Neonröhren sprangen an. Der Anblick der Messe war ein Schock für ihn. Im rosa Nebel trieb ein von Einbrechern verwüsteter Raum, eine irreale Katastrophe, gleich nach ihrem Eintreten gefilmt mit den verdrehten Augen eines Säufers in halb überwundenem Komazustand. Er begann zu zittern. Dass eine Schlägerei stattgefunden hatte, war noch zu milde ausgedrückt. Die Jacht existierte nicht mehr, sie war massakriert worden. Jemand hatte aus nächster Nähe mit Rauchpatronen auf die Trennwände geschossen. Ein Gemisch von verkohlten Lacken und Farben, geschmolzenem Moleskin, abgerissenen Gardinenstangen und Spitzen; die Wiege hing schief, die Saatguttütchen waren über den Boden verstreut. Die Reste mehrerer Picknicks lagen neben Feuerwerkskörpern, Kleidungsstücken, einem entsicherten Feuerlöscher, dem zu drei Vierteln verbrannten Weihnachtsbäumchen. Er bückte sich, um sein Messer aufzuheben.

»Nelly«, sagte er, ihm war nur halb klar, dass er allein war an Bord eines Kajütbootes, dessen Inneres mit demselben Rauchrot überzogen war, das auch ihn bis zum Haaransatz bedeckte.

Er sah im Schlafzimmer nach. Es war still und wunderbar in seiner Sauberkeit. Aber Nelly lag nicht im Bett und las im Licht ihrer Leselampe, einen Arm unter den Nacken geschoben. Wo war sie? ... Auf dem Bett ein Umschlag mit einem gedruckten Absender, der absolut nicht nach Abschiedsbrief aussah. Das Krankenhaus Béclère in Clamart hatte ihn an Monsieur Marc Loupiens adressiert. Er hatte ihn vor seiner Abreise nach Le Havre schicken lassen, war aber nicht mehr da gewesen, um ihn in Empfang zu nehmen; der Umschlag trug die Stempel von Dutzenden von Flusshafenämtern, wo er jeweils nach ihm angekommen war, um schließlich in Nellys Hände zu gelangen. Er enthielt die Bilanz von zehn Jahren Untersuchungen und Eingriffen aller Art; am Ende verwies man ihn mit einem Wort in die Riege der hoffnungslosen Fälle von Azoodingsbums. Er legte ihn aufs Bett zurück. Der Brief hatte alles verdorben.

Ins Katastrophenzimmer zurückgekehrt, setzte er sich

auf den Boden, streckte die Beine aus und lehnte sich an die verkohlte Tür. Das Neonlicht wurde flackernd schwächer; eine Flasche rollte unter dem Tisch hin und her, eine Glasvenus, die nichts mehr zu bieten hatte. Er fragte sich, wann er zu weinen anfangen würde. In seinem Sperma war kein Leben, in seinen Tränen kein wirklicher Kummer. Blieb ihm nur noch, sich totzuschlafen. Tastend suchte er eine Unterlage für seinen Kopf und fand eine auf links gezogene Jeans, schön weich getragen, an der noch ein elfenbeinfarbener Minislip hing. Er klappte sein Messer aus und zerschnitt den Slip. Niemals würde er Nelly teilen, ihren Geruch, ihren Schatten auf der Holztäfelung, ihr Lachen, wenn sie sich katzenhaft an ihm rieb. Er verlor das Bewusstsein und weinte, ohne es zu bemerken. Vom Gewicht seines Kopfes gezogen, rutschte er auf den Boden und spürte ein eisiges Kitzeln im Gesicht. »Wir sinken«, murmelte er. Direkt vor seinem Gesicht fehlte eine Bodenklappe über dem Motor, im geteerten Schiffsboden steckte ein Beil und teilte eine wie Gas zischende Wasserfontäne in zwei getrennte Strahlen. Nelly hatte ja gesagt, dass es Unglück bringen würde, dieses Beil, dass man es nicht kaufen dürfe, selbst wenn es aus Schwedenstahl war, auch nicht zum halben Preis.

Hatte er sie getötet?

Erst bei Tagesanbruch fiel ihm auf, dass der spanische Segler verschwunden war. Gestern Abend war er noch da gewesen, aber jetzt war er weg. Er hatte sich schon gedacht, dass sie dem Kerl Avancen gemacht hatte, aber das war etwas anderes, als gleich mit ihm davonzulaufen. Ein Flugzeug suchte die im Dunst liegende Landebahn; das Schiff, Bug voran, ging langsam unter, inmitten von schlafenden Flamingos. Als Marc es über die hintere Leiter verließ, wachten sie nicht auf. Ohne zu zögern, ließ er sich ins Wasser gleiten, Arme dicht am Körper, Augen offen, Knie angewinkelt, eine Hand auf der Brust, die andere um die Schnittwunde geschlossen. Es war das erste Mal, dass er seinem Leben ein Ende setzte, er hatte höllischen Durst. Sechs Meter weiter unten stieß er auf Grund, und als er in den Schlamm griff, war es so dunkel, dass er die Augen schloss. In einem fernen Winkel seines Herzens sah er kein grinsendes Gerippe, sondern ein kleines Mädchen, das sich mit hängenden Armen auf ihn zuschleppte. Wo hatte er es nur schon einmal gesehen?

KAPITEL 5

Acht Monate später konnte sich Monsieur Marc Loupiens, inzwischen wohnhaft in Lumiol, Département Drôme, hundert Visitenkarten drucken lassen, die neben seinem Namen auch seinen neu erworbenen Rang verrieten: INKASSO-BEAUFTRAGTER DER SWITCHEN GALAXY. Er trug immer noch langes Haar und Pferdeschwanz, aber sein Hemdkragen öffnete sich nicht mehr weit über einer nach frischer Luft dürstenden Brust, sondern wurde von einer blau-schwarzen Krawatte mit den verschlungenen Initialen SG geziert.

An den Feiertagen gingen sie zu mehreren in die Privatwohnungen, zwei Beauftragte und ein Klempner, und trieben auf die liebenswürdige oder auch auf die harte Tour Außenstände ein; sie wahrten lediglich die gesetzlich geschützten finanziellen Interessen einer Firma. Die Switchen folgte bewährten Geschäftsgrundsätzen: den Gutgläubigen die Augen öffnen, den Naiven ihre Verantwortung klarmachen und möglichst viele Einbauküchen auf Ratenzahlung verkaufen, und zwar an gute wie an schlechte Zahler, alle Kunden waren König. Beim ersten

Missklang schickte man die Muskelmänner und den Lieferwagen ohne Firmenaufschrift. Unlautere Geschäftspraktiken, das fand auch Marc, der sich im einschlägigen Vokabular auskannte, aber was ihn betraf, er trocknete auf seinen Runden häufiger Tränen als dass er die Zähne zeigte, und dank Recht und Gesetz kam das Geld herein. Überhöhte Verkaufspreise, Kapitaleinlagen, gelegentliche Zuwendungen der Darlehensgeber, Sachpfändung, der Wiederverkauf des praktisch neuwertigen Materials auf dem schwarzen Markt und die üblichen Schurkereien hatten Switchen zu soliden Rücklagen verholfen, die in Vaduz, Liechtenstein, verwaltet wurden. Marc konnte sich über seine Rolle dabei nicht beklagen. Er unterschrieb bescheidene Honorarquittungen und ließ sich je nach Art und Umfang der notwendigen Maßnahmen unterschiedlich dick mit Banknoten gefüllte Umschläge zustecken. Es wäre ihm nie in den Sinn gekommen, sie als Trinkgelder zu bezeichnen. Zumal er keinen Tropfen Alkohol mehr trank. Ein Gelübde.

Er war nicht müßig gewesen seit dem selbstmörderischen Bad. Er hatte sich eine kleine Stadt zu Eigen gemacht. Erst allerdings war es nötig gewesen, sich mit einem Arm schwimmend aus dem kalten Wasser zu retten, die Schnittwunde in der Unfallambulanz des örtlichen Krankenhauses versorgen zu lassen und eine glaubhafte Geschichte von einem Überfall zu erfinden, sich sodann nach einem düsteren, mit Obdachlosen geteilten Frühstück im Krankenhauskeller aus dem Staub zu machen und schließlich sein Überleben vor sich selbst zu rechtfertigen. Nellys Ersparnisse steckten noch in seinem

Geldgürtel, fast fünfundvierzigtausend Francs, die er glücklicherweise nicht auf die Bank getragen hatte, er hatte übrigens noch nie etwas auf die Bank getragen. Solange er lebte, konnte er an dem Vorsatz festhalten, ihr ihre Ersparnisse persönlich zurückzugeben und ein anständiger Mensch zu sein, ganz wie es sich gehörte. Nachdem er per Anhalter mit verschiedenen Schiffen bis Lumiol gekommen war, wollte er eigentlich in Etappen nach Le Havre zurückkehren und dort seinem ursprünglichen Plan folgen, sich eine Schiffspassage nach Kanada zu verschaffen und den größtmöglichen Abstand herzustellen zwischen dem Mann, der hatte sterben wollen, und dem anderen, der sich gern jünger gab, als er war, und das Leben liebte wie eine alles verzeihende Mutter.

In Lumiol verbrachte Marc den ersten Abend in Georges' Gasthaus, das direkt an einem Flüsschen voller Gründlinge lag. Wie der Wirt habe auch er einigen Ärger mit einer geldgierigen Exfrau gehabt. Er sei gerade von einem einjährigen Aufenthalt in Afrika zurückgekehrt. Seine Freundin Nelly sei dort als Landwirtschaftsberaterin tätig. Ein tropisches Unwetter habe das Kajütschiff im Hafen kentern lassen, und die Schwarzen hätten das Wrack bis auf die Rippen abgenagt. Sie müssten noch mal bei Null anfangen, aber das mache nichts. Sie hätten sich beide immer zu helfen gewusst und glaubten an einen Neuanfang. Einen kleinen Handel mit Saatgutkreuzungen hätten sie aufziehen wollen, das sei nämlich ihre Spezialität, das heißt, eigentlich Nellys. Sie suchten ein ruhiges Eckchen, um sich dort niederzulassen. Ruhig und mit echtem Charakter, wie Nelly.

Genau das nimmt Lumiol auf einem großen grünen Plakat an der Ortseinfahrt, Porte de Bayard, für sich in Anspruch: *Lumiol, das Städtchen mit echtem Charakter – achten Sie ihn.* Manche finden es albern. Es fehlt nicht viel von echt zu schlecht. Die Stadt zählt fünftausend Einwohner im eigentlichen Stadtgebiet und etwa zwanzigtausend, wenn man die Dive, die Siedlungen am Flussufer und die Schrotthändler mitzählt. Abseits nicht nur der großen Straßen, sondern auch der welt- und geschichtsbewegenden Ereignisse, ist sie allem Aufruhr abhold und von eifersüchtigem Stolz auf das ganzjährig trockene, milde Klima und das strahlende Licht beseelt. Sie liegt auf einem Hügel und zu Füßen einer nachts angestrahlten mittelalterlichen Burg. Im Süden sieht man das Rhônetal, die dem Meer zustrebenden Schienenstränge, die indigoblauen Schwimmbecken überall zwischen den von prallen Trauben überschäumten Rebenhängen, die schneebedeckten Bergflanken der Alpen; im Norden erhebt sich als hochmütiges Monument einer steuerlichen Milchkuh das Atomkraftwerk mit seinen fast weißen Kühltürmen aus dem flachen Land. Lumiol verfügt über vier Kinos, ein Kulturzentrum, einen Baseballplatz, einen Computertomographen, Videoüberwachung des Stadtzentrums in Farbe, marmorgepflasterte Fußgängerzonen mit versenkbaren Pollern an den Enden, zwei staatliche Gymnasien, eine ständige Ausstellung regionaler Künstler, ein Parkhaus mit drei Parkebenen – die unteren beiden wurden allerdings infolge von Vergewaltigungen und orgiastischen Treffen Drogenabhängiger zugemauert –, acht Müllwagen mit ferngesteuerten Mähbalken für die forstwirtschaftlichen Wege, einen nicht sehr belebten Binnenhafen sowie eine mit rotvioletten Uniformen und acht auf den Mann dressierten Dobermännern ausgestattete gemischte Privatpolizei. Die Stadt ist keineswegs fremdenfeindlich, schließlich hat sie Hunde und Gewehre zu ihrer Verteidigung, sie kann also ruhig schlafen. Sie sorgt für ihre Ruhe. Recht hat sie, denkt Marc, das wollen wir doch alle.

Und so machte er Lumiol zu seiner neuen Heimat. Weil man ihm ohne Misstrauen begegnete; weil es einen Wasserlauf bis zum Meer gab; weil Hügel den Horizont versperrten; weil die Sterne das Universum umfingen; weil seine Seele verschlissen war von der Sehnsucht nach der Ferne, in die er doch nie zog; weil für ihn Alleinsein schöner war als jeder Ozean; aus tausend Gründen, die nur er kannte, und natürlich tausend anderen, die nur ihn etwas angingen, und vor allem, weil Nelly ihm fehlte. Voller Verzweiflung erinnerte er sich an seinen Anruf beim Schleusenwärter der Salzlagunen, gleich nach dem selbstmörderischen Bad. Ein spanischer Segler? Ja, gerade vorbeigekommen. Eine blonde junge Frau? O ja. Das Schiff hieß *Marc-Aurèle.* Ziel unbekannt. Nein, sie haben keine Nachricht hinterlassen.

Nach einem Monat verkaufte ihm ein Imker eine Ruine am Hafen. Ein zweistöckiges Haus mit einer Feuerstelle, in der noch eine Kette mit einem rostigen Haken hing. In der Garage verrottete ein vom Marshall-Plan übrig gebliebener aufgebockter Jeep. Marc reparierte ihn und polierte die Bruchbude wieder auf; die nötigen Materialien besorgte er sich bei seinem Nachbarn, Stromboli, dem Exgiganten auf dem Weltmarkt für Scheuerpulver, inzwischen ein aufgelassenes Fabrikgelände. Nachts entriss er den riesigen Brennnesseln und den Ratten runde Dachziegel, aber auch Waschbecken, eine Badewanne, eine aus einer Kapelle stammende wurmstichige Treppe, große weiße Kiesel, mit denen er einen Gartenweg pflasterte, und Dielenbretter, aus denen er eine Terrasse am Ufer baute. Der Garten fand wieder zu seiner ursprünglichen Gestalt zurück. Marc rodete, jätete, schnitt, verteilte auf gut Glück Gras- und Blumensamen, ohne sich um Namen und Blütezeiten zu kümmern, und pflanzte stattliche Bambusstauden, die er am Flussufer ausgegraben hatte. In Lumiol bewunderte man einen solchen Nestbautrieb, diese gut gelaunte Tatkraft, deren Hartnäckigkeit sich aus der Liebe zu einer notwendigerweise schönen Unbekannten speiste: Nelly. Man war sehr neugierig auf sie.

Im Mai befand Marc angesichts der weißen Nelkentuffs, die das Mäuerchen um sein Grundstück säumten, angesichts des Blauregens, der bis zur Dachkante geklettert war, und angesichts der überall stattfindenden Vogelhochzeiten, dass das Haus jetzt fertig sei. Am liebsten hätte er in die Hände geklatscht und gesagt: Tritt ein, Nelly. Er gab geheimnisvolle Kleinanzeigen auf, um sie ins Paradies zu locken. *Marc Loupiens, Bienenhaus, Lumiol.* Sie kam nicht. Er lud Georges und jeden, der mochte, ein, um sein Werk mit Champagner zu begießen. Man betrat das Haus durch die Küche und tauchte dabei unter einer an den niedrigen Türsturz geschraubten hölzernen Biene durch. Dann kam ein mehr oder weniger leeres, auf die Schnelle getünchtes Wohnzimmer. Als Schlafzimmer diente der Dachboden, dessen Fenster auf die Dive hinaus gingen. Neben einem Doppelbett stand eine blaue Wiege, am anderen Ende des Raums eine Badewanne. »Jetzt brauchen wir das Kind nur noch zu machen …« Nelly würde bald da sein; eine Frage von Tagen.

Er dachte daran wie ein von seinen Schmerzen besessener Schwerkranker. Er war wieder stolz auf sein Tun, er wollte ihr sein Werk zeigen, ihr seine Stärke beweisen. Er wollte sie noch einmal verführen. Er sprach mit sich selbst, während er die weißen Steine streichelte, die er einzeln abgebürstet hatte, nachdem sie von einem Vulkan ausgespuckt und von einem Fluss rund geschliffen worden waren. Bald würde er elektrischen Strom haben, Fernsehen, allerlei Bequemlichkeiten, brummende Haushaltshelferlein, einen Computer und sogar einen spanischen Lakai mit pomadisiertem Haar, dem er zum Lohn ins Gesicht spucken würde. Er fragte Nelly um Rat, beschwor sie wie ein auf Antwort hoffender Witwer seine tote Frau, beschimpfte sie, du Schlange!, du wirst dich noch auf dem Boden winden vor mir. Jede Frau würde gern in diesem Haus leben, als Biene, als Königin, als Honig. Giftschlange! Dreckschlampe! Er gab weitere Annoncen auf, Nelly kam nicht.

Eines Morgens hatte er nur noch einen einzigen gewellten Geldschein in der Tasche, genug für eine Woche. Er legte sich aufs Bett. Dieses Geld! Wie er damals die durchweichten fünfundvierzigtausend Francs getrocknet hatte, mit Hilfe eines Föhns, den ihm die Frau eines Flussschiffers geliehen hatte. Goldbarren hätten ihn unter Wasser gehalten, Rhônekiesel oder mit Erde gefüllte Säcke allerdings auch. Er sah wieder das Mädchen mit den hängenden Armen, das sich ihm auf einem menschenleeren Weg entgegenschleppte. Er erwachte fluchend. In düsterster Stimmung wärmte er sich einen Topf Erbsenrisotto auf und aß ihn im Jeep, mit Blick auf die Dive. Er fragte sich, wie tief sie wohl sei, wie kalt und wie dunkel es auf ihrem Grund sein mochte, ob er Angst verspüre oder ob er dieses Mal den Mut haben würde, die Augen geschlossen zu halten. Er würde eine schöne Erinnerung mitnehmen, immer dieselbe, die Nelly des ersten Abends in ihrem Fruit-of-the-Loom-T-Shirt, in der grauen Hose, die nur darauf wartete, ihr von den Hüften zu rutschen, sie war Jungfrau, sie blutete auf die weißen Nelken, die aussahen wie übereinander kletternde und an ihren Waden nagende kleine weiße Mäuse. Es war schöner als ein Sonnenuntergang, dieses blutende Mädchen, das auf Blumen trat. Er lächelte traurig in der Erinnerung an dieses Bild, drehte den Schlüssel im Zündschloss, und da sah er einen Mann in langem beigefarbenen Mantel auf sich zukommen, mit einer Visitenkarte in der Hand: *SWITCHEN-GALAXY-Company, Ihre Küche in vierundzwanzig Stunden.*

Gute Arbeit, sagte er und betrachtete das Haus. Sie reisen wohl gern? Das war einmal, antwortete Marc, er saß immer noch in seinem Jeep. Kennen Sie sich mit Möbeln und Inneneinrichtung aus? So einigermaßen. Einbaumöbel, könnten Sie die montieren? Ist ja keine Hexerei, man muss sie bloß zusammensetzen. Wär das was für Sie, ein legaler Job, und gut bezahlt? Was Legales und gut Bezahltes ist immer was. Fixum und zusätzliche Extras, wär das auch was? Jaja, das ginge. Wir mögen Kämpfernaturen wie Sie, sagte der Mann, Sie verstehen? Ich verstehe. Umso besser, wenn Sie ein Kämpfertyp sind, gehört der Job Ihnen. Ich nehm ihn. Und Klempnern, wär das was für Sie? Nicht unbedingt. Klempnern, das ist ein guter Job, sagte der Mann, und Sie haben die richtige Statur dafür, aber das sehen wir dann später. Switchen braucht Leute wie Sie, Switchen mag Kämpfernaturen, morgen fangen Sie an, wir holen Sie am Vormittag ab. Er ließ seinen Blick über die Umgebung gleiten, die Kais ohne Schiffe, die verfallenen Lagerhallen, die Schienentrassen ohne Schienen. Bisschen einsam hier bei Ihnen, was haben Sie denn für einen Hund? Ich lebe allein, sagte Marc, und der Mann ging weg in seinem beigefarbenen Mantel, in dessen großen Taschen man die Stücke einer kompletten Leiche hätte verstauen können.

Einige Tage später bekam Marc Besuch von einem jungen Mann mit schwarzem Blouson und orangefarbener Kapuze – und etwas wie einer Putte an der Brust. »Für Sie«, sagte er, »die Papiere sind im Umschlag.« Nach seinem Weggang war es der völlig verblüffte Marc, der die Putte an der Brust hatte, ein Neugeborenes, das er herzte und küsste, einen Welpen, die Frucht einer leidenschaftlichen Affäre zwischen einem Pitbull und einem Bullterrier. Jemand hatte eine Switchen-Visitenkarte unter das Halsband geschoben:

Sechsmal täglich rohes Rinderhack in 100 ml hypoallergener Milch. Nicht bellen lassen. Hunde und Menschen brauchen Liebe.

Er nannte ihn Totin.

»Kommst du klar?«, fragte Georges.

»Es geht«, antwortete Marc. »Ist jedenfalls ein guter Job, bis Nelly da ist.«

Er frühstückte im Gasthaus, gleich würden sie ihn abholen. Der dritte Arbeitstag. Er hatte schon eine Visitenkarte mit seinem Namen.

»Sie hat angerufen«, sagte Georges.

»Nelly?«

»Deine Exfrau. Sie hat ihren Namen nicht gesagt, aber eine Ex erkenne ich sofort.«

Marc legte sein Butterbrot auf die Theke. Der Himmel fiel ihm auf den Kopf. Seine Ex! Sie hatte die Anzeigen ausgeschnitten. Sie würde ihm Strafbefehle schicken, ihn wegen böswilligen Verlassens, Unfruchtbarkeit, Geldmangel, Zuhälterei und flagranter Verweigerung moralischer Unterstützung, wegen enttäuschter Liebe und Herabwürdigung einer Frau verfolgen. Seine Ex oder Nelly? Azoodingsbums, Sperma ohne Leben, Mythomanie, Betrügerei, Schiffbruch schrie es in ihm. Von beiden Seiten, er saß in der Falle.

»Sie wollte mit Madame Loupiens sprechen – ganz schön clever! – eine dringende Mitteilung.«

Georges lehnte sich über die Theke.

»Du hast doch eine Exfrau?«

»Ja schon, eine ganz alte.«

»Das sind die schlimmsten. Keine Angst, ich bin nicht blöd. Ich hab ihr gesagt, Madame Loupiens wär kürzlich im Krankenhaus gestorben und ihr Mann hätte die Honigherstellung aus Altersgründen aufgegeben.«

Und wenn es doch Nelly gewesen ist, dachte Marc mit trockenem Mund. Wenn es Nelly war, du Blödmann!

»Sie roch zehn Meilen gegen den Wind nach Ex«, fuhr Georges kennerhaft fort. »Nelly hätte ›Ich bin Nelly‹ gesagt und keine blöden Spielchen gespielt. Sie hätte dich sprechen wollen, ist doch klar.«

»Klar.«

»Mich legen die nicht mehr rein, die nicht.«

Er machte sich an seinen Apparaturen zu schaffen, der Kaffeemaschine, den Keramikgriffen der Zapfhähne, er legte Wert darauf, dass alles glänzte, er hatte rosige, blond behaarte Hände. An den Wochenenden flog er eine clubeigene Piper, da oben bist du sicher vor deiner Ex, da lassen sie dich alle in Frieden, sogar der Steuereinnehmer hat Schiss.

»Hast du Kinder?«

»Nein«, antwortete Marc. »Schwein gehabt. Sonst wär ich nie gegangen.«

»Ich hab vier, und ich bin deshalb gegangen, ich konnte ihre Gesichter nicht mehr sehen. Vier Töchter, mit der Mutter macht das fünf Exfrauen, fünf, die mich fesseln und knebeln wollen. Du bist noch mal davongekommen, mein Lieber, sie wollte dich festnageln.«

»Vielleicht ruft sie wieder an.«

Wenn es Nelly war, dachte Marc wieder, den Tod im Herzen.

»Soll sie, sie soll nicht enttäuscht werden, ich werd's ihr schon besorgen.«

»Frag sie nach ihrem Namen.«

»Sie bräuchte sich ja bloß vorzustellen – von den Exfrauen lassen wir uns nicht drankriegen.«

Er starrte Marc an, seine Nasenflügel bebten, die Augen waren voller Zorn:

»Mach dir nichts vor, Mensch. Eine Ex ruft an, lässt nicht locker. Sie kommt, und keine fünf Minuten später hat sie dich eingewickelt, dann bist du nur noch eine Rindsroulade.« Wie ein alter Frontsoldat, der seinen Leuten die unter Beschuss zu nehmenden Zielobjekte aufzählt, ließ er seinen Zeigefinger auf die Theke niederstoßen: »Sie kommt, damit du sie fickst, damit du ihr die Zähne einschlägst, damit sie mit einem bombensicheren Dossier zum Anwalt rennen kann, sie kommt, um dir ein Kind anzuhängen, an dem sie sich dann rächen kann, sie kommt, um dich festzunageln, Mensch, und dir da, da« – mit zwei gespreizten Fingern zeigte er auf seine Nase – »einen Ring zu verpassen wie einem Ochsen. Sie hängt dir einen Prozess an, verlangt Schadensersatz, schickt dich in den Knast, und außerdem schuldest du ihr noch die Knete für die Bälger, die in den Wintersport fahren, nach Harvard gehen oder sich vom Psychologen reparieren lassen, alles aus Sorge um die Kinder, sie haben nämlich das Sorgerecht und nicht du, sie sind das Gefängnis und wir die Ausbrecher ...«

Er verstummte, blutrot im Gesicht, seine geschwollenen Stirnadern pulsierten. Dann bemerkte er den in Marcs Blouson gekuschelten Totin, dessen rosa Schnauze auf dem Tresen ruhte. Er selbst hatte eine schwarze, kurzbeinige Riesentöle mit platter Nase und überall Zitzen.

»So was Süßes«, flötete er und streichelte den Hund. »Die sind treu und verlangen gar nichts. Die schlafen nur und beißen.«

Und dann, mit einem Augenzwinkern in Marcs Richtung:

»Pass auf, Mensch. Wenn man sich in Lumiol verkriecht, gibt man keine Annoncen auf, um es aller Welt zu verkünden. Ich pass schon auf Nelly auf. Ich mag sie. Wilde Ehen haben was Beruhigendes, finde ich. Die einzigen, in denen man vor Liebe schreit.«

Und natürlich kam sie … Es wurde gerade dunkel, als meine Mutter an der Endhaltestelle Place de Galilée aus dem Bus stieg. Der Fahrer sagte ihr noch einmal: »Da entlang, Sie können es nicht verfehlen.« Also ging sie über die Straße, die mitten durch die Stadt zum Hafen führt.

Sie war nicht mehr das kleine Blumenmädchen mit der etwas dicklichen Nase, den hässlichen Pfunden, den altmodischen, bei Muttern ausgeliehenen Kleidern, die die Knie bedeckten. Sie hatte nichts mehr von dem errötenden Baby, das glaubte, mit zwanzig habe man die Jugend hinter sich, das Leben sei schon festgelegt, mit Ehemann und Kindern, mit Freud und mit Leid. Sie war groß, mit schmaler Taille, wehendem Haar, lässig umgehängtem Leinenbeutel, anders und doch ähnlich, so wohlgeformt wie die andere ungestalt, als sei die Erste ein roher Entwurf gewesen, von dem man nur die grünen Augen und die regelmäßigen Zähne beibehalten hatte, um Irrtümer auszuschließen. Auf halbem Wege kam sie an der Kirmes vorbei und fragte die an den parkenden Autos lehnenden Jungs nach dem Weg, reagierte nicht auf deren Komplimente und setzte ihren Weg unbeschwert fort, vorbei am Stadion, aus dem der Lärm eines Matchs drang, und über die unterirdische TGV-Strecke hinweg, der Klang ihrer Schritte schien ihr zu folgen. Als sie nach einer letzten Kurve das dunstige Licht der Kais sah, war sie seit zehn Minuten unterwegs. Von weitem sah man die Ardèche.

An jenem Abend hackte Marc die Straße vor seinem Haus auf; er hatte gehört, dass der Asphalt einen guten Meter von seinem Grundstück überlappte, dabei ist es meins! Meins! Meins! Die Hacke sauste nieder, die Bitumenstücke spritzten. Er hatte seinen Blaumann an, er schuftete, um den Tag zu vergessen, seinen guten Job, seinen Idioten-Job, sein neues Leben, seine SG-Krawatte. Auf seine Art war er Bulle, ein Para-Bulle, ein Einbauküchen-Bulle, er brauchte nicht zu buckeln, um seinen Lebensunterhalt zu verdienen. Jetzt wird gezahlt, ihr Lieben! Ihr habt unterschrieben, jetzt müsst ihr das Scheckbuch zücken, die Großmutter rupfen, das Sparschwein schlachten, aus der Traum, ihr Lieben! Sein Traum war aus, er hatte seine Visitenkarte, seinen Bezirk, man konnte ihm Extrajobs übertragen, Anruf genügt, ihn nach Mieten, Abgaben, Umschlägen angeln lassen, ihn nach und nach für etwas heiklere Eintreibereien interessieren. Jetzt wird gezahlt, was kann ich dafür! Geld ist Geld, man hat nur ein Wort, eine Unterschrift, eine Gesundheit. Er sprach mit sich selbst, während er auf die Straße einschlug, er glaubte sich allein, und Nelly kam näher und sah, wie er die Hacke hob und zuschlug. An jedem anderen Tag hätte er sie wieder erkannt. An jedem anderen Tag wäre er ihr entgegengelaufen. Aber an diesem Abend war er völlig fertig. Er bemerkte es nicht gleich, dass diese aus dem Lichtschein heraustretende Gestalt die Frau war, die ihn verfolgte, die einzige, die er gern berührte, bis zu Tränen quälte und tröstete, dein kleiner Körper. Im letzten Moment erst hörte er ihre Schritte, roch ein Parfüm und dachte, ein in der Patsche sitzender Schrotthändler habe ihm zur Begleichung seiner Schulden seine jüngste Tochter geschickt. Sie stand reglos und wartete darauf, dass er sie zu bemerken geruhte. Mit bloßen Beinen, einer offenen Jacke, einem langen durchsichtigen Schal, offenem Haar, wie er es noch nie gesehen hatte, welch ein Anblick! Mein Gott, sie glich …

»Nelly!«

KAPITEL 6

Nicht schlecht hier.«

Sie bewunderte das Tal, als sei sie wirklich hingerissen von der Gegend, der feuchten, klaren Luft, in der Nebelschwaden trieben, dem beleuchteten Atomkraftwerk, den wenige Meter entfernten roten Leuchtbojen auf dem schwarzen, glatten Wasser und den sanften Wellen, die gegen den Staudamm schwappten. Mit Absicht sah sie anderswohin, sie kehrte zu meinem Vater zurück und ignorierte ihn, bereitete ihm diese erste Demütigung, die er im ersten Moment für Scheu hielt, wollte vielleicht aber auch, dass der alte Bock gleich ihre Witterung aufnahm. Später einmal dachte er, dass sie auch nicht genau wusste, was sie in Lumiol suchte, Rache und gute Noten, als braves, sorgfältig gekämmtes Mädchen, dem seine Mutter früher, bevor es zum Blumenverkaufen aufbrach, sagte: Tadellos siehst du aus. Sie war nicht mehr sorgfältig gekämmt, sie war nicht tadellos, sie war umwerfend. Seine Seele hätte man zwischen ihren Schenkeln verlieren mögen, sie wusste es, und sie genoss es.

Im Haus ließ sie sich auf einen Sessel fallen, es gab ihm

einen Stich, als er ihr gebleichtes Haar sah, die lange platinblonde Strähne zwischen den großen dunklen Wolfshundaugen, die schönen, lächelnden Lippen, ein zugleich furchtsames und wildes Lächeln. Sie stellte ihre bloßen Beine zur Schau. Als sie einen Fuß auf ihr Knie legte, um ein Pflaster abzureißen, sah er ihren Slip und war geblendet. Er kniete vor ihr, knetete ihre Waden, du frierst, du bist so weich, meine Geliebte. Er küsste und rieb ihr Gesicht, schnupperte, seufzte und erzählte allen möglichen heroischen Unsinn, seine schlaflosen Nächte, sein Schwanz, ein Verlangen, das sie sich nicht vorstellen könne, so sehr liebe er sie, mehr als alles auf der Welt nach dieser Trennung, die ihn fast umgebracht habe. Sie sei gekommen, großes Fest, Wiedersehensfreude, du bist da, ich habe dieses Haus für dich gebaut, jeder Stein gehört dir, sag nichts, Nelly. Und da sie in der Tat nichts sagte, blickte er zu ihr auf. Sie betrachtete die unverputzten Mauern, die mit Kleidungsstücken vernagelten vorhanglosen Fenster, die mit einer Hifi-Anlage, über die er zum Schutz Müllsäcke gebreitet hatte, voll gestellte Küche, das mit allem möglichen Zeug verstopfte Wohnzimmer, es war ein beinah beängstigendes Durcheinander von Schattenspielen, aber man musste den Kram schließlich irgendwo lagern. Hätte er von ihrem Kommen gewusst, hätte er alles in die Scheune gebracht.

»Wo soll ich das hintun?«

Er nahm das Pflaster, das sie zwischen zwei Fingern hielt, und schnippte es in den Kamin. Er hätte sich gern zu ihrem Empfang rasiert, den Kopf von den Erinnerungen an diesen üblen Tag freigemacht. Bilder, die ihn verfolgten, eine alte Dame in selbst gestricktem rosa Pullover, die sich an ihn klammerte, ihre brüchige Stimme, die sagte: »Wenn du das Geld nimmst, werde ich dein Tod sein.« Er hatte die Hälfte genommen.

»Brauchst du drei Kühlschränke?«

»Sie sind zu verkaufen, sie kommen weg.«

»Und das alles?«

»Material.«

Er folgte Nellys Blick unter einen niedrigen Tisch auf Löwenklauen und sagte leise:

»Ein Posten Rohrzucker von den Antillen.«

»Woher hast du ihn?«

»Geld ist knapp. Die Leute geben, was sie haben. Jeder muss sehen, wie er durchkommt. Am Ende findet sich immer eine Lösung.«

Er war ein Arbeitstier geworden. Er, der einst so faul war. Der Firma zu Gefallen stellte er die beschlagnahmten Sachen unter, die sich gut auf den Märkten verkaufen ließen: Stühle, Wanduhren, Fernseher, Autoradios, Tonbandgeräte, Videokassetten; die Flohmarkthändler versorgten sich bei ihm mit Ware; ein kleines rotes Motorrad mit verbogenem Lenker lehnte neben der ausgeklappten, von einem Deckenwust gezierten Schlafcouch.

»Ich schlafe hier. Oben gibt es ein Schlafzimmer, aber ohne dich hatte ich keine Lust drauf.«

»Was arbeitest du denn?«

Er stand auf, die Hände zuerst in den Taschen seines Blaumanns, dann zog er sie heraus. Seine Arbeit? Seine Kleidung sprach für sich, die Farbflecken, die ausgebeulten Knie, die rissigen Arbeitsschuhe. Er schuftete, er nahm Häuser, löchrig wie Körbe, dunkel wie Schlamm, und stopfte die Löcher. Er sorgte für Ampere und Volt, fürs Wasser, er setzte Dunstabzugshauben und Kochfelder ein, Kredite herauf und herunter, er verhalf den jungen Paaren zu größeren Perspektiven und zu einem Ausweg, er begrenzte den Schaden, schlug Lösungen vor, setzte Ratenzahlungen fest, er verfolgte die Verlogenheit, die er hasste wie den Tod, und presste sie aus. Ein blühendes Geschäft.

»Reparaturen und Inneneinrichtung«, sagte er ausweichend. »Einbauküchen, eine gute Marktlücke. Ich kaufe und verkaufe, man muss halt was tun. Viel Psychologie im Spiel.«

Ihr Blick blieb am Campinggasbrenner haften, auf dem er sich etwas zu essen machte.

»Für einen Kücheninstallateur hast du eine ziemlich primitive Kücheneinrichtung!«

»Lehrers Kinder, Müllers Vieh ...«

Sie hatte die Beine übereinander geschlagen, er hätte schwören können, dass sie ihn reizen wollte. Aber das wäre gar nicht mehr nötig gewesen. Seit Monaten begehrte er sie Tag und Nacht. Vergeblich versuchte er ihren Körper zu ignorieren.

»Und, läuft es?«

»Bisher hat sich keiner beklagt.«

»Toll, dein Geländewagen.«

»Er gehört mir nicht.«

Sie setzte ihre Inspektion fort, der stahlgraue Ledermantel hing auf einem Kleiderbügel am Fenster – er war in der Taille zusammengefasst, hatte Schulterriegel, große Taschen mit Klappen und vor dem Revers hing eine schon gebundene Krawatte, schwarz mit schmalen grünen Streifen und den Initialen SG.

»Ziehst du so was an?«

»Nur zu den Sitzungen im Firmengebäude. Ich habe auch meine Karte und meine Nummer als Handelsvertreter. Willst du mal sehen?«

»Nein, danke.«

Fast hätte er hinzugefügt: Wir sind keine Verbrecher, und er biss die Zähne zusammen. Sie war gerade drei Minuten da, und schon fing sie an mit Verdächtigungen, fand sie alles eigenartig, fantasierte von einem Einbruch, Kriminellen, von einem Versteck, von Hehlerei und von ihm als Kopf der Bande.

»Hast du es gemietet?«

»Mietkauf, über zwei Jahre.«

»Und das?«

Sie zeigte mit dem Finger auf eine Metallkiste auf dem Küchentisch, wo er seine Akten bearbeitete. Links einvernehmliche Zahlungen, rechts Streitfälle.

»Die Kaffeekasse.«

»Das Geld«, sagte Nelly.

»Sie ist leer, heute ist Banktag«, er ging zum Tisch und öffnete die Kiste wie zum Beweis.

»Und dieser Tresor?«

»Auch leer. Eine Reliquie. Vor einigen Jahren hat der Crédit agricole seine sämtlichen Tresore ausgetauscht. Die alten sind in den Staudamm mit einzementiert worden. Dieser da wurde, wenn ich so sagen darf, verschont.«

In diesem Augenblick schrie Nelly auf. Ein kleiner Hund, der sich lautlos unter ihren Stuhl geschlichen hatte, leckte hingebungsvoll an ihrer verletzten Ferse.

»Totin!«, rief Marc gerührt und hob ihn in einer Hand hoch.

Nelly lachte nervös.

»Wie nennst du diese Scheußlichkeit?«

»Totin.«

»So wurde ich als kleines Mädchen gerufen«, sagte Nelly. »Mein Vater hat diesen Spitznamen erfunden.«

»Du hast mir eben gefehlt. Jetzt, wo du da bist, ist es was anderes, ich werd ihn Médor nennen. Okay, Totin?«

Fröhlich lachend warf sie den Kopf zurück, und ihr Kleid rutschte hoch. Im nächsten Augenblick blickte sie aufmerksam zu Marc hin, er errötete. Sie hatte sich dermaßen verändert, dieser Blick, weitläufiger als ein Wald, einhüllender als ein Nest. Ihr ganzes Wesen verströmte etwas Sinnliches, etwas Ungeduldiges. Mit aller Gewalt hielt er sich davon ab, sie zu fragen, woher sie kam, welche Hände sie geformt hatten, was der khakifarbene Beutel enthielt, warum sie gekommen war, warum an diesem Abend.

»Du bist so komisch. Erwartest du jemanden?«, fragte Nelly.

»Nein.«

»Deine Freundin?«

Die Frage ärgerte ihn.

»Es gibt keine feste Freundin.«

Das stimmte. Er hatte es versucht mit den kleinen Schrotthändlerinnen vom Dive-Ufer, aber es hatte keinen Spaß gemacht. Wenn er Hunger hatte, Hunger nach weiblichem Fleisch, nach weiblichen Zügen, ging er zu ihnen und wurde jedes Mal enttäuscht. Er ließ niemanden unter seine Haut. Er liebte Nelly.

»Du bist trotzdem komisch. Willst Du was essen?«

Sie legte Schal und Jacke ab und ging in die Küche zum Kühlschrank. Sie trug ein karamellfarbenes Kleid mit Ausschnitt, in dem ein goldenes Kreuzchen glänzte.

Nelly aß mit gutem Appetit, Marc saß ihr gegenüber und verhedderte sich stumm in den tausend Fragen angesichts dieser Rückkehr, die vielleicht nur ein Kurzbesuch war, eine lange Nase, die sie ihm drehte. Wie bist du gekommen? Auto, Zug, Bus? Mit oder ohne Spanier? Hat er dich hier abgesetzt? In welchem Hotel ist er? Gehst du heute Abend zu ihm? Wann hattet ihr euren letzten Verkehr? Glücklicherweise rückte die Zeit vor, der letzte Bus war weg, die Züge hielten schon seit Jahren nicht mehr in Lumiol, die Reifen des Geländewagens waren platt, der Hafen war verödet, das Gesindel trieb sich rum. Sie würde die Nacht da oben verbringen müssen, unter den holzverkleideten Dachschrägen, vielleicht mit ihm, ich hab Angst, Marc, halt mich fest. Er erinnerte sich an das Flüstern eines verängstigten Mädchens, das auf Erden niemanden sonst mehr hat. Ihre Stimme hatte an Festigkeit gewonnen.

»Du trinkst also nicht mehr.«

»Nur Wasser.«

»Und all die Flaschen da?«

Er betrachtete die sich auf den Terrakottafliesen stapelnden Kartons. Burgunder. Côte-Rôtie. Er hatte sich gehütet, ihn anzurühren.

»Geschenk eines Kunden. Armer Alter, er dachte schon, es sei aus mit ihm, dabei hatte er diesen Schatz im Keller.«

Sie sah ihn seltsam an.

»Mein Vater trank auch Wasser, ununterbrochen. Nachts hörte ich, wie er es in sich hineinschüttete. Er weckte mich, damit ich ihm die Flasche wieder füllte. Manchmal dachte ich, er würde ersticken, wenn er zu trinken aufhören würde. Entweder das oder er würde wieder in den Alkohol abrutschen. Was er getan hat. Eines Abends ist er am Steuer eingeschlafen.«

Sie sprach nie von ihrem Vater, dem versoffenen Fernfahrer, der mit sechstausend Küken im Straßengraben gelandet war. Der scherte ihn nun wirklich einen Dreck, besonders heute Abend.

»So wie er will ich nicht enden«, sagte Nelly.

Er fand den Gedanken eher witzig.

»Da müsstest du erst mal trinken!«

»Das meinst auch nur du«, sagte sie und legte ihre Gabel hin.

Er sah, wie die grünen Augen verschwanden, und als sie zu sprechen begann, war es wieder mit der Stimme des vom Leben enttäuschten Mädchens. Sie hatte Angst, alles war so schlimm, dass es gar nicht mehr gut gehen konnte. Mit zweiundzwanzig war sie schon eine alte Hexe und völlig verbittert. Sie war absolut blank. Deshalb wollte sie bei ihm wohnen. Dazu war weiter nichts zu sagen. Schließlich waren sie einander mal sehr nahe gewesen, weißt du noch? »Bald kann ich dir Miete zahlen ...« Wenn er ihr das Ersparte zurückgegeben haben würde, das Geld, das er eigentlich auf die Bank hätte tragen sollen. »Das ist alles, was mir von meinem Vater geblieben ist, Geld, und du hast es genommen.« Er schulde ihr außerdem die Motorjacht und die Sachen, die sie in den Schränken zurückgelassen habe, und ihren Schmuck. Zwar sei er nicht sehr wertvoll, abgesehen von einem Ring, einem Erbstück, aber ihr lieb und teuer wie das Augenlicht, vor allem der Tauftaler, den er ihr vom Hals gerissen habe. Das alles müsse man in Geld umrechnen. Aber nun sei sie müde. Sie habe nicht mehr geschlafen seit ...

»... Ewigkeiten«, gähnte sie. »Ich oben, du unten. Fast wie ein Ehepaar. Unter demselben Dach. Sie müssen das Zusammensein erst wieder lernen. So was dauert. Bis morgen ...«

Sie stand auf und stieg gemächlich die steile, ächzende Bodentreppe hinauf. Als sie schon lange außer Sicht war, blickte Marc ihr immer noch nach. Eine Treppe, die er vor dem Vermodern zwischen Salbei und Dornenranken gerettet hatte. Er hatte nie wirklich daran geglaubt, dass sie eines Tages unter Nellys Schritten knarren würde und dass Nellys Beine dabei so nackt sein würden.

Was er damals von den Worten meiner Mutter behielt, hatte wenig zu tun mit dem, was sie sagte. Er suchte sich Sätze heraus: Du warst der Mann meines Lebens ... Ich liebte dich ... Er setzte diese Sätze ins Präsens, im Vertrauen darauf, der Wirklichkeit nur ein wenig vorzugreifen, dazu schien ihn die zärtliche Stimme dieses Mädchens zu berechtigen, das tatsächlich und im vollen Ernst gekommen war, um mit ihm zusammenzuleben. Eine Stimme, die durchtränkt war von einem der Liebe verwandten Gefühl und einer nicht zu bannenden Anziehungskraft. Sie ist verliebt, flüsterte er, so leise, dass er sich nicht ganz sicher sein musste, jedoch so laut, dass es durch die Dunkelheit zu Nellys Ohr dringen konnte. Das Geld? Albernheiten! Davon verstand sie nichts. Wozu sollte er es zurückzahlen? Ein hübsches Mädchen ist nie mittellos. Sie braucht sich ihre Bequemlichkeit nicht auf Kredit zu kaufen. Man lässt sie der Form halber irgendwelche Papiere unterschreiben, die man dann zerreißt. Ein hübsches Mädchen kann sich das Goldene Vlies leisten, denn sie ist das Goldene Vlies. In Wahrheit kam Nelly randvoll mit Stolz und aberwitzigen Alibis heim, in Wahrheit konnte sie ohne ihn nicht leben. Es waren noch eine Menge Fragen offen. Nur keine Panik, die würde sie schon beantworten.

Er hatte weder seinen Blaumann noch die Arbeitsschuhe ausgezogen. Er hatte sich auf dem Sofaüberwurf ausgestreckt, die Füße auf dem Boden. In Abständen schaltete er die Taschenlampe ein und richtete sie auf die Deckenbalken. Da oben schlief Nelly schön gemütlich. Er war völlig überreizt. Immer sachte mit dem Unbewussten. Die offenen Augen sind auf den gegenwärtigen Moment gerichtet, die geschlossenen verlieren sich in bösen Gedanken. Sie wühlen, finden jedoch nichts, ein Faden ist gerissen. So schlimm waren sie nun auch wieder nicht, die Geschichten mit der Motorjacht und den abgesoffenen Sachen. Er konnte sich nicht erinnern, den Tauftaler abgerissen zu haben. Er kam immer nur bis zu dem Bild von Nelly im Halbdunkel der Weihnacht, mit erhobenen Armen, das Gesicht vom T-Shirt verdeckt, das sie gerade auszieht, die Brust nackt. Danach kommt dieses kleine Mädchen mit den hängenden Armen, dann glaubt er, er sei tot, er schwimmt, erbricht sich in die Binsen, er gäbe sein Leben für eine genauere Erinnerung. Und seither dröhnte sein Gewissen von einer Geschichte, die er sich nie erzählt hatte, die er in einen bodenlosen Brunnen geworfen hatte. Die Rauchgaspatronen, irgendein Verrückter musste sie abgefeuert haben, die Pistole aus der Schublade geholt und geschossen haben. Und das Beil, wer hatte es in die Planken geschlagen? Ich, Marc? Er hatte doch diese Nussschale nicht restauriert, um sie eines Weihnachtsabends in Stücke zu schlagen. So was tut noch nicht mal ein Azoodingsbums. Er konnte sich an nichts erinnern, aber das brauchte er Nelly ja nicht zu gestehen. Bloß damit sie aus einem beschissenen kleinen Tauftaler einen Fluss voller im Sand vergrabener Diamanten machte.

Er riss die Augen auf. Da oben lief jemand. Wie ein Schlafwandler ging er durchs Zimmer und die Treppe hinauf. Er träumte von einer kleinen Blumenhändlerin mit bloßen Beinen, einer Jungfrau, die er am Abend eines 14. Juli gehabt hatte. Er träumte von einer Sache, die er zerbrechen, wieder zusammenleimen, in einer Ecke vergessen, nach Belieben wieder hervorholen und verkaufen konnte, sollte ihm der Sinn danach stehen.

Auf dem Dachboden angekommen, hörte er jemanden

flüstern. Sie stand am Fenster, ein Handy am Ohr, ein Schatten, nur ihre langen Beine wurden von Mondlicht überflutet.

»Wen rufst du an?«

»Meine Mutter.«

»Um zwei Uhr morgens? Gießt sie vielleicht gerade die Blumen?«

»Nach Mitternacht ist es billiger.«

Eine kalte Faust packte Marcs Herz. Mit drei Schritten war er am Fenster, er konnte es nicht glauben. Nelly hatte ihr Kleid geöffnet, und im Mondlicht glänzte ihr geschwollener Leib wie polierter Stein.

»Du bist ja schwanger!«, schrie er.

»Ja, ich denke auch. Und morgen ist es neun Monate her seit dem Untergang der Jacht. An deiner Stelle würde ich mich um ein Krankenhaus kümmern ...«

KAPITEL 7

Der schlechte Ruf der Dive hatte vor allem sittlich-moralische Gründe. Nicht nur die Diebesbanden legten dort ihre Fallen aus, auch die Töchter der Schrotthändler, Minderjährige, die praktisch keine Schulbildung hatten. Sie gingen zu zweit oder zu dritt, Mund und Lider von Narben gezeichnet, eine Erziehung mit Messers Schneide. An entlegenen Stellen tauchten sie halb angezogen aus dem Dickicht auf und griffen einem nach der Hand. Für ein wenig Geld bekam man eine glückliche Zukunft und die Narben, für ein wenig mehr eine kaum abgestumpfte Jungfräulichkeit in einem gestohlenen Auto. Die Eltern waren nie sehr weit. Am Wochenende kamen sie in die Stadt, um ihre Horoskope zu verkaufen und den Bürgern Lumiols ins Gesicht zu lachen. Von den einen verjagt, von den anderen hofiert, hatten sie und ihre Familien schließlich die Herrschaft über mehrere Gemeinden errungen und wussten alles über ihre naiven Opfer. Marc Loupiens wollte sie möglichst schnell loswerden; die Sippschaft war ihm nicht geheuer, die Messer auch nicht.

In jener Nacht, als Nelly ohne ein Wort seine Hand wie eine schmutzige widerwärtige Pfote von ihrem Bauch entfernte, waren es die Messer, die ihn zu den Ufern zogen, der Wunsch nach irgendeinem Stück Metall zwischen den Schulterblättern. Sie glaubte, er würde das hinnehmen, sie oben, er unten. Ihre Wampe oben, sein Schwanz unten. Lieber sterben. Sie glaubte, er würde sich im Staub winden, sich entschuldigen, ewig eine zerhackte Motorjacht auf seinem Buckel herumschleppen, es war meine Schuld, Nelly, ich tu's gewiss nicht wieder. Meinetwegen erwartest du ein Kind von einem anderen, meinetwegen hast du vor meiner Nase den Spanier abgeschleppt, er hat dich geleckt, du hast ihn geleckt, wie zwei Straßenköter habt ihr euch beschnüffelt, ihr habt euch nach Strich und Faden geliebt, wie schrecklich, alles meine Schuld, die kleinen Schreie, die du ausstoßen musstest, meine Schuld, dass mir der Schwanz in Flammen steht. Er hätte alles erdolchen mögen. Ziellos ging er am Ufer entlang und beschimpfte den Mond, der ebenso aufgetrieben war wie ein Bauch.

Er verschwand für fünf Tage hintereinander, fand zwei heiße Mädels, eins vierzehn, eins sechzehn, hauste in einem von vergammelnden Lebensmittelresten verpesteten Lieferwagen und soff, so viel er nur konnte. Nachdem er sechs Kästen Mercurey geleert, das Grauen eines Billigmadeira bis zur Neige ausgekostet und sich einen derartigen Brummschädel zugelegt hatte, dass er ihm fast vom Hals fiel, kehrte er nach Hause zurück. Nelly war nicht da, aber überall lagen ihre Sachen herum, der Schal, eine Haarbürste, der Umhängebeutel, und auf dem Waschbecken stand ein Fläschchen Wasserstoffsuperoxyd. Sie hatte schon alles mit ihrem Weiberkram durcheinander gebracht, und bald würde es auch noch nach Babykacke müffeln. Gebrüll, Milch, Erbrochenes, Windeln – und dann musste man in Verzückung geraten: Bravo, mein Kleiner! Übrigens scheiße ich auch auf dich, und sobald du geboren bist, sag ich deiner Mutter, sie soll dich in den Fluss werfen. Er litt nicht, eine im Mondlicht entdeckte Schwangerschaft ist etwas so Nebensächliches, eine Seifenblase. Ohne diese verdammten Anzeigen wäre sie nie gekommen. Er hätte sich weiterhin wie eine tote Ratte geschunden, willige Körper und diebische Hände betatscht, die Mädchen von Schrotthändlern gefickt und sich nach der Liebe seines Lebens gesehnt. Der Papa unten, und die Mama oben, herrlich! Die Mama wird vor die Tür gesetzt, das Balg existiert nicht mehr. Er würde ihr die Programmänderung ankündigen. Sein Blick fiel auf das Telefon. Er drückte auf die Wiederholungstaste. »Klinik Aurore.« Er spürte, wie sein schöner Zerstörungsdrang an Schwung verlor. »Kann ich bitte mit Mademoiselle Collinet sprechen, Nelly Collinet.« – »Wir haben eine Nelly, die sich unter dem Namen Loupiens angemeldet hat.«

Als er ins Zimmer kam, schlief sie oder hatte die Augen geschlossen, um ihre Ruhe zu haben. Neben dem Bett stand ein kleines Rollbettchen, leer. Er fühlte eine vage Hoffnung. Ein tot geborenes Kind, missgebildet, blöde, mit Glubschaugen und mit gekeimten Kartoffeln anstelle der Hände. Wir mussten es einäschern. Nichts zu machen, tut uns Leid.

Er ließ sich in den Sessel sacken und betrachtete die wehrlose Nelly. Welche Erinnerungen, welche Wünsche lagen hinter den Lidern verborgen? »Nelly«, murmelte er zweimal, aber die Lider rührten sich nicht. In dem Infusionsschlauch an ihrem Unterarm war ein wenig Blut nach oben gestiegen. Als Schlafanzug trug sie zwei Stoffstücke, die an den Seiten mit Bändern verknotet waren, man sah ihre Haut. Er wiederholte die Geste, die er fünf Tage zuvor gemacht hatte, er schob seine Hand zwischen zwei Bändern hindurch auf ihren Bauch; sie war wie eine Mumie in einen Verband gewickelt. Als er seine Hand zurückzog, streifte sie die Wölbung einer Brust, die er nicht zu streicheln wagte. Sie roch nach Chloroform und Fieber. Und so besonders hübsch sah sie eigentlich auch nicht aus. Bei der geringsten Erschöpfung wirkte sie wieder wie das dümmliche Blumenmädchen, das die Jungs necken. Das platinblonde Haar klebte ihr an Schläfen und Wangen. Die Nase glänzte, um die ausgetrockneten Lippen lag ein grauer Schatten. Wenn er sie jetzt erwürgte, würde er sehen, wie ihre Vipernzunge herauskäme, wie die Wolfshundaugen glänzen und schließlich erlöschen würden. Er starrte auf ihren feuchten Hals und döste gerade ein, als eine Krankenschwester hereinkam.

»Monsieur Loupiens?«

»Ja?«

»Sie hat auf Sie gewartet.«

»Sie hat auf mich gewartet?«

»Sie hat drei Tage lang nicht geschlafen. Sie haben einen niedlichen kleinen Jungen, aber er muss noch im Brutkasten bleiben. Hier sind die Papiere. Sie haben noch bis heute Abend Zeit, ihn anzuerkennen, danach kostet es Geld. Um fünf macht das Rathaus zu.«

Er sah die Verblüffung in ihren Augen. Sein Blaumann war völlig verdreckt, und wahrscheinlich stank er nach Alkohol.

»Ich habe auch nicht geschlafen, Mademoiselle, ich bin sehr müde. Sie hätten nicht vielleicht ein Aspirin für mich?«

Sie war weggegangen. Nelly schlief immer noch, aber zwischen ihren Wimpern konnte er die Augen sehen. Sein Herz klopfte, als er sich über sie beugte und fiebrig den Vornamen flüsterte, den er liebte, den er zerstören wollte. Mit den Fingerspitzen zeichnete er die Umrisse dieses erschöpften Gesichts nach, als wolle er die Zärtlichkeiten eines anderen und eine ganze vergangene Liebe wegwischen, in der es für ihn keinen Platz gab. Er richtete sich wieder auf, trank das Glas Wasser auf dem Tablett leer, bis später, meine Liebe.

Am Ende des Gangs geriet er versehentlich in einen den Patienten und dem Personal vorbehaltenen Aufzug. Die Spiegelwand verschwand fast hinter den Anschlägen mit Hinweisen zur Feuerbekämpfung, Hygiene, Geburtsvorbereitung, zur Mutter-Kind-Einheit, zu den Mahlzeiten … Ein Wort zog seinen Blick an: NEUGEBORENENZIMMER. Zutritt für Besucher verboten. Umso besser. Mehr konnte man nicht verlangen. Die Tür ging auf. Er hatte geglaubt, nach unten zu fahren, aber er war in den fünften Stock gelangt. Die Trennwand mahnte in großen Lettern: PSST! BABY SCHLÄFT. Er ging an einem leeren Büro vorbei, in dem eine Mikrowelle summte, und durchquerte einen verlassenen Vorraum. Zwei große Flaschen aus weißem Metall und ein Rollwagen voller Medizinfläschchen flankierten eine breite Schwingtür, in der sich ein viereckiges Guckfenster befand. Ohne nachzudenken, trat er ein und blieb jäh stehen, er erstickte. Ihm war, als höre er, wie die Luft seine Lungen blähte, als sei er nur noch durch einen armseligen Schnorchel mit dem Leben verbunden. Rings um ihn herrschte Stille wie in einem Vivarium. Im bläulichen Halbschatten standen durchsichtige Kästen an den Wänden aufgereiht. Die Babys schliefen. Salut, ihr kleinen Kröten. So viele hatte er noch nie auf einmal gesehen, etwa zwanzig, eins hässlicher als das andere, ohne Augen, ohne Mund, runzlige Haut, gehässige Mienen, überall schleimige Haare und Organ-Rosa. Das also war das glückliche Ereignis, das Marienkäferchen! Das also ist die Liebe der Frauen, wenn sie dich lieben, nicht dich, sondern die Kaulquappe, die nur darauf wartet, loszubrüllen. Fluchend nahm er die schlaffen Säuglingskörper hoch, spürte, wie sie schnauften und zitterten, und las die Namen auf den Armbändchen: Morgane, Vanessa, Manon, Stéphanie. Lauter Mädchen! Krötinnen! Welcher dieser Frösche war aus Nellys Bauch gehüpft? Welcher war sein Geschick? Der da? Er hob ein anderes Baby aus seinem Kasten, aber da klingelte sein Telefon, und er legte das Kind an seine Schulter. Ein Ohr drückte er an das Handy, das andere gegen das warme Kind, das ohne sein Wissen in seiner Hand geborgen war.

»Verdammt noch mal, Alter! Das sind jetzt schon fünf Tage!«

»Ich komme. Wo seid ihr?«

»Bei den Volksschullehrern. Das Mädel will nicht aufmachen, ihr Mann hat sich verdrückt. Wir warten auf dich, damit wir endlich die Tür aufbrechen können.«

»Ich komme.«

»Bist du weit weg?«

»In der Klinik. Ich habe einen Sohn bekommen.«

»Das ist fein, Alter. Auf einen Sohn wird einer gehoben.«

»Und wenn wir's heute einfach mal sein ließen?«

»Du spinnst wohl. Denk nicht nur an dich. Du hast jetzt ein Kind.«

Als das Gespräch zu Ende war, bemerkte er, dass er das Kind wiegte. Er empfand keinen Hass, eher ein Gefühl von Geborgenheit. Auf dem Handgelenk des Kerlchens las er: Marc-Aurèle – und wandte sich um.

»Was haben Sie hier zu suchen?«

Die Krankenschwester war wieder angerauscht.

»Das ist meiner«, stotterte er.

»Können Sie nicht lesen?«

Wie ein Dieb ließ er sich das Neugeborene aus der Hand nehmen und suchte das Weite. Die junge Frau befahl ihm zurückzukommen. Er stürzte ins Treppenhaus.

Bonus, Gratisrunde. Es war fünf Uhr nachmittags, er stand am Flipper. Er hatte den ganzen Tag geflippert. Er war nicht zu seinen Klienten gegangen. Er hatte literweise Kaffee und Wasser getrunken und kubikmeterweise belegte Brote gegessen. Marc-Aurèle, wiederholte er immer wieder wie einen völlig sinnentleerten Refrain, das

Wort klebte an seiner Stimme und erinnerte ihn in Abständen an irgendetwas Altes, Vages, nicht sehr Wichtiges.

In einer Art Halbkoma verließ er die Bar. Vor ihm das Rathaus samt französischer Flagge. Seit dem Morgen war er zwanzigmal über den Platz gelaufen. Er hatte Alte gesehen, Witwen, junge Paare, die den schönen weißen Eingang durchschritten und wieder herauskamen, Hinkefüße, die das Kriegerdenkmal schmückten. Er durchquerte die marmorgepflasterte Fußgängerzone mit dem Gefühl, über schwarzes und goldenes Wasser zu gehen, zu dem Mädchen mit den hängenden Armen. Er glaubte sie zu sehen. Sie trug eine Schildpattbrille und eine grüne Pudelmütze, sie steuerte einen Feuerwehrwagen über den Sternenhimmel eines Karussells, zu dem sich auch Elefanten aufschwangen, Ozeandampfer, Giraffen, Flugzeuge, Panzer, Strauße und die mit Kanonen und Radar gespickte Arche Noah. Noch ganz benommen vom Flippern mischte er sich unter die Eltern und betrachtete die Schülermützen, die Wollmützen, die offenen Mantelkragen, die Rotznasen, die widerspenstigen Schöpfe, die zahnlos lachenden Münder, die netten Kinderfratzen, die Zöpfe und die geschorenen Schädel, all das zog zu den Takten eines spanischen Ohrwurms an ihm vorüber. Und dann, fast wurde ihm übel, taumelte im Neongeflacker Nellys Motorjacht heran, im Schlepptau einen großen Kahn aus schwarzem Eisen, an dessen Heck große weiße Lettern leuchteten: *Marc-Aurèle …*

Wie ein ertappter Verbrecher stieß er die Leute zur Seite, floh vor dem Karussell und stürzte in das Rathaus, wo man gerade schließen wollte, durch die Eingangshalle, die Treppe hinauf, Standesamt, Korridor, Tisch, Computer, großes Poster mit tropischen Fischen, die von den Antillen stammende Angestellte, schon halb im Mantel, es war zwei Minuten vor, er wolle seinen Sohn anmelden, er werde hier erst weggehen, wenn man ihn eingetragen habe, er kenne seine Rechte.

»Name der Mutter?«

»Der steht da, in den Papieren, sie hat gerade entbunden.«

»Verheiratet?«

»Ledig, das steht doch da, was macht es auch für einen Unterschied!«

Die Angestellte tippte auf ihrem Computer, ohne den Blick zu heben.

»Junge? Mädchen?«

»Es ist ein Junge …«

»Vorname?«

»Marc-Aurèle«, lachte er bissig, »wie sein Vater, wie seine beiden Väter. Gefällt er Ihnen?«

Er biss sich auf die Lippen und sagte:

»Ganz schön altbacken, Marc-Aurèle, oder? Pierre-Paul-Jacques, das klingt viel besser und ist zeitlos.«

Die Angestellte ließ ihn seine Anmeldung durchlesen und unterschreiben.

»Bitte sehr, Monsieur. Und Sie sind der glückliche Vater?«

KAPITEL 8

Und dann sechs Jahre dieses unvorstellbare Familienleben im Einmachglas, meine Mutter und ich auf dem sicheren Dachboden, mein Vater mit dem Hund unten. Zwei Hausstände in dieser Hütte, in der wir uns alle wie Eindringlinge verhielten, den Finger am Abzug, den Vorwurf auf den Lippen und jeder jederzeit mit dem Rauswurf rechnend. Wir kauften in dem Lebensmittelmarkt auf dem Kai ein. Marc zahlte, meine Mutter führte Buch. Die Abende verbrachte sie mit Berechnungen, Additionen, Voranschlägen, und das Ergebnis fand Marc jeden Morgen auf dem Frühstückstisch, eine trockene Zahl: seine um die täglichen Ausgaben verminderte Gesamtschuld. Mit der Unterstützung der Bank hatte sie nicht nur den durch den Untergang der Jacht verursachten Schaden, sondern auch die materiellen und seelischen Opfer veranschlagt, die sie diesem Lumpen gebracht hatte. Hunderttausend Francs. Unter diesem Berg zermalmte sie Marc. Zu seiner Entlastung wollte sie eine Gütergemeinschaftsehe mit ihm eingehen. Wenn sie erst entschädigt wäre, würde sie gewiss ihren Appetit, ihre natürlichen Instinkte wieder finden. Hoffentlich. Trotzdem versuchte Marc sie nachts zu erweichen, ich hörte das Knarren der Treppe, Flüstern, lautere Ausbrüche, Kläffen, und schließlich den Fernseher, den Marc unten wieder einschaltete. Er schlief anderswo oder brachte seine Freunde zum Saufen mit, dann hörte ich: »Da oben ist meine Frau.« Oder »Sie ist hunderttausend Francs wert. Es wär mir wirklich damit gedient, wenn ich sie für hunderttausend an euch loswerden könnte.« Einmal hörte ich Schritte, unterdrücktes Lachen, und plötzlich ging das Licht an. Georges und Marc standen am Fußende des Bettes und betrachteten meine schlafende Mutter. Sie klammerte sich an mich.

Sechs Jahre, in denen ich meine beiden Eltern hatte. Sechs Jahre nie vorhandener und immer vorgetäuschter Einigkeit. Sechs Jahre, in denen die Zukunft nur eine Blendung war. Sechs Jahre voller Angst, voller Schlaflosigkeit, mit guten Momenten, strahlenden Sommern. Sechs Jahre, in denen ich, hätte man mich »Bist du glücklich?« gefragt, mit »Ja, absolut« geantwortet hätte, bis zu dem verschneiten Abend, an dem sich mein Herz verschloss. Ich hatte vor ein paar Tagen Geburtstag gehabt, die Delfonics liefen, der Wind zerrte an den Vorhängen, die Nacht schien alles rauben zu wollen. Ich erwachte in einem Buch, in dem Köhler aus lauter Armut ihre Kinder ermorden, und dann bricht Marc in diesen Traum ein, aufgelöst, bleich, mit Schneeflocken auf dem schwarzen Blazer kommt er nach Hause, er schließt die Haustür ab, geht zur Spüle, trinkt, stößt dabei Laute aus wie ein sterbendes Tier, während ich unter dem Tisch zittere, seine verschneiten Mokassins und seine bis zu den Knien durchweichte Hose ansehe. Wer von uns beiden hat mehr Angst, als sich unsere Blicke treffen?

»Wo ist Maman?«

»Ist sie nicht oben?«

Diese Frage! Etwas anderes fiel ihm nicht ein. Er wusste nicht mehr, was er getan hatte, wozu er in jenem Augenblick fähig war. Er sah, wie ich mich auf dem Boden wand, und seine Augen sagten etwas ganz anderes als seine Stimme. Den hatte ich vergessen, den kleinen Schisser, sagten sie. Was mach ich bloß mit dem?, sagten sie. Zwei Schieferstückchen mit blauen Linien, Pünktchen. Ein Glück, dass seine Hände mit einem Teller beschäftigt waren und mit diesem Lappen, den er knetete.

»Sie muss oben sein. Geh wieder ins Bett.«

Mechanisch wischte er über die Teller, stellte sie in den Abtropfkorb. Wären tausend Teller da gewesen, hätte er tausend gespült, hätte er tausend kaputtgemacht, mit diesem stumpfen Gesichtsausdruck und den von der Kälte geröteten Händen. Er schien zur Wand zu sprechen.

»Los, geh!«

Ich rührte mich nicht.

»Wenn ich nach oben geh und sie ist da, kannst du was erleben.«

Schließlich gingen wir zusammen nach oben, er näherte sich dem leeren Bett, hob die Decken, das Kopfkissen, dann tauchte er seine Hand in das Wasser in der Badewanne und ließ auch mich meine Hand eintauchen, und das Geräusch erinnerte mich an Maman, wenn sie nachts in der Badewanne las. Vom Bett aus hörte ich dann das regelmäßige Rascheln der Seiten, ich sah einen Schatten, der sich auf der Wand bewegte und sich bis zu den Dachbalken ausdehnte, dabei war es nur ein Buch und die Hand meiner Mutter.

»Es ist lauwarm«, sagte Marc und setzte sich auf den Wannenrand.

Da waren wir, gleichermaßen ratlos, und spielten uns eine Komödie vor, um das Schlimmste zu verhindern, den tödlichen Streit zwischen einem vierzigjährigen Mann und seinem sechsjährigen Sohn. Mit leerem Blick bewegte er weiter seine Hand im Wasser.

»Es ist lauwarm, sie muss vor kurzem gebadet haben …« Er nahm die Haarbürste, die auf der Wasseroberfläche schwamm, kämmte sich vor dem Spiegel über dem Waschbecken, strich sich das Haar über den Ohren glatt und legte die Bürste aufs Wasser zurück. Ohne seinen Schnurrbart und den Pferdeschwanz wirkte er verkleidet. Zehn Jahre älter und zehn Jahre jünger.

»… und du wirst mir jetzt sagen, wann!«

Er kauerte vor mir, hatte mein Kinn gepackt und machte mir Vorwürfe. Wenn jemand wissen konnte, wo sie steckte, dann ich. Immer wieder sagte er: »Wo soll ich sie suchen, wenn du mir nicht sagst, wo sie ist?«

Ich schauderte.

»Sie hat's dir gesagt! Kein Wort zu deinem Vater, hat sie dir gesagt!«

Lichtlose Augen, Worte wie Schreie mit klangloser Stimme.

»Ist dir klar, dass es schneit und dass sie sich totfahren kann?«

Er stieß meinen Kopf weg, ich begann zu weinen.

»Nichts zu machen! Sie ist nie sehr weit. Geh schlafen. Verschwinde.«

Ich hatte scheußliche Angst, und ich fror. Ich wollte, dass er mich in den Arm nahm, ich griff nach seiner Hand, aber er machte sich los.

»Bist du taub? Ab ins Bett!«

Er hob mich auf und warf mich auf das Doppelbett, in dem wir immer zusammen schliefen, meine Mutter und ich, er stopfte die Decken so fest um mich, dass ich keine Luft mehr bekam.

»Und jetzt schläfst du, Pierre! Du machst die Augen zu! Wenn du sie noch mal aufmachst, schläfst du nie wieder. Schlaf!«

In was für einem Zustand seine Stimme war.

Ich habe die Augen zugemacht, ich habe sie wieder aufgemacht. Ich hatte geschlafen. Das Licht brannte immer noch, der Wind hatte nachgelassen. Ich hörte das Wasser in die Wanne laufen, und ich sah Mamans Schatten. Meine Angst verflog. Ich blieb schön im Warmen und rührte mich nicht, noch halb im Schlaf. Gleich würde sie ihre nassen Arme um mich legen, und morgen hätte ich alles vergessen. Flüsternd rief ich nach ihr, aber sie hörte mich wohl nicht. Mit wem sprach sie? Wie eine Katze schlich ich mich an. Ich sah meinen Vater vollständig angezogen in der Badewanne sitzen, den Kopf in den Händen vergraben. Schluchzen schüttelte ihn, er war es, der sprach. Mamans Schatten an der Wand verlosch, sie schlug ihr Buch zu. Sie war nicht mehr da.

Alles beginnt in dem Augenblick, in dem er mir sagt: »Sie muss oben sein.« Alles beginnt mit dieser geborstenen Stimme, dem geschmolzenen Schnee an den Füßen, den von der Kälte geröteten Händen, dem Scheppern der Teller, alles beginnt da oben, als er weint und unablässig auf und ab geht und ruft. Vorher gibt es die Geschichte nicht oder nur kaum; danach hört sie nicht mehr auf, sie ist mein Leben. Wenn ich sie nicht erzähle, schneiden sie mir die Zunge heraus, dann bringen sie mich um.

Alles beginnt dort, alles endet hier in dieser stinkenden Krankenstation.

Sein Kopf fiel auf das Kopfpolster zurück. Wenn er die Augen schloss, war er in Lumiol, beobachtete den Schnee und die Schatten. Wenn er sie öffnete, war er in Désertas, im Bett, verbrannt von dem Eimer Teer, den er sich absichtlich übers Bein gekippt hatte. Auf die Rückseite eines Einpackpapiers hatte er *Liebe Laura* geschrieben, Dutzende von Malen, und da waren die Karnickel über ihn hergefallen, wer ist das, Laura? Wo er auch hinging, sie hatten ihn immer beim Wickel. Sie folgten ihm aufs Klo, in die Dusche, sie lösten sich an seinem Bett ab. Er war eingekesselt von Lachen, Drohungen, Augenzwinkern, Schlägen, Tätscheln, Beleidigungen, sich im Schloss drehenden Schlüsseln, nächtlichem Gebrüll in sein Ohr, er war umgeben von Angst, einer an ihm klebenden schmutzigen zweiten Haut. Er konnte niemandes Hände sehen, ohne zu frösteln.

Er konnte die leeren Betten rings um ihn erkennen. Es war wie früher, wenn die Schatten lebendig wurden und er verschwinden wollte. Letzte Nacht lag der Kleine im

Bett neben ihm. Er hatte Migräne und Pierre störte ihn mit seinem ständigen Hin- und Herwälzen im Bett. Er fing an zu rauchen. »Du heißt Pierre? Bist du ganz sicher? Woher kommst du? Warum bist du hier? Hast du Schiss? Mit gutem Grund, du wirst krepieren. Bist du blöd oder was? Wenn ein Neuer nach Désertas kommt, müssen wir doch wissen, wer er ist, schon aus Sicherheitsgründen. Wenn er getötet hat, wollen wir nicht wissen, warum, sondern wen. Wir wollen Einzelheiten, darauf sind wir scharf. Wenn er keinen umgebracht hat, wollen wir ebenfalls die Einzelheiten. Bei den armen Irren, diesen kranken Würstchen, ist natürlich nicht viel mit Geständnissen oder Einzelheiten. Wenn einer erzählt, er hätte in Schmuckgeschäften Bullen kaltgemacht, dann hat er in neun von zehn Fällen im Wald Mädels gefickt. Wir wissen nicht viel, hier auf Désertas, aber wir haben eine gute Nase.«

Er drehte sich zu Pierre um.

»Also, wen hast du kaltgemacht?«

»Was macht das schon?«

»Das macht, dass du uns nicht mehr lange irgendwelchen Scheiß erzählst!«

»Ich habe niemanden umgebracht, das habe ich von Anfang an gesagt.«

Der Kleine feixte.

»Armer wandelnder Justizirrtum! Auf den ersten Blick hast du keinen Sprung in der Schüssel. Auf den ersten Blick bist du eher ein Spitzel vom Amt. So was hatten wir schon mal. Willst du einen Tipp? Spitzeln bekommt das Klima hier schlecht. Das ist ein guter Tipp, glaub mir.«

Bei Tagesanbruch redeten sie immer noch, und Pierre stellte die erste Frage, seit er auf der Insel war:

»Ist das wahr, dass du Banken überfallen hast?«

»Nicht die Banken, die Bankiers. Das war mein Bruder. In meiner Familie hat man's gern, wenn sie lächeln. Eines Tages siehst du einen Bankier lächeln, und dann magst du einfach nicht mehr darauf verzichten. Ein lächelnder Bankier ist wie die Mona Lisa in noch schöner, so was ist enorm kostbar.«

Der Kleine war beliebt auf Désertas; er spielte Gitarre, er erzählte haarsträubende Geschichten und fing mit bloßen Händen Fische aus den Tümpeln.

Ohne ihn wirkte die Krankenstation wie eine Falle. Mehrmals am Tag erschien Gun vor dem Fenster und rüttelte am Gitter. Obszön streckte er die Zunge durch die rostigen Rauten und erinnerte an sein Versprechen: »Entweder redest du oder ich schneid sie dir ab. Entweder wirst du ein Karnickel oder du krepierst.« Reden? Er hatte es versucht. Er stieß gegen eine Wand von vermauerten, festzementierten Wörtern, es gab keinen Ausweg. »Still, halt die Klappe«, hatte sein Vater immer gesagt und seine Lippen mit zwei Fingern verschlossen. Als guter Schüler scheute Pierre instinktiv vor allen gefährlichen Wörtern zurück. Je mehr man ihn drängte, desto mehr verschloss er sich. Sein Vater hatte ihn dazu erzogen. Die Karnickel aber liebten Aufschneider. Wer von ihnen hatte wirklich gemordet?

Er lag auf dem Rücken und versuchte, seine Atmung zu verlangsamen. Alles kühl zu betrachten. Das Fenster zu vergessen, durch das die Nacht leuchtete. Sprechen, schweigen, die Zunge abgeschnitten bekommen, in einer kleinen abgelegenen Bucht verbluten, ein den Fliegen zum Fraß vorgeworfener Schnüffler. Er wollte Schluss machen mit seinem verwesenden Geheimnis, das schon keins mehr war. Dann wäre er ein Karnickel mit Kost und Logis, ein kleiner Gangsterboss im Land der Ananas mit Meerblick und Heilklima, mit Lehre und Berufsaussichten, im Gefängnis der Seligen – von wegen!

Ein Gefängnis, das war Désertas, eine Versuchsanstalt unter dem Kommando von Militärs, deren Kleidung blau war wie die der Insassen. Elf Militärs für die siebenundzwanzig Karnickel, zwölf mit dem Arzt. Reiche Industrielle mit viel Sinn nicht nur für den Wert von Gesellschaft und Familie, sondern auch für die mit gemeinnützigen Werken verbundenen Steuervorteile kamen für den Unterhalt der Einrichtung und des Versorgungsschiffes auf. Der Staat lieferte seine Staatsmacht und die Betreuer. Ob nun Besserungsanstalt oder Gefängnis, dem minderjährigen Straftäter, der noch zu jung und zu naiv war für eine normale Haftanstalt, aber doch zu gefährlich, als dass man ihn hätte freilassen können, bot Désertas sein Dach und seine Kerkerwände. Es gab weder Rechtsmittel noch Anwälte, noch Besucher. Und es gab auch keine Frauen auf Désertas, auch wenn der Kleine Lydie gesehen hatte. Auf dem Hügel mit den Windrädern, sie war in den Dreißigern, trug weiße Plastikstiefel, und der Arzt schlug sie mit einem Lorbeerzweig. Du erzählst wieder Scheiß, sagten die anderen, der Arzt ist ein Homo hoch drei. Aber Lydie, mochte sie nun real sein oder nicht, verzauberte sie, sie konnten sie in ihren Träumen berühren, formen, eine schöne Blondine, eine üppige Rothaarige, die inmitten der vor dem blauen Wasser sausenden Windräder keuchte. Im Traum brauchte man sie nicht zu schlagen und man konnte sie Laura nennen. Für sämtliche Jugendliche war sie die abwesende Frau, wenn sie sich jeder für sich oder für niemanden liebten oder sich wie Adam und Eva umarmten. Und der Kleine hatte noch ganz andere gesehen.

Bei Krankheiten wandte man sich an den Doktor. Das war sein Name. Die Karnickel hätten keinen besseren finden können. Der Körper streikte, der Doktor half. Er hatte immer ein Heilmittel in der Tasche, eine Säge, ein Feuerzeug. Er erteilte die Heilung wie eine Strafe. Karies? Er zog den Zahn. Verstopfung? Er verabreichte ein drastisches Abführmittel. Immer noch nicht gut? Er operierte. Ein Notfall? Er rief das Rote Kreuz, und die schickten ein klappriges Flugzeug. Inzwischen starb der Patient, und das Flugzeug drehte wieder ab. Es hätte sowieso nicht landen können, die Piste war noch im Bau. Zwei Tote in zwölf Jahren, das war in Ordnung. Mit dem fleckigen Kittel, dem zerwühlten Haar und der Bratapfelnase hatte der Doktor etwas von einem in eine Schießerei geratenen Pizzabäcker. Für Pierre hatte er nichts tun können, tut mir Leid, mein Großer, er konnte ihn nur in die Krankenstation aufnehmen. Sollte sich die Infektion verschlimmern, würde man das Rote Kreuz um ein Flugzeug bitten.

Ein Flugzeug, dachte Pierre, eine Heimführung aus Gesundheitsgründen, eine Hauttransplantation, die Freiheit. In Lumiol hatte er ein Flugzeug mit Flügeln wie Brötchen in seinen Tisch geritzt. Er hatte Dutzende von Häusern hineingeritzt, Treppen, Menschen mit ausgebreiteten Armen im Schnee, Berge und Sonnen und Löcher, in denen die verkohlten Überreste von Gebirglern lagen. Man schimpfte mit ihm. Aber wer? Seine Mutter war immer zu Hause, sein Vater kam abends heim, eine echte Familie. Man aß, man zappte durch die Kanäle, man schlief. Wenn ihm das Geschimpfe zu viel wurde, flog er mit seinem Flugzeug ans Ende der Welt und landete erst Jahre später wieder auf seinem Tisch. Seine Mutter las, sie strich ihm über den Kopf und sagte: Da bist du ja. Er sieht seine Mutter wieder, das Flugzeug, die Tischplatte auf zwei Böcken, die verstellbare Arbeitslampe aus rotem Metall, sie knarrt und wirft einen runden Lichtschein wie ein Theaterspot. Das Ende der Welt ist in Lumiol. Es wäre schön, dorthin zurückzukehren, auf dem Tisch zu landen und für die Dauer seines Aufenthalts ein Sechsjähriger zu sein und beide Eltern zu haben, nicht nur Geräusche im Kopf und Schatten an der Wand, Bildfetzen, ein Gedächtnis wie ein See voller toter Fische. Zu den Schatten gehörten Menschen, die er liebte. Wo waren sie?

Und selbst wenn er sie nicht liebte, so war das doch sein Leben, er musste sich an sie klammern, man sollte mit seinen Eltern böse sein, solange sie noch leben, wenn sich noch beide Seiten böse sein können; eines Tages kommt der Tod und macht alles kaputt. Meine Mutter roch gut, mein Vater war verrückt danach, er lehrte mich laufen und lesen, er trug mich auf seinen Schultern, er liebte mich, liebte er mich?

KAPITEL 9

Er schloss die Augen bei der Erinnerung an groteske Szenen, in denen Marc, der mit ihm nicht reden konnte, ohne ihn zu demütigen, der Liebe das in den Mund legte, was ihm gerade opportun erschien – die Liebe, ja, hör auf zu heulen. Putz dir erst mal die Nase, wenn du sie wieder sehen willst, und mach nicht mehr ins Bett. Und lass mich vor allem endlich in Ruhe, vergiss sie! Sie sei aus Liebe gegangen, und aus Liebe werde sie zurückkehren, wenn ihr Sohn nicht mehr nach ihr verlange; wenn er so weitermache, würde sie sich ein anderes Kind suchen, das weniger an ihrem Schürzenzipfel hinge, jawohl mein Kleiner, sie würde den Hausschlüssel wegwerfen, denn den habe sie zu allem Überfluss auch noch behalten! Eine furchtbare Liebe, eine furchtbare abwesende Mutter. Am siebzehnten April hatte er sechs neue Kerzen auf dem Rührkuchen ausgeblasen, den seine Mutter ihm gebacken hatte; am Abend des siebenundzwanzigsten ging sie, und die ganze Nacht hindurch kam sein Vater immer wieder herauf, umarmte ihn wie einen Leichnam und sagte: »Vergib mir, Nelly.« Am achtundzwanzigsten war niemand da, als er aufwachte, er durchstöberte die Wandschränke, schüttelte die Vorhänge und die Bücher aus, blickte auf den Schnee über dem stillen Tal, rief in den Keller, sah im Kaninchenstall hinterm Haus nach, auf der Straße, die ganz weiß war bis zur Kurve, unter den schneebeladenen Bäumen am Flussufer und kam mit leeren Händen zurück. Sie war nicht da, immer noch nicht. Wo konnte sie nur sein? Ratlos wandte er seine Suche in sein Inneres.

In den ersten Monaten sah er überall die Vorzeichen einer unmittelbar bevorstehenden guten alten Zeit. Er erwartete, dass die Tür aufginge und sie hereinkäme, dass er ihre Stimme hören, dass ihm ihre sanfte Hand das Haar aus der Stirn streichen würde. Am nächsten Tag wollte er die verlorenen Stunden wieder aufholen, die sich von Tag zu Tag vermehrten. Wenn sie wieder da ist, höre ich ihre Armbänder klimpern, dann fahren wir mit dem Motorrad einkaufen, legen uns am Fluss in die Sonne, und mein Vater stellt uns Fangfragen. Er wird mich nicht mehr wecken, um zu erfahren, was sie gesagt hat, er wird nicht mehr ans Telefon stürzen, man wird nicht mehr hinter mir her tuscheln, als gäbe es Gedanken, die ich nicht haben darf.

Wenn sie wieder da ist.

Aber solange er Geburtstage hatte, war sie nicht da; und selbst wenn die Flamme jede Kerze der Welt und jedes nur mögliche Alter erfasst hätte, wäre sie nicht zurückgekommen.

Am siebzehnten April blies er sieben schiefe Kerzen auf einem im Supermarkt gekauften Rumkuchen aus und wunderte sich plötzlich, warum seine Mutter nicht mit ihnen am Tisch saß. »Sie musste zu einem anderen Geburtstag. Nächstes Jahr kommt sie.« Im nächsten Jahr brannten acht Kerzen, im Jahr danach neun auf einer Schüssel Mousse au chocolat. Pierre fragte, warum sie weggegangen sei, eine Frage, die er selbstverständlich nicht wieder stellen durfte, nie wieder. »Wahrscheinlich liebte sie dich zu sehr«, antwortete sein Vater genervt. Zum Trost tranken sie ein Glas Rum. Und ein zweites. »Fehlt sie dir?« »Ich fand es schön, dass sie bei mir schlief.« »Sie schlief nicht bei dir, Männlein, sie schlief unten bei mir. Außer wenn du Albträume oder Fieber hattest. Sie frühstückte im Bett, eine echte Prinzessin. Weißt du noch?« »Nein.« »War sie blond oder dunkelhaarig?« »Blond.« »O ja, so blond wie Ebenholz. Ihr habt dasselbe Haar, dasselbe spanische Blut.« »Sie war groß«, behauptete Pierre. »Nein, winzig, ein kleines unscheinbares Frauchen. Aber stimmt, mit sechs Jahren erscheint einem alles groß, selbst ein Winzling von einer Mutter. Außerdem schummelte sie mit ihren Absätzen. Sie hat mir die ganzen Fliesen zerkratzt, du brauchst bloß nachzusehen. Sie hatte ein schönes, fröhliches Lachen, das hatte sie wirklich. Auf die Dauer ein wenig nervig. Sie hätte dich witzig gefunden, mit deiner Rotznase. Versuch, sie nächsten Samstag wieder zu erkennen.« »Kommt sie?« »Nein, wir besuchen sie.« Sie fuhren nach Paris und gingen in eine Bar. Pierre döste in einem dunklen Nebenzimmer und trank Milch mit Himbeersirup. Er hörte Lachen und Flüstern. Man sagte ihm, er solle brav dableiben. Beim Aufbruch sah er den beleuchteten Eiffelturm; eine Sekunde später war er dunkel. »Es waren zu viele Leute da heute Abend, sie konnte sich nicht freimachen. Zu deinem zehnten Geburtstag kommt sie.«

Nachts sah er sie, ihre traurigen Augen. Sie ging weg, aber er holte sie im Schnee ein und brachte sie nach Hause zurück, ließ ihr ein heißes Bad einlaufen. Sie hatte unterwegs ihren Umhängebeutel verloren, er lief zurück und suchte ihn auf der Straße oberhalb der Schlucht. Sie ging weg, aber sie verpasste nie einen Geburtstag oder ein Weihnachtsfest. Man saß zusammen und trank Rum. Sie holte ihn von der Schule ab, sie trug seine Schultasche, es war ihm piepegal, ob sie blond oder dunkelhaarig war, er war stolz auf sie, sie war seine Mutter. Eines Nachts kletterte er aus dem Bett, um sie neben die Männchen und das Flugzeug auf seiner Tischplatte zu malen. In einer anderen Nacht hörte er von weitem ihre helle Stimme und knipste das Licht an, damit sie auf der Treppe nicht fiele. In wieder einer anderen Nacht weckte ihn das Geräusch eines Motorrads, und er ging hinaus und lief fast bis Lumiol. Am Morgen lagen Bücher, in denen sie früher gelesen hatte, im Bett. Marc hatte Recht, sie war nie fern – nie fern und nie da.

Schon bald erzählte er seinem Vater nichts mehr von seinem nächtlichen Doppelleben. Sie gingen zusammen angeln, ins Fußballstadion, in den Filmclub oder in Lumiol spazieren, und wenn sie Leute trafen, flüsterte Marc: Pass auf, was du sagst. Und danach: Das hättest du nie sagen dürfen. Du redest zu viel. Still, so lautete die Order, und es fiel keineswegs schwer, zu Hause den Mund zu halten, ihm war klar, dass sein hartnäckiges

Verlangen nach seiner Mutter ihm nur Ärger einbrachte. In der Schule war er anders, lebhaft, redselig, enthusiastisch, er erzählte wüste Geschichten, sie sei aus Spanien zurückgekommen, er dürfe seine Schulkameraden einladen, sie habe den Hausschlüssel in einer Bar verloren, ihr Motorrad sei kaputt und sie trage keine Schuhe mehr, um die Fliesen nicht zu zerkratzen. Seiner Lehrerin schwor er, sie sei wirklich zurück, ganz bestimmt, sie gehe nur nicht oft aus, sie wolle sich nicht erkälten.

Als die Direktorin ihn darauf ansprach, reagierte Marc sorgenvoll und mit Würde. Armer Kerl. Seine Mutter fehle ihm. Und beschloss bei sich, diese wirren Fantasien auszumerzen und umgehend das geeignete Gegengift zu verabreichen. Ein Augenblick der Zärtlichkeit und Grausamkeit. Abends suchte er ihn in seinem Zimmer auf, setzte sich auf die Bettkante, las ein paar Seiten aus einem zufällig herumliegenden Roman vor, schmuste mit Pierre und teilte ihm schließlich bewegt die traurige Neuigkeit mit, eine Folge der Geschichten, die er in der Schule erzählt habe: »Tja, nun wirst du weggegeben.« »Weggegeben?« »Ja, in eine andere Familie, in eine andere Gegend, ich weiß auch nicht, wohin. Eine gerichtliche Anordnung. Wir werden uns nicht mehr sehen.« Pierre begann zu zittern, schnappte nach Luft; er drehte völlig durch, und sein Vater konnte ihn nur mit äußerster Mühe davon überzeugen, dass noch nichts entschieden sei, dass alles noch in Ordnung kommen könne, wenn er nur wolle. Es dauerte lange, bis das Kind zu zittern aufhörte. »Du hast eben zu viel geredet«, sagte sein Vater und streichelte ihm liebevoll übers Gesicht. »Du weißt genau, dass deine Mutter nicht zurückgekommen ist. Du bist ein Lügner, Sohnemann.« Im flachen Lichtkreis einer Nachttischlampe murmelte er: »Leute, die einem Gutes tun wollen, fügen einem manchmal Übles zu. Wenn eine Mutter ihre Familie verlässt, fangen die Behörden an zu schnüffeln, vorsichtshalber. Eine Lehrerin kann zu Recht oder zu Unrecht vermuten, dass ein Kind zu Hause nicht glücklich ist. Was tut sie? Sie meldet es den Behörden. Du weißt nichts davon. Niemand weiß etwas davon. Was tut die Polizei? Sie klingelt an der Haustür, guten Abend, die Herrschaften, nimmt das Kind mit und Schluss. Kein Kind mehr, keine Familie. Es hatte einen Vater: Es hat ihn nicht mehr, nur zu seinem Besten. Diese Maßnahme ist zwar theoretisch nur vorläufig, aber es ist noch nicht vorgekommen, dass ein Kind in sein ursprüngliches Zuhause zurückgekehrt wäre. Und das gibt es ja auch nicht mehr. Du glaubst doch wohl nicht, dass nach diesem kleinen Überfall hinterm warmen Herd alles weitergeht wie bisher. Der Vater verliert erst den Verstand und dann den Job, er hat keinen Sou mehr, um gegen die Behörden zu kämpfen ...« Tonlos spulte Marc seine Geschichte ab und ließ dabei das an seinen Lippen hängende Kind nicht aus den Augen. »Für den Staat ist das ein gutes Geschäft, das hält die Waisenhäuser und Irrenanstalten am Laufen.« Er legte ihm einen Finger auf die Lippen, ein »Still« war nicht mehr nötig, als er das Licht löschte. Ein Skorpion ließ sich auf Pierres Zunge nieder und rührte sich nicht mehr weg. Bis zu dem Tag, an dem er schreiben konnte.

Zehn Jahre wurden mit einem Atemzug von einer Johannisbeer-Charlotte gefegt, und nach seinem Gläschen Rum bemerkte Pierre: »Ich hatte Muffensausen. Ich hab wirklich gedacht, sie würde anrücken.« »Sie hätte vorher angerufen, Sohnemann.« »Sie hat sich auch ohne Vorankündigung davongemacht.« So sehr er auch herumkasperte und sich mit der Charlotte voll stopfte, in allen Tonlagen wiederholte, wie neidisch sie wohl wäre, wenn sie sie so sähe, sie kam nicht. Als er schlafen ging, war ihm fast übel, er kauerte sich unters Fenster, wo sie ihn kaum finden würde. Sobald sie Anstalten machte, sich ihm zu nähern, und dabei überall Wassertropfen auf die Dielen verteilte, ballte er die Fäuste und schrie innerlich: Geh weg, ich liebe dich nicht. Sie hörte auf, ihn zu belästigen. Bis zu dem Tag, als er schreiben konnte.

Er mied seine Klassenkameraden, meldete sich nicht mehr im Unterricht, wusste nicht mehr zu allem etwas zu sagen, ging immer so schnell wie möglich nach Hause. »Verträumt«, urteilte sein Quartalszeugnis. Verträumt, unaufrichtig, verschlagen, es war alles eins. Marcs Misstrauen verdoppelte sich. Welchen Verdacht wagte er nicht zu äußern? Woran dachte er hinter seinen verschlossenen Lippen? Wenn seine Augen sich in denen seines Vaters verloren, als entginge ihnen nichts. »Wo bist du?« »Ich bin müde.« Woran dachte er, wenn er das Buch sinken ließ und vor sich hin brütete? Mitten in der Nacht erwachte Pierre vom Klicken des Lichtschalters und sah, wie sein Vater hin und her ging, sich an allem zu schaffen machte, seine Tasche öffnete, in den Heften blätterte, seine Hosentaschen umdrehte und seufzte. Es war ihm so peinlich, als sei er selbst der Spion. Sein Vater hatte sicher einen guten Grund für diese Inspektionen. So ist es eben, wenn ein Kind zu viel redet, oder zu wenig.

Marc griff auf einen guten alten pädagogischen Kunstgriff zurück, um ihm die Würmer aus der Nase zu ziehen. Er kaufte ein Heft, in das Pierre eintragen sollte, was ihm durch den Kopf ging, jeden Tag einen Satz. *Dein Hund stinkt, du solltest ihm die Zähne putzen. Vielleicht hat er Karies. Ich hab dir gesagt, dass ich keine scharfe Blutwurst mag. Kauf mir neue Inline-Skates, sonst mach ich dir nicht mehr das Bett.* Mit dem Instinkt eines Bibers, der seine Stämme gegen die Strömung setzt, baute er mit seinen Sätzen einen Wall gegen die Außenwelt, einen geschlossenen Kreis, in dessen Schutz er in das Geheimnis der Wörter, die ihn beim Lesen beunruhigten, eindringen konnte. Ende März malte er anstelle des täglichen Satzes und der in die Ecken gekritzelten Karikaturen ein ganzseitiges buntes Bild, ein wildes Durcheinander von Vögeln im Flug, verkohlten Bäumen, Händen, allen möglichen Gegenständen von der Flasche bis zum Kamm, von der Gasmaske bis zum Küchenmesser, mit einer riesigen Zunge und zwei glotzenden, deutlich geäderten Augen sowieso einer schwarzen Kugel, einer Bombe samt Sprechblase BUMM. »Was ist das?« »Der Frühling.« »Wohl der Prager Frühling. Morgen wirst du das bitte mit ein paar Worten zu erklären versuchen.« Was Pierre nicht tat; mehr war nicht herauszubringen aus ihm, Erinnerungen und Ressentiments schwelten unter der Asche.

Zum elften Geburtstag aß er seinen ersten Saint-Honoré, er schwelgte in Sahne und Rum, bis ihm fast übel war. Einen so schönen Abend hatten sie lange nicht erlebt. Sie erzählten sich Witze, Rätsel, Pierre sang. Marc sah einen strahlenden, verwirrend nahen Sohn. Zwischen zwei Scherzen zog er Pierre beiläufig ins Vertrauen: Er habe in den letzten Jahren immer schon vermutet, dass Nelly nicht kommen würde, sie schäme sich zu sehr. »Jetzt ist es vorbei, Sohnemann, sie hat ein anderes Kind.« »Das kann sie doch mitbringen.« »Aber dazu müsste sie auch Lust haben.« »Und wir müssten genauso Lust haben.« Es wurde also beschlossen, sie zu vergessen, und Pierre fand sich leicht mit diesem Verrat ab. Seine Mutter war nur noch eine irreale Welt, eine Kinderei. Zu oft hatte er sie knapp verpasst, eine Sekunde früher, und du hättest sie gesehen, so ein Pech! Er hatte zu lange gewartet, zu oft Pakete ausgepackt und die von der Firmenangestellten – sie beherrschte den Unterschied zwischen das und dass nicht – hastig zusammengeschusterten Briefe gelesen. Er hatte zu oft allein zu Hause gewartet, ein, zwei Tage, zwei Nächte, wenn Marc sie aus Paris holen wollte, und immer kam sein Vater in jammervollem Zustand zurück, unrasiert, mit verkorkstem Magen und begleitet nur von einem leichten Vanilleduft auf den Wangen. Heute hast du sie gewittert, Sohnemann, das nächste Mal siehst du sie. Das nächste Mal half er seinem Vater kommentarlos ins Bett. Marc war nicht unterwegs, um sie zu holen, sondern um zu trinken.

So ohne seine Mutter empfand er zuerst etwas wie Freiheit. Er musste ihrer Abwesenheit wegen nicht mehr erröten, und für lange Zeit hörte er auf, ein beschämtes Kind zu sein. Bis zu dem Tag, als er seine erste Erinnerung erzählte – indem er sie aufschrieb.

Sein elftes Lebensjahr war sein goldenes Zeitalter. Er war groß, kräftig, hatte sehr helle Haut, lebhafte Züge, über die seine Empfindungen hinweghuschten wie Blitze, und er liebte alkoholische Getränke, spannende Bücher und die Mädchen. Auf dem Gymnasium gab es nicht ein Mädchen, das er nicht gern geküsst hätte, wenngleich er es noch bei keinem getan hatte. Ob es nun das Schlusslicht der Klasse war, mit ihrer feuchten Unterlippe, oder die schlanke Turnlehrerin, die mit ihm auf der Aschenbahn des Stadions um die Wette lief. Er mochte seine Klassenkameraden, aber er stöberte auch gern in ihren Taschen und praktizierte mit seinen Freunden den hehren Grundsatz des Was-mein-ist-soll-auch-dein-sein. Er neigte nicht zur Gewalt, er schien das Recht des Stärkeren anzuerkennen, aber wenn er sich doch einmal schlagen musste, ritt ihn der Teufel und dann kämpfte Pierre, bis er umfiel. Er war witzig und hatte seine Fans. Er hoffte, eines Tages diesem Vater, den er zugleich bewunderte und bedauerte, gerecht zu werden. Er fand ihn schön, brillant, gerissen, er wollte weder wissen, wie alt er war, noch sich vorstellen, dass er eines Tages alt sein würde. Lieber sterben als seinen Niedergang erleben. Er hatte schon Falten unter den Augen, er schlief bereits schlecht, im Schlaf rief er nach Nelly, furchtbar, dieses »Nelly«, ein in der Dunkelheit verlorener Vogelschrei. Wie konnte er überhaupt noch Interesse an dieser Frau haben! Pierre verkroch sich unter die Decke, und am Morgen verloren sie kein Wort darüber.

Zwischen seinem Vater und ihm entwickelte sich eine Freundschaft, die von den gelegentlichen Streitereien nicht beeinträchtigt wurde. Marc blieb sich treu, es machte ihm Spaß, wenn er seinen Sohn vor Wut zittern sah, wenn er heftig errötete, doch war er auch froh, dass er da war, ergeben, vertrauensvoll und nie nachtragend. Er hatte ihm das Lesen beigebracht, er lehrte ihn auch die Nacht lesen wie ein Buch und die Sterne wie die Seiten einer Geschichte ohne Ende, die der Menschen und der Götter, deine und meine. Im Sommer saßen sie nachts auf dem Ponton, an den die Dive schwappte, und er erzählte ihm, wie sich die Erde und der Mond drehten und wie das hiesige Meer zweimal am Tag verzweifelt versuchte, das Meer auf der anderen Seite der Kontinente zu erreichen und sich in den Schwanz zu beißen. Als ob wir auf einem Boot säßen, sagte Pierre, der das Schwanken des Pontons unter sich fühlte, oder war es gar das Schwanken des durch die Dunkelheit jagenden Himmelskörpers? Er fühlte sich vage bedroht durch dieses zur steten Bewegung verurteilte Universum mit seinen schmelzenden Gletschern, mit Ozeanen, die sich zusammenzogen und wieder ausdehnten, mit lauter Feuern unter dem rissigen Sockel der Kontinente und ihm selbst als lebendem Punkt darin, als Kettenglied zu einer wenig wahrscheinlichen Zukunft, in der alles aus dem Gleichgewicht zu geraten drohte, weil er groß würde, ein Mann, und sein Vater alt. Dann müsste er die Rollen tauschen können, denjenigen schützen, der ihn vor seiner Erinnerung und seiner Mutter geschützt hatte. Wie würde das Verhängnis es anstellen, dass sie getrennt wären, weniger Vater und Sohn, sie, die sein wollten wie ein und derselbe Wassertropfen?

Sonntags gingen sie zum Tennisplatz von Lumiol, einem etwas öden Club, der sich einer Minigolfanlage und verschiedener Tischtennisplatten rühmen durfte und wo man den Eindruck nicht los wurde, es habe gerade geregnet oder es werde zumindest gleich regnen, man müsse die Wischlappen bereithalten und das Match falle aus.

Der Sohn gefiel sich in überlangen T-Shirts mit auffälligen Aufschriften, der Vater, als alter, wettergegerbter Kämpe, trug schmutzig weiße Shorts, irgendwelche aus dem Bügelwäschestapel gezogene verknitterte Hemden und einen rot und weiß geringelten Pullover, den wohl ein Lord dreißig Jahre zuvor der Gilde europäischer Flohmarkthändler überlassen hatte. Und jedes Mal schimpften sie, kaum hatten sie zu spielen begonnen, auf die verschlissenen, die schlecht gefüllten, die zu harten oder ganz einfach vergessenen Bälle. Von wem? Wer sie brüllen hörte, musste ein Handgemenge befürchten. Unter der Karnevalsmaske des Sports konnten sie sämtliche Gereiztheiten der Woche aus sich herausschreien. Jeder fand den Stil des anderen abartig und machte ihn für die miese Qualität des Spiels verantwortlich. Die Hassgefühle legten sich wie eine dicke schwarze Schicht über den Platz. Es begann zu regnen; wir haben gut gespielt, lautete Pierres unabänderlicher Schlusskommentar.

Wenige Tage vor seinem Geburtstag ahnte er schon, dass er ein solches Jahr kein zweites Mal erleben würde, aber was sollte er tun? Er war bedrückt, als er die Schublade mit den Kerzen aufzog, um die schwarzen Enden der Dochte abzuschneiden. Am siebzehnten April würde er die Grausamkeit in den Augen des zärtlich geliebten Vaters sehen und dann wäre es aus mit den großen, geisterhaften Kuchen, deren Erscheinen vom Klacken des Sicherungskastens angekündigt wurde. Nur gut, dass er schreiben konnte.

Dann kam der triste, windige Abend, an dem sie zum ersten Mal auf dem gemeindeeigenen Tennisplatz spielten, einem roten Spielfeld am Wasser. Enten und Schwäne schauten ihnen durch den Maschendrahtzaun zu. Pierre führte fünf zu null, schließlich dreißig zu gar nichts. Auch beim Rückspiel gewann er vierzig zu null, dann kam ein nicht zu haltender Lob, den sein Vater mit schallendem Gelächter quittierte, nachdem er vorher gerannt war wie ein Irrer. »Champion!«, sagte er, als er zum Netz trabte, um dem Sieger die Hand zu drücken. Er lachte immer noch, und auch Pierre lachte, ein wenig verlegen, zum ersten Mal hatte er seinen Vater beim Tennis geschlagen, und noch dazu vernichtend. »Wenn du schon mit zwölf so spielst, kannst du mich in einem Jahr im Heim abliefern.« Das Match ging weiter. Pierre, bereit, alle gewonnenen Punkte zurückzugeben und wieder in die Haut des Anfängers zu schlüpfen, schwitzte Blut und Wasser, als er mehr schlecht als recht die fiesen, häufig in die Ecken gezielten Bälle zurückschlug und lautstark seine Bewunderung äußerte.

»Übertreib's nicht mit der Schleimerei«, sagte Marc.

»Nee, wirklich!«

»Mir langt's, gehen wir heim.«

Der tief hängende Himmel nahm ein immer dunkleres

Grau an, Regentropfen und Schneeflocken trieben in der kalten Luft; der Fluss drohte über die Ufer zu treten. Marc schwieg, sein rascher Schritt ließ seinen Sohn zurückfallen. »Wir haben gut gespielt, oder?« Der Vater schnaubte nur. »Warum sagst du nichts?«, fragte Pierre. Im Haus stürzte er durstig an die Spüle, aber er erreichte den Wasserhahn nicht, wurde brutal an der Kapuze zurückgerissen. »Geh auf dein Zimmer.« »Warum?« »Los! Und falls dir nach Lachen ist, nur zu, die Mauern sind dick!« Als ihn sein Vater nach einer Stunde wieder hinunterrief, stand er immer noch mitten in der Küche, das Handtuch um den Hals, den Blick starr auf den Wasserhahn gerichtet. »Eben auf dem Tennisplatz hast du gelacht, weißt du noch?« »Wir haben beide gelacht.« »Meinst du? Ich frage mich wirklich, wann ich dich schon mal so habe lachen hören.« Er wandte den Kopf nicht, sein Mund war verkrampft. »Sei so gut und hilf mir auf die Sprünge. Lach wie eben auf dem Tennisplatz.« Pierre schluckte. »Ich soll lachen?« »Genau.« »Ich hab Durst, und wenn ich nicht ...« »Wenn du gelacht hast, kannst du trinken.« »Das kriege ich einfach nicht hin.« »LACH.« Pierre räusperte sich und wollte sich mit einem gezwungenen Theater-Hihi aus der Affäre ziehen. Vor dem Blick seines Vaters jedoch wich er zurück, als habe er sich versengt. »Du wirst jetzt lachen, du Würstchen du! Du wirst lachen wie auf dem Tennisplatz und wie ich euch habe lachen hören, deine Mutter und dich, am Abend, bevor sie ging. Ihr habt mich angeschmiert, ihr habt was hinter meinem Rücken ausgeheckt, ihr habt eure Irrenmusik gehört, was hat sie dir erzählt? Was hat euch solchen Spaß gemacht?« »Nichts.« Pierres Knie zitterten. »Ihr hattet euren Spaß, und ich würde dir jetzt sehr empfehlen, richtig zu lachen!« Angesichts der erbärmlichen Versuche seines Sohnes, des Clowns-Haha, lachte er selbst, HA! HA!, lachte ihm ins Gesicht, bitter und verzweifelt, HA! HA! HA! »Hörst du es, Pierre, dieses Lachen? Hörst du es? Ich will es nie wieder hören, es hat mich umgebracht. In Zukunft kannst du lachen, wie du willst, aber nicht mehr so. Das heb dir für deine Mutter auf, und wenn's dir zu schwer wird, lach gar nicht. Und jetzt trink.«

Beim Abendessen hatte der Rum schon alle Spannungen aufgelöst. Sieben rote und fünf blaue Kerzen schmolzen auf dem grünen Guss einer von Vanillesauce umflossenen Brioche. *Dem besten aller Söhne ein langes Leben* stand in Schokoladenschrift darauf. Beim dritten Stück wurde Pierre schwindelig, mit Schweiß auf den Schläfen und hochroten Wangen brach er in ein irres Lachen aus, es war wie ein Erbrechen in langen wütenden Krämpfen, er biss sich auf die Lippen und lachte haltlos durch den Schmerz und die Tränen, lachte und wusste nicht, wie ihm geschah, er starb vor Angst.

Ihm gegenüber saß sein Vater, ordentlich gekämmt, frisch rasiert und geduscht, und wartete lächelnd darauf, dass er sich beruhigte.

»Du machst mir wirklich Freude, wenn ich dich so sehe, Sohnemann. Ich hab die Brioche vielleicht ein bisschen üppig getauft, aber es tut mir nicht Leid.«

Als erreiche er die obersten Stufen einer Treppe, verebbte Pierres Lachen schließlich.

»Entschuldige«, sagte er mit einem letzten, abgrundtiefen Seufzer.

Tränen liefen ihm übers Gesicht, er wusste nicht, wohin mit sich. Die Hände auf dem Tisch, beugte er sich zu seinem randvollen Glas vor und schlappte den Rum mit der Zunge auf.

»*Ich* muss mich entschuldigen«, protestierte sein Vater, »du bist ja immer ein Spielball deiner Gefühle. Ich weiß auch nicht, was in mich gefahren ist, sicher der Alkohol. Wenn ich trinke, denke ich an sie.«

»Vergiss es«, sagte Pierre.

Es klang fast flehentlich. Die Bitte galt ebenso sehr ihm selbst wie seinem Vater. Sie hatten gesagt, sie würden sie vergessen. Sie hatten sie ausradiert, in ein Gelübde gesperrt. Sie war wie eine Sirene, angezogen von den Lichtreflexen auf dem Rum. Sie erschien ihnen. Sie hatte sich immer noch nicht mit ihrem Verschwinden abgefunden.

»Schmeckt nicht schlecht.«

»Fusel von einem säumigen Zahler«, sagte Marc.

Fahrig schenkte er sich nach und verschüttete etwas über seine Hand.

»Auf sie …«

»Das fiele mir schwer«, sagte Pierre. »So ein Scheißspiel.«

Er wusste nicht mehr, was er sagte. Seine Stimme kam ihm vor wie ein zwischen den Wänden taumelnder Schmetterling.

»Ein bisschen Respekt, bitte. Immerhin hat sie dich gemacht.«

»Du auch.«

»Nicht sehr.«

Marc schob sein Glas über den Tisch, gegen das seines Sohnes.

»Auf deine geliebte Maman«, sagte er spöttisch. »Tschin-tschin.«

»Auf diese dreckige Hure!«, antwortete Pierre.

Sein Vater fuhr auf, als wäre er gemeint gewesen. Pierre solle das sofort zurücknehmen.

»Sprich mir nach: Bitte verzeih mir, liebe Maman.«

»So weit kommt's! Was hab ich ihr denn getan?«

»Du hast unser Leben verpfuscht.«

»Ich?«, fragte Pierre fassungslos und suchte vergeblich den Blick seines Vaters.

»Ich weiß auch nicht. Ich versuche, mich an ihre Stelle zu versetzen. Sie ist nicht allein schuld.«

»Ich soll euer Leben verpfuscht haben? Bin ich etwa weggegangen und hab mir von irgendwem ein Kind machen lassen?«

Marc bat um einen gemäßigteren Ton.

»Ich hab das nur so gesagt. Damit du sie vergisst, damit du weniger leidest. Meinst du, es macht Spaß zu sehen, wie du jeden zweiten Tag ein langes Gesicht ziehst? Und Kinder hat sie bestimmt noch mehr …«

Als Pierre böse murmelnd den Kopf senkte, sah er sie. Sie hatte sich verändert seit damals. Sie würde bald weißes Haar und den zerknitterten Mund der Alten haben. Und ihr Blick war auf ihn gerichtet. Traurig und freundlich und schon seit sechs Jahren.

»… aber wart nur, bis sie wieder da ist, dann wirst du

gleich zu ihr kriechen und mich nicht mehr kennen, ganz wie früher. Muttileins kleiner Schatz.«

Pierre klammerte sich an den Tisch und stand auf, blass, betrunken, alles drehte sich um ihn.

»Ich will nicht, dass sie sich hier wieder einnistet. Wenn sie kommt, gehe ich.«

Sein Vater explodierte, er solle das nur noch einmal sagen, mit solchen Drohungen fuchtele man ihm besser nicht vor der Nase herum.

»Den Streich hat mir deine Mutter schon gespielt, du kleiner Idiot! Manchmal frage ich mich, ob ihr nicht doch von derselben Art seid. Hau doch ab, verschwinde, da ist die Tür. Mach's ihr doch nach.«

Er fischte die Kerzen aus der Vanillesauce, brach sie eine nach der anderen in Stücke und häufte sie dann auf den Teller seines Sohnes.

»Na, wie gefällt dir das? Das ist mein Leben nach deiner Geburt.«

Im nächsten Jahr ließ Pierre in der Schule nach, er lief nicht mehr so schnell wie früher, und seine Sportlehrerin warf ihm vor, er habe oft eine Fahne. Haben Sie was gegen Fahnen? Zwei Tage Ausschluss vom Unterricht. Am Abend nach einem Wettkampf küsste er ein Mädchen unter einer Linde am Stadion. Ihre Schenkel waren nackt, ihre Zunge kühl. Sie bekam eine derartige Gänsehaut, dass er sich fragte, ob sie vielleicht Windpocken habe. Er wartete vor den Umkleideräumen auf sie und begleitete sie nach Hause. Er sagte ihr, sie sei wie eine Blume, und wieder bekam sie Windpocken. Er war sich sicher, dass er sie liebe, dass er nun mit ihr gehe. Am Tag darauf kam die verletzende Abfuhr. Es sei nur einfach so ein Kuss gewesen, um die Versetzung zu feiern, ein Kuss vor den Ferien, nichts weiter Aufregendes. Sie nahm Ballettstunden, sie hatte hübsche Waden und feste kleine Brüste. Es fiel ihm irrsinnig schwer, sie zu vergessen. Nach den Ferien tat es ihr Leid, aber zu spät, da liebte er schon Laura. Mit zunehmendem Alter fiel ihm auf, dass er anders war als die anderen in Lumiol. Manchmal verbündeten sich seine besten Freunde gegen ihn. Man habe viel Spaß gehabt neulich abends, erfuhr er, aber ihn hatte man nicht eingeladen. Man ging ohne ihn schwimmen oder aus. »Samstag waren wir in der Disco. Dich hätten sie nicht reingelassen. Die mit Aufenthaltsgenehmigung dürfen nicht rein.« Das galt auch für das *Aramis,* das von den Kindern aus begütertem Hause frequentierte Gymnasiasten-Café unter den Platanen. Dort wurden die fröhlichen Wochenenden, die Geselligkeiten geplant. Pierre, der niemanden einlud, wurde nicht eingeladen. Manchmal hörte er Seltsames. Die Loupiens seien ein besonderer Fall, zwei leicht verrückte Einzelgänger. So was wie urfranzösische Emigranten, die irgendein Wind nach Lumiol getrieben hatte, aber woher hatte der Wind geblasen? Wenn Pierre keinen Ärger wollte, musste er sich ducken, sich anpassen, den anderen vorsagen, bei den Fußballspielen Tore schießen. In der Kneipe war er es, der zahlte. Na und? Sein Vater nahm die Betrüger aus, er trieb das gestohlene Geld ein. Der Sohn durfte es wieder ausspucken.

Zu seinem dreizehnten Geburtstag gab es abends ein

Fleischfondue. Alles Gute zum Geburtstag, Sohnemann. Sie aßen unmäßig, die Öldämpfe reizten ihre Augen. Hin und wieder warf Marc seinem erwartungsvollen Hund ein Stückchen Fleisch zu, das dieser im Fluge schnappte. Hin und wieder goss er seinem Sohn Rotwein nach. Sie hatten umso größeren Appetit, als sie wenig sprachen. Sie warfen sich verstohlene Blicke zu. An den Geburtstagen musste man auf der Hut sein.

»Na, mein kleiner Träumer?«

»Na, mein kleiner Papa?«

»Na, was denn, mein kleiner Träumer? Schmeckt's?«

»Genau wie dir, mein kleiner Papa. Am liebsten hätte ich zwei Mägen, so gut ist es. Und noch lieber wär's mir, wenn dein Köter mir nicht ständig Fleisch klauen würde.«

Zum Nachtisch gab es Mokka. Marc holte die Flasche alten Rum und die Schnapsgläser. Sie tranken jeder drei. Pierre hätte gern noch ein viertes getrunken, damit der Abend länger dauerte, damit sie die ganze Nacht da wäre. Sie sieht mich so liebevoll an. Sie stört niemanden, man bemerkt sie gar nicht, nur ich. Still.

»Noch einen Tropfen.«

Er sah zu, wie sein Vater das Glas ebenso voll schenkte wie die Male davor. Morgen würde er einen dicken Kopf haben. In Mathe würde er lauter Minuspunkte kassieren, in Französisch eine Sechs, dazu eine Verwarnung wegen Aufsässigkeit, er würde die Lehrer zum Teufel schicken, und es wäre ihm scheißegal.

»Siehst du, Papa, wir haben kein Wort verloren.«

»Über wen?«

»O nein, kein einziges Wort.«

Er wusste genau, was er jetzt sagen wollte. Etwas Liebes. Mein kleiner Papa, so schlecht geht's uns beiden gar nicht. Wir haben schon einiges weggesteckt. Wir werden's schon noch schaffen, wir werden dem Leben noch die guten Seiten abgewinnen, die es nicht hat. Und das ist dein Verdienst. Die Lichtreflexe verschwammen auf dem Rum. Im letzten Moment murmelte er mit schwerer Zunge:

»Diesmal glaube ich wirklich, dass sie tot ist, du nicht?«

Er wiederholte die Frage, weil er keine Antwort hörte.

»Doch«, sagte Marc, richtete sich plötzlich auf und erklärte, dieses heiße Öl stinke wie die Pest.

Mit abrupten Gesten trug er den Fonduetopf in die Küche und wusch sich erst das Gesicht und dann den Nacken unter kaltem Wasser. Er stand recht lange über die Spüle gebeugt, eine Hand am Hinterkopf, bestürzt, aber auch erleichtert. Diese Angst. Er lebte wieder. Es war verrückt. Er hatte einen Komplizen im Haus, Nellys eigenen Sohn, den tapferen kleinen Pierrot. Dieses Mal konnte sie ihm nichts mehr anhaben. Dieses Mal war sie richtig tot, vergessen, wenn das kein Geschenk war! Mit den besten Wünschen vom Sohnemann.

KAPITEL 10

Zwei Tage später, am Steuer seines Geländewagens, war er sich nicht mehr so sicher. Er erstickte fast vor Angst und Wut. Dieser verdammte junge Hund! Er fuhr wie ein Verrückter, um ihn nicht zu erschlagen, überholte alles, was er sah, wechselte die Spur, trat das Gaspedal durch, versuchte ein kleines Blumenmädchen einzuholen, das ihm ins Gesicht lachte.

»Wohin fahren wir?«

»Schnauze.«

Was hab ich ihm bloß getan?, dachte Pierre, er hatte die Hände unter die Oberschenkel geschoben und saß am äußersten Ende der Sitzbank. Er war völlig durchgeschwitzt. Gleich würden sie von der Fahrbahn abkommen. Heute Morgen hatte sein Vater ihn zur Schule gebracht, heute Abend hatte er nach dem Sportunterricht auf ihn gewartet, das war noch nie vorgekommen, und seither rasten sie an der Dive entlang, knapp vorbei an riesigen Lastern, die plötzlich aus dem Nebel auftauchten, es war wie eine Flucht.

»Mir ist schlecht.«

Die Scheiben wurden nach unten gefahren, ein Schwall eiskalter Luft drang ein. Er schlotterte in seinem Trainingsanzug, todmüde nach dem Basketballspiel, er konnte nicht mehr. Als er einen Blick auf seinen Vater riskierte, sah er eine so hässliche Grimasse, dass er sich nicht mehr hinzuschauen traute. Es war sechs Uhr, es wurde dunkel. Sie hatten die Brücke am Stausee passiert und fuhren nun durch eine weitläufige, völlig unbewohnte Hügellandschaft. Falls er zum Pass hinauf wollte, daraus würde wohl nichts, es hatte zu schneien angefangen. Und der Streudienst würde erst am nächsten Morgen kommen.

»Er ist zu!«, schrie er voller Erleichterung beim Anblick der auf dem Asphalt blinkenden Warntafel und des zwischen zwei Bäumen gespannten orangefarbenen Plastikbands.

Marc fuhr haarscharf am Schild vorbei und brach durch das Band. Ein Stück verfing sich am Wagen und begann die Windschutzscheibe zu peitschen.

»Schaltest du das Licht nicht ein?«

»Kümmer dich um deinen eigenen Dreck.«

Als sie aus dem Wald herauskamen, überzog kaltes, rotes Licht den dämmrigen Himmel und ließ den Schnee auf den Hügeln funkeln, aber kaum hatten sie die Sonnenblenden heruntergeklappt, da setzte dichter Schneefall ein. Pierre hatte gerade noch einen Blick in die steile Limites-Schlucht und auf das wie vom Abgrund verschluckte Kraftwerk tief unten werfen können. Was hatten sie hier zu suchen, in diesem noch nicht eingefahrenen Auto? Ihm war übel vor Müdigkeit und Stress, der

Wagen rutschte und schlingerte in den endlosen Kurven. Vor den ausgeschalteten Scheinwerfern sah man nur noch weißen Staub und die verschwommenen Umrisse der Kurven.

»Ist es noch weit?«

»Was meinst du?«

»Ich meine, du wirst dein Auto demolieren.«

»Dich werd ich demolieren.«

Er riss am Steuer, der Wagen schleuderte einmal herum und kam am Rand einer abschüssigen und mit vereinzelten schwarzen Büschen bestandenen Wiese zum Halt. Brüsk zog er die Handbremse an, streifte die Handschuhe über und wandte sich zu seinem Sohn. Pierres Magen hatte sich verkrampft, er hörte das schwere Atmen seines Vaters, durch den Mund, durch die Nase, er ahnte seinen beobachtenden Blick, die Sekunden verrannen.

»Wo sind wir, kleiner Dreckskerl?«

»Weiß ich nicht.«

»Ich rate dir, antworte!«

»Man sieht doch nichts.«

Marc schaltete die Scheinwerfer ein und wischte über die Windschutzscheibe.

»Wo sind wir?« Er packte den Jungen am Ohr und zwang ihn, den Kopf zu heben, den Blick auf die vom Schnee verdunkelte Scheibe vor seiner Nase zu richten.

»Wir sind da.«

»Idiot.«

Die Scheibenwischer schoben den Schnee weg und die Scheinwerfer öffneten einen weißlichen Tunnel vor ihnen.

»Na?«

»Hier war ich noch nie.«

»Steig aus!«

Ihm war schon so kalt, dass er nichts spürte, als er draußen war, der Schnee reichte ihm bis an die Waden. Die Lichtbündel der Doppelscheinwerfer bohrten sich in den Dunst. Er zog die Kapuze über. Eine Autotür ging auf und wieder zu. Als er das Stückchen Plastikband von der Antenne löste, packte ihn sein Vater am Ärmel und zog ihn auf den verschneiten Hang. Er machte große Schritte, Pierre stolperte hinter ihm her, schlug hin, flehte, er sah, wie sich das Gelände da unten unter dem Grau neigte und in eine Art Nacht stürzte, aus der ihm ein eisiger Atem entgegenschlug.

»Nein!«, schrie er, außer sich vor Grauen. »Nein!« Er ließ sich fallen, aber sein Vater, taub für seine Schreie, hielt ihn noch gepackt, er ging weiter und schleifte seinen halb ausgezogenen Sohn, der Bauch war schon frei, durch den Schnee.

»Wo sind wir?«

»An der Schlucht«, schluchzte Pierre und versuchte sich am vereisten Gras festzuhalten.

»Warst du schon mal hier?«

»Ja.«

»Steh auf!«

Schwankend stand er vor dem Nichts, einem Höhenunterschied von mindestens fünfhundert Metern, der in jedem Prospekt als der beeindruckendste in ganz Europa erwähnt wurde. An seiner Seite erriet er eine Gestalt.

»Was hattest du hier zu suchen?«

»Du hast mich hierher gebracht.«

»Und warum hab ich dich hergebracht?«

»Das weiß ich nicht mehr.«

»Und das da?«

Ein schwaches Geräusch, ein Lichtstrahl, und er sah sein Heft im Schnee liegen.

»Heb das auf!«

Drei Schritte lagen zwischen ihm und dem Heft. Die Schneeflocken tanzten im Lichtstrahl der Lampe, ringsum war alles dunkel und im Dunst versunken. Man sah nicht, wo der Abgrund anfing. Er rührte sich nicht.

»Heb das auf!« Sein Vater versetzte ihm einen Stoß, und Pierre fiel auf die Hände.

Voller Entsetzen beim Gedanken an das nahe Nichts rutschte er auf den Knien vor bis zum Heft.

»Lies.«

Er konnte die Seiten nicht umwenden, das Licht tanzte, die Schneeflocken schmolzen auf den Wörtern. Die gekrümmten Zehen in seinen Schuhen stemmten sich gegen den Hang. Er wusste nicht, was er lesen sollte, sicher das da, den Entwurf eines Aufsatzes, oben auf den Rand hatte sein Vater *Dreckskerl* gekritzelt. Durch seine Tränen hindurch versuchte er der Tintenspur zu folgen, seine verkorkste Geschichte wieder zu finden, eine für die Französischlehrerin aufgeschriebene Erinnerung, die er sich immer wieder selbst herleierte, in der Schule, beim Tennis, wenn er auf dem Fahrrad umherstreifte, wenn er schlief und jedes Mal, wenn er für einen anderen Gedanken ein wenig zu allein war. Er erinnerte sich an die Zeit, als seine Mutter da war, und daran, wie sie verschwunden war, von einer Sekunde zur anderen, wie ein Licht, das erlischt. An jenem Morgen hatte er sich allein anziehen müssen, in immer neuen Anläufen. Er war verloren. Nur eine kleine Frage hatte er noch auf den Lippen. Sein Vater verlor die Geduld, antwortete »Ja, Pierre«, »Das weißt du besser als ich«, »Natürlich nicht, sie hasst Papageien«, »Sag das noch einmal, und dann bin ich es, der geht.« Aber es war stärker als er, Pierre ließ nicht davon ab: »Kommt sie wieder zurück?« Sie waren mit Freunden zu Georges essen gegangen. »Für mich ist es schon ein übler Schlag«, hatte sein Vater gesagt, »aber für den Kleinen ist es noch härter.« Er strich ihm übers Haar, das verwirrte ihn. Er war traurig und stolz zugleich. Beim Nachtisch hatte man angestoßen, ohne zu sagen, worauf. Georges wollte noch bei den Töchtern der Schrotthändler vorbeischauen, aber sein Vater hatte genug von diesen miesen Typen, sie hatten das Gasthaus verlassen. Er wusste, wo er Nelly finden würde, man musste noch vor Einbruch der Nacht hinkommen. Am Himmel waren viele Vögel, sie kreisten über den Feldern. Bei jedem Sonnenstrahl sagte Marc, sie schicke ihnen schönes Wetter. Sie waren in die Hügel gefahren, so hoch hinauf, dass sie wegen des Glatteises hatten anhalten müssen, an einer völlig abgeschiedenen Stelle. Sein Vater hatte ihm gesagt, er solle sie suchen. Beim Aussteigen hatte er einen Riesenbammel bekommen, als er ein Schwindel erregendes Loch sah, in dem Vögel schwebten. Er hatte sich zu dem Geländewagen umgewandt, um seinem Vater zuzuwinken, aber die Scheibe war schon wieder hochgefahren. Er war noch ein Stückchen weitergegangen. Und da hatte er seine Mutter wieder gefunden, er konnte es nicht fassen. »Da ist sie!«, hatte er geschrien, und sein Vater war über das Gras herbeigerannt, so schnell er konnte. Er hatte ihn geschüttelt und geschrien. Der sah aber auch gar nichts: Mamans Leinenbeutel schaukelte am Ast eines Strauchs über dem Nichts. »Geh du hin«, hatte sein Vater gesagt, »ich bin zu schwer.« Ohne nach unten zu sehen, war er zu dem Busch gekrochen. Er versuchte sich mit der Vorstellung Mut zu machen, sie sei in dem Beutel, ruhig und vernünftig wie ein geschlossenes Buch. Er hatte ihn seinem Vater gebracht, aber der hatte ihn ausgelacht, der sei für die Mülltonne, man brauche gar nicht erst hineinzuschauen.

»*Einige Monate später fand ich den Beutel unter der Treppe.*«

Er hatte das letzte Wort noch nicht ausgesprochen, da flog sein Heft schon in den Abgrund. Das Licht ging aus.

»Wer hat das sonst noch gelesen?«

»Niemand.«

Pierre wollte sich umdrehen, aber eine Hand legte sich um seinen Nacken, die andere knebelte ihn.

»Verstehst du nicht, was das heißt, die Schnauze halten, sie richtig halten?«

Er bekam keine Luft mehr. Er war weich, willenlos, ein roter Schleier legte sich über seine Augen. Instinktiv klammerte er sich an den Unterarm, der ihn umspannte, der Schnee stach. Der Albtraum nahm ein Ende, die Hände, die ihn erstickten, massierten nun seine Schultern, sein Vater drückte ihn an sich.

»Dieser verdammte Quatsch!«, sagte er. »Du bringst dich noch um mit deinen Dummheiten.«

Er hüllte ihn in seine Felljacke, drängte ihm seine Handschuhe auf, und so eingepackt, wärmte er ihn noch auf dem Rückweg zu dem vom Scheinwerferlicht umflossenen Wagen.

Wenige Minuten später waren sie bei Georges zum Abendessen, umgeben von fröhlicher Freitagabend-Stimmung und munter tafelnden Honoratioren. Man stellte Marc einen doppelten Scotch hin, den er zwischen sich und Pierre schob. Sein Blick wanderte durch den Saal, glitt über die Gäste, den Richter, den Bürgermeister, die Polizei, den Direktor des Gymnasiums, die Ärzteschaft, die Gattinnen – er lächelte.

»Ich kenne sie alle. Randvoll mit Knete. Miese Tröpfe, aber wir leben von ihnen, also sei höflich und halt dich gerade. Machen wir uns einen netten Abend. Was möchtest du, Pfeffersteak oder Spieß?

»Steak«, sagte Pierre tonlos.

»Und vorweg?«

»Dasselbe wie du.«

»An deiner Stelle würde ich die Krebse versuchen.«

Immer sagte er das: An deiner Stelle; immer: Wenn ich du wäre; und immer: Wir sind ein altes Paar. Mit aller Gewalt wollte er Gemeinsamkeiten schaffen und dem Jungen eine Freude machen, aber dem war nach gar nichts, höchstens danach, seinen Gefühlen nachzugeben. Nervös studierte Marc die Karte, nannte Gerichte, Eier in Weinsauce, Gänseleberpastete nach Art des Hauses, Ravioli mit Lachsfüllung, ich schwanke zwischen den Ravioli und den Flusskrebsen. Seine klare Stimme verfolgte einen Gedanken, während sein vager Blick einem anderen folgte und den bleichen Geretteten belauerte, der nicht recht wieder lebendig wurde.

»Flusskrebse«, entschied er und schlug vehement die Speisekarte zu. »Damit fangen wir an, und du hörst jetzt auf, mich anzusehen wie den Mann im Mond.«

Er rieb sich die Hände, legte sie auf den Tisch und betrachtete abwesend seinen leeren Teller. Er hatte schon keine Lust mehr zu reden. Er würde nicht vor diesem Clown zu Kreuze kriechen. Der sollte froh sein, dass er sich noch den Bauch voll schlagen konnte nach dem, was er angerichtet hatte. Eines Tages würde er es schwarz auf weiß abliefern, und dann wäre es zu spät für ein nettes kleines Versöhnungsfressen.

Die Flusskrebse wurden serviert, Pierre rührte sie nicht an. Er beobachtete seinen schweigend essenden Vater. Ein kurzes Nachlassen des Sturms, mehr nicht. Er traute Marcs Nerven nicht. Seine Ohren brannten, der Magen revoltierte, sämtliche Knochen schmerzten. Man hätte ihm die Ohren abschneiden können, ohne dass es ihm wehgetan hätte, ohne dass ein Tropfen Blut geflossen wäre. Bis zum Dessert würde er sich nicht beherrschen können. Er hatte schon zu viel gesagt. Es war schlimmer als alles Vorstellbare. Und Marc wusste noch keineswegs alles. Kein Vater würde glauben, sein Kind sei so absolut mies, dass es ihn nur zum Spaß verriete, in aller Harmlosigkeit und mit den besten Absichten der Welt. Man hatte ihn gewarnt, aber er will ja unbedingt selbst feststellen, ob es stimmt, dass Feuer brennt, Wasser die Lungen füllt und es in seiner, des Sohnes, Macht steht, wehzutun, mit wenigen Worten seine Familie zu zerstören, pardon, pardon. Er würde nun alles gestehen.

»Papa ...«

»Ich wusste gar nicht, dass geprügelte Hunde bellen«, Marc akzentuierte seine Worte mit saugenden Geräuschen.

Er schwelgte in den Krustentieren. Die großen löste er aus ihrem Panzer, die kleinen steckte er ganz in den Mund und kaute sie sorgsam. Seine Serviette sah aus wie in Blut getunkt. Er hatte seinen Sohn völlig vergessen, als sich ihre Blicke zufällig trafen. Überrascht, einen Flusskrebs zwischen den Zähnen, errötete er.

»Sag mal, weißt du, wie du aussiehst? Man meint ja, man äße mit einem Wolf. Geh zur Toilette und kämm dich.«

Er reicht ihm seinen Kamm über den Tisch.

Zwei Minuten später kam Pierre zurück. Sein Vater hatte die Flusskrebse aufgegessen und lächelte in die Runde. Komische Sache, die Erinnerungen. Ganz unterschiedlich von Person zu Person. »Ich hab welche, du nicht, oder derart verzerrte, dass man sie nicht als Erinnerungen bezeichnen kann. Alles nur Geschwätz, das hysterische Gedächtnis einer alten Frau, abstoßend und unnütz. Was weißt du schon über diese Schlucht? Nichts. Du könntest schwören, dass ich dich einmal dorthin mitgenommen habe? Nicht mal das. Ich kann dir was drüber erzählen. Du warst noch gar nicht auf der Welt, da hatte ich schon gewaltigen Schiss vor ihr.« Als sie sich in Lumiol niedergelassen hätten, Nelly und er, hätten sie die Gegend auf dem Motorrad erkundet, alle Täler und Pässe, es gab unvorstellbar viele solcher Spalten und Schluchten in der Landschaft. Und die Limites-Schlucht war einzigartig. Man hatte den Nordhang des Hügels abgetragen, um Zement daraus zu gewinnen und das Kraftwerk zu bauen. Und nun klaffte da dieses riesige Loch. Man konnte es weder stopfen noch einreißen. Es war für alle Ewigkeit. Und für die Öffentlichkeit gesperrt. Wenn jemand hineinfiel, würde man es nicht unbedingt merken. »Nehmen wir nur mal für einen Augenblick an, sie wäre in dieses gottverdammte Loch gerutscht ...« Monatelang habe ihn diese Angst gequält, bis sie sich endlich zu einem Lebenszeichen herabgelassen habe. Und selbst danach noch habe er sie jedes Mal vor dem Einschlafen mit ihrem Motorrad in die Tiefe stürzen sehen. »Immer derselbe Film, sie fällt in Zeitlupe, so langsam, dass ich meine, ich könnte sie in meinen Armen auffangen wie ein Kind, das man in die Luft wirft. Sie sieht mich an, und wir sprechen miteinander, ich höre nichts. Plötzlich ist da nur ein Punkt, der verschwindet, plötzlich bin ich allein auf der Welt ...« Er zwinkerte mit einem von tränenlosem Weinen glänzenden Auge: »... das heißt fast.« Er wirkte wieder düster und drohend, seine blutleeren Lippen zitterten.

»Ich frage mich wirklich, warum in aller Welt du so was über uns geschrieben hast.«

»Es schneite, das hat mich an allerlei erinnert.«

»Zum Allerlei kommen wir später.«

Die Kellnerin schob einen Servierwagen heran. Sie

flambierte die Steaks. Dieses Schauspiel, der Geruch nach Gegrilltem, der Anblick der im Kupfertopf auf großer Flamme bräunenden Sahne, dieses ganze Schwelgen im Fett drehte Pierre den Magen um. Er rührte sein Fleisch kaum an. Unkonzentriert hörte er seinem Vater zu, der Zukunftspläne schmiedete, warum sollten sie nicht wegziehen? Mit Lumiol war Schluss, es war irgendwie ausgereizt. Er kannte jedes Haus in der Stadt, die Hypotheken des einen und des anderen, seine Steuerschulden und die Zahlungsfristen. Er kannte die Geschichte auch des kleinsten verkäuflichen Wertes. Er wusste, wer von diesen Ärschen wirklich Kohle hatte und wer nur eine große Klappe. Sie hatten hier keinen Ärger gehabt, aber ein Tapetenwechsel wäre auch kein Verlust. Geld und Gewinn waren nicht alles im Leben.

»Jetzt ist der richtige Moment abzuhauen, Sohnemann. Ich glaube, wir haben Besseres verdient als diese heruntergekommene Gegend.«

Er sah Pierre an.

»Dann könnte uns auch deine Mutter nicht mehr auf die Nerven gehen. Weder dir noch mir. Das willst du doch, oder?«

Er wartete keine Antwort ab und tätschelte quer über den Tisch Pierres Hand.

»Eines geht mir wirklich auf den Nerv«, fuhr er fort, immer noch Pierres Hand tätschelnd. »Ich sag's dir leise, hier sind viele Leute, lauter Drecksäcke, die ich fertig machen werde. Hörst du mir zu? Ich fand dieses Essen beschissen. Ich bin deinetwegen hergekommen. Du hast die ganze Zeit im Essen herumgestochert und ins Leere gestarrt. Du hast nichts gegessen und nichts gesagt; ich habe kein Wort der Entschuldigung gehört, kein einziges Wort. Woher nimmst du das Recht, große Augen zu machen? Was geht da vor in deinem kleinen Idiotenschädel? Los sag's!«

Pierre holte kaum noch Luft, das Gesicht seines Vaters war wie eine Maske.

»Sag's«, wiederholte Marc dumpf. »Nur Mut. Beschränk dich nicht auf irgendwelche Schmierereien in einem Heft, damit machst du mir keine Angst.«

Bei diesem letzten Wort wurde ihm klar, was ihn so aus der Fassung brachte. In diesen braun-schwarzen Augen, die sich in seinen spiegelten, in denen dieselbe Angst brannte, glaubte er einen einfachen kleinen Satz zu lesen, schlecht geschrieben, ein paar mühsame Worte, auf die er schließlich stoßen würde in einem der Hefte, in denen Pierre Erinnerungen und allerlei anderes aufbewahrte – ein paar Worte, die einen ins Loch bringen konnten: Du hast sie getötet.

In der Nacht wachte Pierre auf. Nichts war mehr im Lot. Er hatte seine Decke zurückgeschlagen, seine Beine hingen aus dem Bett. Ich bin krank, dachte er und befühlte seinen Hals. Er sah sein Heft wieder durch den Nebel fliegen und wie ein Bumerang zu ihm zurückkehren. Erinnerungen, die hatte er wie jeder x-beliebige andere. Flüstern, Glut, lackierte Fingernägel und solche, die der Nagelschere zum Opfer fielen, Lächeln von einem Ohr zum anderen, Bärtchen, in denen ein Lachen zitterte, bevor der Schlag fiel, Knarren, Schreie, eine Schlucht, in die er beinahe gefallen wäre. »Papa«, rief er. Als er aufstand, bemerkte er, dass er noch in den durchweichten Kleidern war. Er ging auf die Treppe zu, stieg sie hinab, aber sein Vater schlief nicht auf dem Sofa. In der Küche brannte Licht. Auf dem Tisch lag deutlich sichtbar ein Zettel. »Am besten hole ich deine Mutter aus Paris. Morgen Abend sind wir da. Ich rufe bis dahin noch an. Mach keine Dummheiten. Papa.« Mit zwei Sätzen war er am Wandschrank unter der Treppe. Kein Leinenbeutel. Ein Geräusch ließ ihn zusammenfahren. Die halb offene Tür drehte sich in ihren Angeln, dahinter zeichnete sich die helle Nacht ab. Er ging zum Fluss. Ein Himmel ohne Schnee, das bläuliche Licht der Sterne, Lumiol auf seinem Hügel, als erblicke man es vom Grund einer Schlucht. Am Ufer brach er zusammen.

KAPITEL 11

Jeden Tag, wenn er vor der Schule ankam, wartete er auf sie. Sie war selten pünktlich. Sie ging durch die Tür, er folgte ihr. Heute Morgen trug sie einen neuen Regenmantel, in Graugrün. Heute Morgen wurde die Tür schon geschlossen, sie rannte. Man hörte ihre Absätze auf dem Bürgersteig, sie trug Mokassins. Ihr Haarknoten saß nicht sehr fest. Heute Morgen: schwarze Strumpfhose, bunt gewebter Rock, dunkle Wolljacke mit großem Kragen, Lippenstift. Eine gewisse Würde. Wahrscheinlich musste sie zu einer Besprechung. Heute Morgen: hellbraune Stiefeletten. Ohne Schuhe dürfte sie eins siebzig sein, so groß wie ich. Sie wirkt groß. Sie mag weder Hüte noch Mützen. Mittellanges feines Haar, zwischen Blond und Braun. Es wellt sich, bei seinem Anblick denkt man ans Meer. Ich weiß ziemlich viel über sie und ihren Gang. Nachts betrachte ich sie in aller Ruhe. Reglos liegt sie im Sand oder im Gras. Sie gehört mir. Heute Morgen wartete ich vergeblich auf sie. Die Sonne blendete mich. Ich blieb den Vormittag über draußen. Die Leute fragten sich, warum ich nicht im Unterricht war und ob sie mich als Schwänzer melden sollten. Ich streckte mich auf einer Bank aus, mir war kalt. Mir kam ein Gedanke, eine Art Gelübde. Sie anzusprechen, bevor der Saft in die Äste der Platanen aufgestiegen wäre und sie wieder mit Laub bedeckt hätte. Damit bleiben mir vier oder fünf Monate. Oder sie aufzugeben. Ich trat ins *Café Galilée.* Dort war sie nicht. Paare küssten sich in den Nischen. Ich hatte noch zehn Francs. Ich bestellte einen Rum, und der Kellner brachte mir ein Glas Milch. Ich hab nur Spaß gemacht, sagte ich. Heute Morgen: langer beigefarbener Mantel mit passendem Gürtel, blaue Jeans, schwarze Stiefeletten. Im Gehen hatte sie eine Hand an den Hals gelegt, sie wirkte aufgebracht. Ich trat auf sie zu, um ihr zu sagen, ich hätte auf sie gewartet, aber sie bemerkte mich nicht. Wir liefen aneinander vorbei, dann machte ich kehrt und folgte ihr ins Gymnasium, wo ich sie aus den Augen verlor. Heute Morgen hielt ein roter Wagen fast vor meiner Nase. Sie stieg nicht gleich aus. Die Glocke läutete, als sie quer über den Platz eilte. Sie trug einen Leinenrock in Khaki, eine einfache Strickjacke, ein T-Shirt. Mein Herz schlug. Ein Typ stieg aus dem Auto und rannte ihr nach: Laura, deine Tasche. Sie heißt Laura. Heute Morgen kaute sie Kaugummi. Sie war spät dran, aber nicht wirklich in Eile. Vielleicht bin ich spät dran? Vielleicht haben wir nicht dieselben Zeitpläne? Sie betrachtete die Platanen. Zwar sind da ein paar Knospen, aber von Blättern kann noch keine Rede sein, mein Gelübde gilt noch. Ich bringe es einfach nicht fertig, sie Laura zu nennen. Das wäre mir viel zu vertraulich. Erst müsste ich ihren Mund mit meinem berührt haben. Heute Morgen aß sie eine Orange mit der Schale. Komischer Einfall. Ich hab es versucht, es schmeckt weder besonders, noch ist es besonders praktisch, man bekommt ganz klebrige Finger. Spanien ist der drittgrößte Orangenproduzent nach Israel und Malta. Heute Morgen kam sie aus dem *Café Galilée,* als ihr Langnase über den Weg lief, meine Französischlehrerin. Sie redeten miteinander, als wären sie Freundinnen. Gemeinsam betraten sie die Schule. Neben ihr war meine Lehrerin eine echte Schreckschraube. Heute Morgen bin ich auf Laura zugelaufen. Ich wollte sie ansprechen, wollte sagen: Laura, wollte sehen, wie ihre Augen meine anschauten, ihr Mund nichts sagte oder Ja, ich habe sie überholt, ich bin wie ein Irrer ins Gymnasium gerannt, alle anderen Schüler beiseite stoßend, und habe mich in einem Klassenraum des Obergeschosses versteckt. Heute Morgen kam sie mit einer gelbblauen Sporttasche. Sie ist größer als meine Turnlehrerin und hübscher. Laura. Ich bring es nicht fertig, dich Laura zu nennen. Lass uns uns erst küssen. Ich habe nie ihre Hände gesehen. Sie sind in ihren Taschen oder zu weit weg, oder sie trägt Handschuhe. Ich hab Angst, dass sie verheiratet ist. Wenn sie verheiratet ist, bring ich sie um. Sie ist vierundzwanzig, nehme ich an. Ich bin dreizehn, ein idiotisches Alter, man kann sich nicht vorstellen, wer man sein wird. Man ist niemand. Ich bring sie nicht um, ich höre auf mit diesem Heft. Ich will ihre Hände nicht sehen. Heute Morgen trug sie ein leichtes Kleid und keine Strümpfe. Ich hatte Lauras Haut nie gesehen. Es hat mich traurig gemacht. Dabei war es gar nicht warm. Wir hatten schließlich erst April.

WXD310. Das ist die Nummer des Wagens, mit dem sie jeden Donnerstag zur Schule gebracht wird. Laura WXD310. Ich bin Pierre WXD645. Laura WXD645. Ja, Herr Bürgermeister.

Er streckte die Hand unters Bett und angelte nach seinem Heft. Jeden Abend war er mit ihr verabredet. Er trug eine Art Grubenarbeiter-Lampe an der Stirn, sie wurde mit zwei verstellbaren Gummibändern befestigt. Er benutzte einen Schreiber mit Pigment-Geltinte, der so weich und sauber wie ein Füllfederhalter schrieb. Er las nach, was er am Vorabend geschrieben hatte, schrieb das Datum hin und notierte seine Beobachtungen unter verschiedenen Rubriken. Groß, geschmeidig, heiter, auch wenn sie nicht lächelte, golden, rosig, kurzer Oberkörper, lange Beine, sie wiegt sich, wenn sie geht, sie sieht immer so aus, als käme sie gerade vom Schwimmen, sie ist sommers wie winters schön. Ich schließe ihr die Augen, ich öffne sie wieder. Sie sind hell mit dunklen Wimpern. Sie ist kühl, ihr Blut wärmt sie. Ich umarme sie und sage: Laura. Das ist für sie das schönste Wort der Welt, für mich auch. Damit hätten wir schon etwas gemeinsam. Ein Kleid, vier Blousons, zwei Regenmäntel, ein gut sitzender beigefarbener Mantel mit Gürtel, ein (scheußlicher) Leopardenmantel, sechs Jacken, zwei Paar Handschuhe, ein rotes aus Leder, eins aus Wolle, mindestens fünf Röcke, sechs oder sieben Pullis und zwei mit Rollkragen (mag ich nicht), zwei weiße mit großem runden Ausschnitt (mag ich), mehrere Jeans, eine supereng sitzende schwarze Hose, die mir das Herz rausreißt, und noch eine normale. Stiefeletten und Mokassins, nie Turnschuhe. Auf dem Kopf nichts außer dem wehenden Haar. Manchmal Lippenstift. Charakter: großzügig, untreu, rebellisch, sportlich, aufbrausend, boshaft, lustig, rechthaberisch, schüchtern und nicht sehr gewitzt. Ich bin schlau genug für zwei. Zeitplan: dreimal pro Woche ist sie im Lycée Galilée. Rechter Flügel: Jungengymnasium. Linker Flügel: Mädchengymnasium. Gemeinsamer Schulhof. Dienstag, Mittwoch, Wochenende: roter Wagen?

Stundenlang wachte er so, das Heft auf den Knien, die Lampe an der Stirn. Er war Pierre, er war Laura, er begegnete sich auf der Straße, lud sich zu sich nach Hause ein, wann's dir passt, ich wohne im zweiten Stock, Gebäude D, da ist eine Gegensprechanlage. Bis morgen, Laura. Sogar beim Hinschreiben errötete er. Samstags schwang er sich aufs Rad, fuhr zur Lehrer-Wohnanlage, Panoramafenster, Stores, Balkone, Kinder, Wäsche im Wind, Gestalten, und die Stimme, die er nie gehört hatte, sagte leise: Komm zu mir nach Hause. Auf dem Rückweg verfolgten ihn Hunderte von Augen, die ihn samstags vormittags unter den Arkaden, im Café, in der Rue Jean-Jaurès bemerkt hatten. Die Zeit wurde ihm lang bis zum Montag, bis er sie wieder sehen und ihr folgen konnte. Er wusste nicht, was sie im Lycée tat. Sie stieg die große, gebohnerte Treppe hinauf zur Verwaltungsetage, passierte den marmornen Galilei und verschwand. Als was, wenn nicht als Direktorin oder Lehrerin, arbeiteten Frauen in einem Lycée? Als Putzfrau, Köchin, Krankenschwester, Ansprechpartnerin für Religiöses, Aufsichtsperson, Buchhalterin. Als Buchhalterin hätte er sie ungern gesehen. Zahlen taten ihm in den Augen weh. Er vertrug sie ebenso schlecht wie Tontin Süßes. Er schwankte noch zwischen verschiedenen Berufen, in denen sie weder eine Schwangerschaft noch die Begegnung mit jemandem riskierte, der sie an einen anderen Wohnort entführen würde. Bei ihm wäre es Spanien, wo er sie küssen, wo er ganz leise ihren Namen sagen würde, dicht an ihren Lippen, sie bräuchte ihn nur noch mit den Zähnen zu erhaschen. Lauras Mundwinkel, sein Paradies. Über Spanien hatte er alles von Marc und aus dem Lexikon erfahren: Hitze, Epidemien, Erdbeben, Oliven, Wein, Zuckerrohr, Mangan, Andalusien, Stiere, die Armada, Franco, Probleme im Baskenland und Anchovis, Orangen, blaues Wasser und was noch alles. Er sah sich mit einem Millionenvermögen, er schwamm im spanischen Meer mit Laura, die nackt war wie der Wind. Sie hatte Sommersprossen rings um den Nabel und einen kleinen Schorf, den er mit der Klinge des Taschenmessers wegschnipste. Im Schatten einer Palme sah er ihre Brüste. Er war ihr Hüter. Laura. Die Gänsehaut kroch ihm bis unter die Zehennägel. Erschöpft und entschlossen schlief er ein: Morgen spreche ich sie an. Er verschob diese unsinnige Mutprobe von Tag zu Tag. Der Winter verging, die Vögel fielen in die Kastanienbäume ein. Im März notierte er: Es ist Frühling. Bald wird die Place Galilée vom Grün und von den Kernbeißern erobert, ich habe mein Gelübde nicht gehalten. Mit dreizehn werde ich ein toter Mann sein. Morgen spreche ich mit ihr, MORGEN, das ist mein Ultimatum. Haben Sie es schon bemerkt, werde ich sagen, das Frühjahr hat auf sich warten lassen. Wegen eines Gelübdes, das sehr viel mit Ihnen zu tun hat, aber keine Angst. Von jetzt an scheint die Sonne, da ist sie schon, es ist Ostern. Die Glocken kommen aus Rom, und die Sonne direkt aus Spanien, und Sie?

Er würde sein Gelübde an dem Tag vergessen, an dem seine Französischlehrerin einen Aufsatz aufgab mit dem Thema: *Meine erste Erinnerung.* Seine Hand führte ihn zu einem kleinen, im Wind schaukelnden Leinenbeutel. Er hatte Gefallen am Schreiben gefunden, in aller Unschuld enthüllte er seine Geheimnisse, und sein Vater rächte sich.

Er gab Laura auf und notierte unleserlich: Ich hätte fallen können. Und wenn der Schnee nicht gehalten hätte? Wir haben beide den Kopf verloren. Nur gut, dass er abgehauen ist. Wenn ich das nächste Mal eine Erinnerung erzählen soll, kaufe ich eine Axt, die trifft genauer als ein Stift. Ich metzel alles nieder. Das mit Laura und mir ist aus. Sie verdient etwas Besseres als eine Memme. Die drei Ostertage verbrachte er im Bett. Unter seinem Kopfkissen klingelte das Telefon, sollte es klingeln. Wann immer er die Augen öffnete, sah er Flocken. Am Sonntagabend trieb ihn der Hunger aus dem Bett. Im Küchenschrank fand er ein lebensgroßes Schokoladenhuhn mit rosa Schleife. Er aß es auf.

Am Dienstagvormittag gab ihm die Aufsicht in der kleinen Pause einen Zettel mit einer Einbestellung zur Sozialarbeiterin. Montag, 23. April, 17 Uhr, Pierre Loupiens, das bin ich. Dringend. Was will sie? Ihn von seinem Vater trennen? Schon fing der Ärger an. Eine Riesendummheit, dieser Aufsatz. Wenn man bedachte, dass er ihn bloß geschrieben hatte, um einem unterbelichteten Mitschüler aus der Patsche zu helfen. Bei der Agentur hinterließ er Dutzende von Nachrichten. Marc war nicht zu erreichen. Den ganzen Tag dachte er an den Termin am Abend. Wenn Polizei da wäre, würde er kämpfen. Er würde vom Dach springen. Er würde die Sozialarbeiterin als Geisel nehmen. Er würde sich nicht einschüchtern lassen. Um 17.30 Uhr, nach einem langen Aufenthalt auf der Toilette, drückte er sich an den Wänden entlang Richtung Ausgang. Die Turnlehrerin nickte ihm freundlich zu. Kein Polizist in der Eingangshalle. Sie konnten ebenso gut draußen oder sogar bei ihm zu Hause auf ihn warten. Seit einiger Zeit fühlte er sich überwacht. Man beäugte ihn, als säße ihm ein Äffchen auf der Schulter. Um 18 Uhr stieg er die majestätische Treppe mit dem polierten Geländer zur Verwaltungsetage hinauf. Er traf auf die Skulptur des über seinen Globus gebeugten Galilei. Er bekam die Füße kaum vom Boden hoch. Er machte kehrt, dann wieder kehrt. Die letzte Tür ganz hinten im Gang. Ob er seinen Vater noch einmal sehen würde? Auf jeden Fall Stillschweigen. Ein verstaubter Gummibaum streckte seine verschlungenen Zweige bis zur Decke. Er war da. Auf der braunen Tür stand in eloxierten Buchstaben: SOZIALARBEITERIN. 8.30 – 16.00. Darunter war mit vier gelben Heftzwecken eine Karte befestigt, mit einem Namen in schwarzem Filzstift: Laura Meyer.

An jenem Dienstagmorgen war Laura Meyer in übelster Laune ins Lycée gekommen. Und lediglich, um ihre Kündigung einzureichen. Sie hatte das Osterwochenende bei ihren Eltern in Paris verbracht. Ein Horror. Ihre Mutter wollte sich scheiden lassen. In ihrem Alter! Die beiden Frauen kamen einfach nicht miteinander zurecht. Du bist ein Ungeheuer, hörte Laura seit ihrer Kindheit, ein egoistisches Ungeheuer, ein eingebildetes Ungeheuer, ein undankbares Ungeheuer. Und ihr Vater gab ihr fröhlich den Gnadenstoß, indem er für sie Partei ergriff mit der feigen Pirouette: »Laura wird sich immer aus der Affäre ziehen – mit ihrem Aussehen.« Sie zog sich aus der Affäre, indem sie in Lumiol lebte, weit weg von ihnen, aber noch nicht weit genug. Sie beneidete die Familien, in denen das Alter die Generationen nicht auseinander hackte, in denen die Verrücktheiten im Gelächter untergingen. Sie erinnerte sich schwach an eine Zeit, als sie ein kleines Mädchen war, es gab ein weißes Gatter und Blumen und nach Zimt duftende Brioches. Damals wollte sie groß werden und den Nachbarn heiraten. Mit zweiunddreißig war sie allein und würde, solange ihre Eltern noch lebten, keine besondere Vorliebe für jemanden entwickeln. Ein Ungeheuer an Einsamkeit. Und das Ungeheuer würde alle zum Teufel schicken.

Sie blätterte in ihrem Kalender: Dienstag, 17. April, Tag des heiligen Rudolf, kein Termin. Umso besser. Ein hellblauer Klebezettel: *Was denken Sie darüber?* Sie runzelte die Stirn und erinnerte sich an diesen Aufsatz, den sie seit drei Tagen in der Tasche mit sich herumtrug. Eine Französischlehrerin nervte sie, sie sollte ihre Meinung dazu sagen. Sie legte die Füße auf den Schreibtisch und überflog die Kopie: *Meine erste Erinnerung.* Ein altbackenes, ein widerliches Thema! Ein Angriff auf die Privatsphäre Minderjähriger. Habeas corpus. Man zieht den Jugendlichen ihr Gedächtnis aus der Nase, im schulischen Zwinger weiß man die geheimsten Seelenwinkel zu schätzen. Kein Wunder, dass sich alle auf die Naturwissenschaften stürzten. Sie stellte sich vor, wie ein Lehrer bei der Lektüre ihrer ersten Erinnerungen vom Schlag getroffen würde: ihr erster BH, ihre erste Regel, ihre erste Nacht mit einem Jungen, ihre erste Nacht mit zwei Jungen, Zwillingen, ihre erste Nacht mit drei Jungen, in der überheizten Wäschekammer einer Frauenklinik, mit achtzehn, und über ihr die Frauen im Kreißsaal. Der Aufsatz las sich gut, mein erster Tag ohne Maman, meine erste falschrum angezogene Hose, mein erster Schneeball, mein wiedergefundener Leinenbeutel. Ein von den eigenen Wehwehchen gerührter Heranwachsender glaubt sich allein auf der Welt, und was soll ich mir dazu denken? Dass er sich gründlich die Nase putzen und geduldig in sein Los schicken soll. Sie legte die Kopie beiseite und griff, die Füße immer noch auf dem Schreibtisch, nach dem Telefon. Gegen Mittag jedoch, als sie gerade ihrer Mutter zum wiederholten Male erklärte, sie habe sie nicht verletzen wollen, sie habe es einfach so dahergesagt, man dürfe so etwas nicht dramatisieren, fiel ihr Blick auf den Aufsatz. Verblüffend. Sie hörte ihrer Mutter nicht mehr zu, wie abwesend und ohne Vorwarnung legte sie den Hörer auf und ließ sofort den Jungen rufen, der ihn angeblich verfasst hatte.

»Komm näher, Xavier«, sagte sie zu dem Burschen, der noch auf der Schwelle zögerte und möglichst schnell wieder weg wollte. »Du wirkst nicht sonderlich unglücklich.«

»Sie auch nicht, Madame«, erwiderte er, anscheinend betroffen von einer derartigen Gesprächseröffnung. »War's das?«

»Ich habe ja auch keine Mutter, die ihre Familie verlassen hat.«

»Das freut mich für Sie«, sagte er mit zunehmender Verwunderung und beinahe schon rüpelhaft.

»Bleib hier«, sagte sie, als er sich zur Tür umwandte. »Ich hab da ein kleines Problem.«

Er verlagerte unschlüssig das Gewicht von einem Bein auf das andere. Seine Schultern waren hoch gezogen, die nach außen gedrehten Hände steckten in den Gesäßtaschen einer zehn Nummern zu großen Hose, unter ihren Faltenstapeln prangten klotzige aufgestylte Sportschuhe, deren Laschen bis auf halbe Schienbeinhöhe herausgezogen waren – ganz der kleine Obermacker, der von der Muttermilch gleich zur Cola übergegangen ist.

»Ist es für deinen Vater nicht sehr schwer, dich allein aufzuziehen?«

Er rief die Wände zu Zeugen auf und fletschte die Zähne zu einer Grimasse à la: Vorsicht. So kann man mir nicht kommen. Ich kein Asi. Ich jede Menge Kohle. Ich Sohn von Traiteur. Vorsicht, wir sind Traiteur und Sohn.

»Worauf wollen Sie hinaus?«, fragte er mit vor Arroganz rauer Stimme. »Sind Sie hinter meinem Vater her? Haben Sie keine Lust mehr, sich für Ihre paar Piepen abzurackern? Wollen Sie seine Nummer? Wenn Sie wollen, rufen wir ihn an, jetzt gleich, nur zu.«

»Okay.« Laura schob das Telefon in seine Richtung. »Wir lesen ihm deinen Aufsatz vor.«

Er schluckte.

»Was für einen Aufsatz?«

»Das da, das ist doch deiner, deine erste Erinnerung?«

»Was für eine erste Erinnerung?« Er geruhte endlich, den Blick auf die Blätter in Lauras Hand zu senken.

Plötzlich schien ihm etwas absolut Idiotisches, irgendein blödsinniges Detail einzufallen, er zog eine Hand aus der Tasche und wedelte damit vor seinem Gesicht herum.

»Ach ja«, sagte er gereizt, »jetzt versteh ich. Was geht das Sie an? Was ist eigentlich Ihre Arbeit, Sozialarbeiterin?«

Mit spitzen Fingern nahm er den Aufsatz, als wäre er eine schmutzige Unterhose, und ließ ihn ein Stück weiter auf die Tischplatte fallen.

»Ich kenne das Thema nicht, ich weiß auch nicht, was da steht, und es ist mir scheißegal, ich brauch keine Sozialarbeiterin, ich brauch einen Haufen Punkte für meine Durchschnittsnote am Schuljahrsende. Also lassen Sie mich in Frieden.«

Laura hatte ihm zugehört, ohne mit der Wimper zu zucken. Sie hatte hellgrüne Augen. Man wusste nie, was sie dachte. Sie wusste es selbst nicht, wenn sie aus Paris zurückkam und ihre Nerven juckten. So ein kleiner Angeber war dann ein Geschenk des Himmels.

»Kennst du Nelly?«

Er schien aus allen Wolken zu fallen.

»Wer ist das?«

»Ist Pierre dein Spitzname? Komisch, wenn man Xavier heißt.«

»Wieso sollte ich mich Pierre nennen?«

»Weil er es ist, der seine erste Erinnerung erzählt.«

Er geriet in Wut.

»Das ist doch nicht möglich, er hat die Vornamen nicht geändert, dieser Scheißkerl, dieser Arsch!«

Er verwickelte sich in lange Ausführungen, aber Laura bat ihn, die Klappe zu halten. Schön, sie würden seinen Vater anrufen und – warum nicht? – seine Mutter. Die beiden sollten freundlichst antanzen, und dann würde man ihnen Pierres Aufsatz vorlegen. »Und dann kannst du ihnen erläutern, was du da eben über meine paar Piepen und deinen Vater gesagt hast.«

Er schüttelte heftig den Kopf und verlegte sich aufs Bitten. Er habe solchen Zoff mit seinem Alten. Der sei gewalttätig. Und habe diesen Winter Herzprobleme gehabt. Der würde ihn ins Internat stecken. »Wissen Sie, warum ich das gemacht habe?« Er stützte sich mit den Händen auf den Tisch. »Ich will nicht ins Internat. Das ist nicht mein Ding.« Er war nicht der Einzige in der Klasse, der sich so durchpfuschte. Gemeinsam mit seinen Kumpeln hatte er ein nettes kleines Geschäft organisiert, das *pretium doloris.* Eine Sache ganz auf die liebenswürdige Tour, um Blutvergießen zu vermeiden. Denn sonst würde Pierre sie nur reinlegen. »Wissen Sie, was sein Vater für eine Arbeit hat? Er geht zu den Leuten, mit Hunden und zwei oder drei Asis, und packt alles in einen Laster Richtung Versteigerungshallen.« Der Sohn musste für den Alten blechen, das war klar. Übers Wochenende brummte man ihm was auf, Matheübungen, Zeichnungen und von Zeit zu Zeit auch einen Aufsatz. *Pretium doloris,* das war der Preis für den Ärger, den sein Vater in der Gegend verursachte.

»Und das ist dann der, der Pierre heißt.«

»Pierre Loupiens«, sagte er verächtlich. »Sie sehen ja, was das für einer ist. Lässt extra seinen Namen im Aufsatz stehen. Der baut nur Scheiß. Finden Sie das etwa in Ordnung? Dafür hätte er doch ein bisschen Zahnfleischbluten verdient, oder?«

»Pierre Loupiens«, wiederholte Laura fassungslos.

Ein altes, aus tausend verstreuten Teilen bestehendes Rätsel setzte sich in ihrem Gedächtnis zusammen, und das, was sich nun abzeichnete, reizte sie zum Schreien. Ein im Wind über einem Abgrund schaukelnder Leinenbeutel. *Was denken Sie darüber?* Sie konnte nicht klar denken, sie hatte Angst. Nelly war etwas zugestoßen. Das war kein Aufsatz mehr, was sie in Händen hielt, es war eine Zeugenaussage.

Am frühen Abend hörte der Regen auf. Laura stand am Fenster, schon im Regenmantel, und betrachtete die einbrechende Dämmerung. Lumiols typisches Koma zwischen Tag und Abend, blaues Licht, das sich auf den Hügeln rötlich färbte. Es war sieben Uhr, Pierre Loupiens war nicht gekommen. Sie konnte sich nicht zum Gehen aufraffen. An einem anderen Abend hatte sie mit derselben leisen Furcht in ihrem Häuschen auf Nelly gewartet. Sie hatte am Fenster gestanden und sich eingeredet: Sie kommt bestimmt, der Schnee wird sie nicht aufhalten, notfalls geht sie den Rest des Wegs zu Fuß. Sie hatte gesagt, sie würde kommen, also würde sie kommen. Man hatte sie nie wieder gesehen. Angeblich hatte sie die Gegend verlassen. Quatsch!, dachte Laura. Pierres erste Erinnerung deckte sich mit ihren Selbstvorwürfen und ihrer geheimen Überzeugung: Nelly war tatsächlich etwas zugestoßen – aber was?

Sie wandte sich zum Gehen und öffnete die Tür im selben Moment, in dem sie jemand vom dunklen Flur aus ebenfalls öffnen wollte. Sie hatte kein Klopfen gehört. Ein hoch gewachsener Jugendlicher fuhr erschrocken zusammen. Sie hatte die Hand noch auf der Klinke, er auch.

»Anderthalb Stunden zu spät. Tut mir Leid, ich muss gehen.«

Der rote Wagen, dachte Pierre, machte hastig kehrt und ging davon.

»Warte!« Laura war auf den Gang hinausgetreten.

Er kam zurück, sie hatte das Licht im Büro wieder eingeschaltet.

»Setz dich für zwei Minuten.«

Sie sprach mit ihm. Sie stand an den Tisch gelehnt. Ihr Regenmantel öffnete sich etwas, der beige Schal hing ihr bis zur Taille. Er sah ihre Hände. Sie waren rundlich und zart, ein wenig gebräunt, mit kurzen Nägeln und ohne Ring.

»Weißt du, weshalb du hier bist?«

»Nein.«

»Ich wollte dir sagen ...«

Unverhohlen betrachtete sie den hübschen, vor Schüchternheit halb toten Jungen, große dunkle Augen, eine rabenschwarze Strähne in der Stirn, Wassertropfen auf dem Haar. Nellys Sohn sieben Jahre später. Sie hatte seine Mutter schwanger gesehen, ein winzig kleiner Bauch, eine Feen-Schwangerschaft. Und ihn hatte sie gesehen, das Neugeborene in dem auf konstanter Temperatur gehaltenen Plastikbettchen im Säuglingszimmer, sie hatte gesehen, wie er am Dive-Ufer sein Fläschchen bekam, sie hatte ihn in Windeln über die Terrasse ihres Häuschens am Limites-Pass krabbeln sehen, sie hatte sein erstes Lächeln gesehen. Seine Mutter hatte ihn immer in ihrem Beutel mit sich herumgeschleppt, zu Fuß oder auf dem Motorrad.

»Ich habe deine Mutter gekannt.«

Er zuckte nicht. Er dachte an den roten Wagen.

»Ich scheiße auf meine Mutter«, sagte er sanft. Und dann: »Ich mache nur Spaß.«

Er war ganz schwach vor Glück und Erschöpfung, nahe daran, seine Wange auf den Tisch zu legen und einzuschlafen.

»Glaubst du mir nicht?«

»Aber ja!«

Sie war ratlos, die Sekunden verstrichen.

»Du machst also den öffentlichen Schreiber für die harten Männer in deiner Klasse?«

»Nicht nur in meiner Klasse. Ich zahle der Gesellschaft meine Schulden zurück. So nennen sie es ...«

Hatte er das geantwortet? Natürlich nicht. Auf Désertas sagten sie es, gaben sie damit an, ein kapitaler Witz unter Eingeweihten. Ein Karnickel ist niemals tatenlos, es drückt sich nie, es ruht und rastet nicht – in jeder Sekunde zahlt es der Gesellschaft seine Schulden zurück. Ob es schnarcht oder ob ihn die Sonne auf den Boden nagelt, was immer es tut, im Speisesaal, auf dem Klo, ob es frei hat oder schuftet, jemand anders prügelt oder verprügelt wird, wie ein Schwamm versucht das Karnickel mit allen Poren seiner Haut die Kreide zu beseitigen, in der es steht. Es blecht der Gesellschaft ein Vermögen an Einsamkeit und Absurdität, an Alter, an Sorge, an Kummer, es kommt auf für das Vermögen an Scheiße, das es zwischen sich und dem Menschengesetz ausgeschüttet hat. Wie sie alle zahlte auch Pierre an einer unermesslichen Schuld, die ihm vorkam wie ein monströser Scherz auf seine Kosten. Wenn Laura nicht zweiunddreißig gewesen wäre und er dreizehn, wenn ihr Alter sie einander näher gebracht hätte, dann hätte er ihren Namen ganz dicht an ihren Lippen flüstern können, sie ansehen, zu ihr sprechen dürfen, Worte, die sie für seine Gefühle empfänglich gemacht hätten, er hätte die Erinnerung an seine Mutter in der Liebe zu der Laura in seinen Armen auflösen können, nach so viel Vergessen hätte er das Gedächtnis wieder gefunden, nie von den Karnickeln gehört und nie die Sonne neben dem erloschenen Vulkan auf Désertas aufgehen sehen. Zweiunddreißig Jahre minus dreizehn, das war die Höhe der wirklichen Schuld auf seine Kosten. Wer würde sie ihm zahlen? Diese Liebe hätte alles in sich aufgesogen, was er war, und was er nicht gewesen war, als er sich in seinem Zimmer in Lumiol tödlich langweilte, die hässlichen Gefühle, die Träume, die Lügen, sie hätte die Liebe zu seinem Vater aufgesogen, die er über jeden Verdacht erhaben wähnte. Er wollte es

Laura in ihrem Büro sagen, als er ihre Stimme hörte, als er ihre ringlosen Hände ansah, die großen Knöpfe auf ihrem Regenmantel zählte, als er sich so weit wie möglich in ihre hellen Augen vorwagte: Für Sie mache ich den Schreiber, nur für Sie, für dich, Laura, du heißt doch Laura. Bist du verheiratet?

Aber er sagte nichts. Still.

Als er eine Stunde später aus dem Schulgebäude kam, sah Pierre keinen roten Wagen vor dem Tor. Er schwebte auf einer Wolke. Sie hatte seine Mutter gekannt, und er kannte Laura. Er würde sein Heft nicht wegwerfen. Er musste so vieles aufschreiben, den Duft, die goldgrauen Augen mit Grün, den Leberfleck an ihrem Hals, und den Hals selbst, so ein unglaublicher Hals! Und die Hände, und die Schultern und der Atem, der ihren Pulli auf der Höhe ihrer Brüste bewegte, und die Brüste, sie schienen so schön. DIE BRÜSTE, jubilierte er, und alles, was er so gern küssen würde, den Mund, die kleinen, schön anliegenden Ohren unter dem blonden Haar, kein Mädchen auf der Schule hatte Ohren wie Laura, man hätte einen Wettbewerb veranstalten können. Heute Abend würde er schreiben: Ich liebe Laura. Glucksend und unartikulierte Schreie ausstoßend, kehrte er nach Hause zurück, verrückt vor Glück. Diese Lust, glücklich zu sein! Kein Wort zu Marc, still. Sie hatte seine Mutter gekannt? Na und? Er kannte Laura. Für morgen waren sie wirklich verabredet. Meine Liebe.

KAPITEL 12

Er ist da, denkt Laura. Er geht durch den Garten, holt den Schlüssel aus der Tasche, verschwindet im Haus. Auch sein Vater wird bald kommen und ebenfalls verschwinden. Von der Straße aus wird man dann das Licht hinter den Linden sehen können. Es wird die ganze Nacht brennen. Früher hatte sie dort, im Schutz der Bäume, auf Nelly gewartet oder sie heimgebracht; und später, nach ihrem Verschwinden, hielt sie mit dem Wagen immer vor Nellys Haus, um das erleuchtete Fenster zu beobachten. Der Nachtwind spielte in den Blättern. Wie jetzt hatte sie dort gewartet, halb im Schlaf und dennoch wachsam und gedankenvoll. Ihrem Gefühl nach sagte das Licht mehr, als die Bewohner gesagt hätten, wenn sie so tollkühn gewesen wäre zu klingeln. Sie verlor sich in Halluzinationen, die Lichtflecken dehnten sich aus, und sie sah sich im Haus die Treppe hinaufsteigen, sie sah sich mit Schatten ringen, hörte Weinen, die erstickte Klage eines Kindes, sie erschrak vor ihrem eigenen Schrei. Dann hatte sie ihr Diplom gemacht, die Wohnung in der Brassens-Wohnanlage im Stadtzentrum bezogen und sich in die Arbeit gestürzt. Hin und wieder dachte sie an Pierre, sie hatte ihn vernachlässigt. Eines Tages hatte sie, von Reue gepackt, ihre Kollegin von der Familienfürsorge hingeschickt. Monsieur Marc Loupiens bezog die übliche Unterstützung für vom Ehepartner verlassene allein Erziehende und hatte keine Nachricht von der Ehefrau, erfuhr sie aus dem Bericht. Vom unerklärlichen Weggang seiner Frau tief getroffen, sei er nicht sicher, immer die richtigen Antworten auf die Fragen zu haben, die Pierre quälten; er lasse sich von seiner Vaterliebe leiten und nur von ihr. Dieser rechtschaffene Mann verlange von niemandem etwas, nur was ihm zustehe. Und was den Kleinen betreffe, der mache einem wirklich Freude.

Und nun sitzt Laura, im Mantel und aufbruchsbereit, schon seit Stunden in ihrem Büro und grübelt. Sie sieht den rechtschaffenen Mann in der Frauenklinik, den Ausgeflippten mit Pferdeschwanz und azetongetränkter Leber, mit stierem Blick und nicht in der Lage, zwei Wörter aneinander zu reihen; sie sieht ihn durch seinen Garten irren, mit geschorenem Schädel und aus der Hose gerutschtem Hemd; acht Jahre später thront er in einer Elternversammlung, ein braver Mann, Pomade im Haar, in Schlips und Kragen und einem Mantel aus Melancholie. Ein vereinsamter Vater, den die ganze Stadt unter ihre Fittiche genommen hat. Sein Sohn hat Glück. Und seine Frau, diese kleine Schlampe.

Fahrig öffnet sie die unterste Schreibtischschublade und betrachtet das Päckchen Zigaretten auf einem Bündel von Artikeln über Lungenkrebs. Normalerweise streckt sie ihm die Zunge raus und schiebt die Schublade wieder zu. Nein, keinen Schmerz, kein Morphium, keine Metastasen. Seit Neujahr hat sie nicht mehr geraucht. Heute Abend gäbe sie alles für eine Zigarette. Sie blickt in die glühenden Augen des Dämons, nur eine einzige, säuselt er, eine halbe, eine Halbsünde, eine Viertellunge. Sie nimmt das Paket, riecht, knabbert ein wenig daran, um es dann, zusammengepresst, als habe sie es ersticken wollen, in die Schublade zurückfallen zu lassen. Ihre müßige Hand sucht nach dem schwarzen Lack-Feuerzeug, einem Geschenk Nellys. Gleich beim ersten Versuch springt das Flämmchen hervor. Wenn Flammen sprechen könnten. Eines Nachts war Nelly zum Fenster gestürzt, in dem sich Marcs Umriss vor dem Sternenhimmel abzeichnete. In der einen Hand hielt er das brennende Feuerzeug, mit der anderen Hand hielt er das Neugeborene am Füßchen aus dem Fenster. Er sagte, er würde Pierre ins Leere fallen lassen, er wolle nicht länger warten, er wolle jetzt mit ihr schlafen, er könne es nicht mehr aushalten, nur ein einziges Mal.

Die Flamme erlischt. Dreizehn Jahre danach ist Nelly nicht mehr da, aber die beiden anderen sind Vater und Sohn und unzertrennlich. Abend für Abend sitzen sie sich beim Essen gegenüber, wie war dein Tag, wen hast du getroffen, du hast ja vielleicht einen Hunger. Sie scherzen, inzwischen geübt im Vortäuschen fröhlicher Offenheit, sie wünschen sich eine gute Nacht, sie schlafen ein, mit offenen Augen, und blicken in ihr Innerstes. In ihrem Innersten hassen sie sich, sie wissen gar nicht, wie sehr.

Der Disziplinarausschuss tritt morgen Abend zusammen, und Laura versucht sich eine Strategie zurechtzulegen; dieser Junge, über den sie nichts mehr weiß, hat sie verunsichert. Sie will ihn nicht in eine Falle treiben, sondern ihn ohne Verletzungen zu einem Geständnis bewegen, und zwar auf gutes Zureden einer wohlwollenden Verwaltung, die sich mit vollem Recht um ihn sorgt. Offizieller Anlass ist die gegenseitige Erpressung unter den Schülern, bei der Minderjährige Minderjährige unter Druck setzen. Aber dann, denkt Laura. Wenn er seine kleinen Schul-Geständnisse rausgelassen und das Gesülze einer nur auf einen baldigen Schlussstrich bedachten Direktorin geschluckt hat. Diese Aufsatzfälschungs-Kinkerlitzchen sind ihr egal. Was sie will, ist, dass Pierre morgen vor Zeugen zusammenbricht, dass er gesteht, er lebe in der Hölle, seine Kindheit sei ein böser Schwindel und was ihm auf der Seele liege, sei eine Geschichte, für die es keine Worte gebe. Sie will eine Szene, einen regelrechten Skandal, eine gerichtliche Untersuchung, Bullen und Journalisten der gewissenlosesten Art. Das ist das Mindeste, nach all der Zeit. Sie ist fast am Ziel. Sie rächt Nelly.

Wirklich? Morgen Abend würde ihr die Direktorin keinen Fehler durchgehen lassen, keine Anspielung auf das Privatleben. Keine Abweichung von der Tagesordnung. Die Direktorin ist eine sehr stark geschminkte Dame. Sieht die Wahrheit schlecht aus? Man setzt ihr falsche Zähne ein, zieht ihr die Haut über den Wangen stramm, schmiert eine dicke Schicht Make-up über alles, und niemand zeigt mehr mit dem Finger auf sie. Sie hat sie schon immer gehasst, mit einem kalten Hass. Die Direktorin erinnert sie an ihre Mutter.

Ihr Blick streift den vor Gesundheit strotzenden und nur mit Mineralwasser gegossenen Bonsai, ein Geschenk Nellys, und fällt in die offene Schublade mit den Glimmstängeln. Sie nimmt das Päckchen in die Hand. Es gibt kein Zurück, entschlossen reißt sie an dem roten Bändchen, klappt den Deckel auf, zerknittert das Silberpapier und führt die nach Honig duftende Doppelreihe Zigaretten an die Nase. Sieben Züge und nicht einen mehr, so viel erlaubt sie sich, soll ihre Mutter doch beim achten krepieren, soll sie zum Teufel gehen. Eine Zigarette zwischen den Lippen, lässt sie das Feuerzeug schnappen, einmal, zehnmal, zwanzigmal. Eben funktionierte es noch – jetzt nicht mehr. Panik. Sie hat keine Streichhölzer, kein Feuer. Nun wollte sie sich opfern und muss darauf verzichten. Sie stellt sich eine für den Frieden lodernde menschliche Fackel vor, die zerrissene Wurzel eines vom Blitz getroffenen Olivenbaums, das wütende Brodeln auf den Hängen des speienden Ätna, die Zündflamme eines uralten Durchlauferhitzers im Keller der Schule, in einer zugesperrten Küche. Als Kind schlug sie Steine aneinander, drehte Stöcke im Sand, bis sie rauchten, sie schnippte mit den Fingern, und schon stieg die Flamme auf, sie setzte Ameisenhaufen in Brand, die im Vergrößerungsglas ihrer Tränen nicht kleiner waren als sie. Wütend wirft sie den Glimmstängel hin und bearbeitet das Feuerzeug. Gelbliches Licht umfängt den Docht und verzehrt ein letztes Gaswölkchen. Ein Wunder, Gott lebt, es raucht. Sie klemmt sich eine Zigarette zwischen die Zähne, nähert sie dem Feuer, berührt es und hütet sich zu ziehen, sie schielt auf dieses tanzende Pünktchen und sieht es nach einem quälend langen Augenblick erlöschen. Das Feuerzeug mag nicht mehr. Was ist sie doch für eine Idiotin! Zigaretten und Feuerzeug landen wieder in der Schublade. Sie wird in dieser Nacht nicht rauchen, einer Nacht, die nach überlaufenden Aschenbechern schreit. Angewidert steckt Laura einen Kaugummi in den Mund und wirft sich im Sessel zurück, die Hände im Nacken verschränkt. Entweder habe ich mich verändert, oder ich bin älter geworden, sie stößt diesen Seufzer aus wie Rauch.

Zigarette oder nicht, sie wird Nelly rächen.

Als sie mit achtzehn in Lumiol ankam, war sie nur ein Mädchen voller Überschwang, hochherzig und mit der ganzen Welt auf Kriegsfuß. Sie erzählte, sie halte es nirgends lange aus und hier habe sie eigentlich auch nicht viel zu suchen. Sie bereitete sich nicht allzu eifrig auf ihr Sozialhelferinnendiplom vor, hätte aber ebenso gut einem sanfthändigen Terroristen oder ihrem ärgsten Feind ans Ende der Welt folgen können. Sie machte ein Praktikum auf der Entbindungsstation der Klinik Aurore oben in der Stadt. Dort war es nie langweilig. Sie erinnerte sich noch an einen jungen Vater auf einem Notbett im Gang. Jeden dritten Tag fuhr sie zu dem Häuschen, das sie in der Nähe des Passes gemietet hatte, dort vergaß sie Lumiol mit seinen Lumiolern, seinen Horden von Jugendlichen, seiner Kadavermentalität. Aber glücklicherweise ging es in der Klinik rund. Im zweiten Jahr wurde es ernst. Sie unterstützte die Gemeinde-Sozialhelferin, eine Frau mit mehreren Kindern und ehernen Prinzipien, und lernte die verzweifelten Fälle kennen: magersüchtige Jugendliche, gewalttätige Väter, mit dem Teppichmesser beschnittene Mädchen, pädophile Onkel und sadistische Tantchen, sektiererische Ehepaare und ihre milchgesichtige Nachkommenschaft, Großmütterchen, die den Sparstrumpf im Herdfeuer vergessen hatten, sie half den vor Kummer kindisch gewordenen Erwachsenen aus der Klemme. Eines Morgens hatte sie in der Eingangshalle der Klinik eine junge Frau in erbärmlichem Zustand auftauchen sehen, sie verliere das Fruchtwasser, sagte sie. Und faselte allerlei Unzusammenhängendes, eine so weite Reise und das sei nun das Ergebnis, der wirkliche Vater sei benachrichtigt, aber der andere Verrückte verfolge sie, Vorsicht, er sei gefährlich, er dürfe nicht erfahren, dass sie im Kreißsaal sei, er hätte keine Hemmungen, die Klinik in Brand zu setzen und das Kind zu stehlen. Drei Tage lang hatte sie erschöpft dagelegen. Kein Vater, kein Liebhaber hatte nach ihr gefragt. Am Tag vor ihrer Entlassung brach Nelly in Tränen aus und fragte matt, warum sie eigentlich immer an Dreckskerle gerate. Und der schlimmste von ihnen sei Marc. Ein Vermögen, er schulde ihr ein Vermögen, auch an Illusionen, ihre Jugend, er werde nie einen Sou zahlen. Der Kerl sei großzügig wie ein Blutsauger, ein Dieb. Als sie nach Lumiol gekommen sei, habe sie ihn umbringen wollen, wegen der Gerechtigkeit, aber der Kleine habe sich in ihrem Bauch bewegt, er sollte keine Mutter im Gefängnis haben. Das Problem sei, dass sie auf der Straße sitze.

Entsetzt denkt sie daran, wie sie ihr zugeredet hatte, bis zum letzten Sou alles herauszuholen, was ihr zustand, sich bei diesem Verrückten einzunisten. Ihn notfalls zu heiraten. Und dann … Ciao. Sie sieht sich am Vorabend der Heirat in ihrem Häuschen auf die Braut warten, die den Verstand verloren hat. Immer wieder war sie auf die Terrasse hinausgetreten, außer sich vor Sorge. Um fünf Uhr morgens war sie in den Wagen gestiegen. Es schneite nicht mehr. Das Rhône-Tal glitzerte. Bläuliches Weiß auf den Hängen und Sternen, überall Schweigen wie auf dem Meeresgrund. Um sieben Uhr fuhr sie vor Loupiens' Haus vor und sah das Licht durch die Zweige der Linden. Eine Stunde später öffnete sich die Haustür, und Marc trat schwerfällig in den Garten, halb angezogen und ziellos wie ein Mann, der dem Messer zwischen seinen Schulterblättern zu entkommen versucht.

Sie kurbelte das Fenster herunter und rief:

»Ist Nelly da?«

»Natürlich ist sie da.«

»Wir sind verabredet.«

»Sie schläft.«

»Es ist wichtig. Es geht um einen Job.«

»Kommen Sie morgen wieder.«

Dann hatte sie gefragt:

»Sie hätten nicht einen Kaffee für mich?«

»Wir haben keinen mehr. Bis morgen.«

Er hatte eine seltsam steinerne, abwesende Stimme und starrte aus toten Augen auf den Hügel, ganz gefangen von etwas, das sich in seinem Kopf abspielte. Dann erschien Pierre, er stolperte in seinen blauen Gummistiefeln heran, den rechten am linken, den linken am rechten Fuß. Er hastete zum Gartentor, aber sein Vater legte den Arm um ihn und brachte ihn ins Haus zurück. Die Haustür schlug zu.

Mittags wusste ganz Lumiol, dass die Heirat ins Wasser gefallen war, die Kinder keine weißen Luftballons fliegen lassen würden und die Braut aus der Gegend verschwunden war. Armes Kind, armer Monsieur Loupiens.

Das alles war so unglaubhaft, dass Laura noch am selben Abend wieder zu ihm fuhr. Sie hatte gerufen, ans Fenster geklopft. Sie hatte aus ihrem unter den Bäumen parkenden Wagen angerufen und sich die Abfuhr eines Rasenden geholt. Wir brauchen niemanden, und niemand soll uns auf die Pelle rücken, verstanden? Mit einem Sohn ist man nicht allein. Mit dem kann man zusammenhalten. Mit Nelly habe er nichts mehr zu schaffen. Es sei nicht sein Problem, wo sie sich herumtreibe und mit wem. Von ihm aus solle sie doch krepieren oder ihm einen Prozess anhängen. Sie soll nur kommen, dann besorg ich's ihr schon. Und wer sind Sie überhaupt? Als sie diese Ausbrüche hörte, dachte sie an ein Neugeborenes, mit dem Kopf nach unten über dem Nichts hängend, und biss sich auf die Lippen. Niemals hätte Nelly ihr Kind mit diesem Geisteskranken auch nur eine Sekunde allein gelassen, niemals wäre sie ohne es fortgegangen, schon gar nicht, ohne ihr vorher Bescheid zu sagen. Sie musste Anzeige erstatten.

Und dann das Trauerspiel bei der Polizei von Lumiol. Jemand war verschwunden, aha. Sie habe einen Verdacht, aha. Französin, aha. Wie alt ist das arme Mädchen? Sechsundzwanzig. Sind Sie sicher, dass sie geimpft ist? Gegen Schlangen. Und Wölfe. Und Fische. Gegen Waschbären. Und Arschgesichter. Und die Scheißaraber. Gegen Youyous. Sie wissen nicht, was das ist, Youyous? Aber die Pinpins, die kennen Sie doch? Sie schlagen sich auf die Schenkel. Sie war da, jetzt ist sie weg, und Monsieur Loupiens will nicht sagen, wo sie ist. Na so etwas aber auch. Sie wussten gar nicht genug zu sagen über ihren Monsieur Loupiens, den vorbildlichen Bürger und großzügigen Helfer der Polizei, an dem sich all diese Parasiten, diese Heulsusen, die dem Sozialamt ihr Leid klagten, ein Beispiel nehmen sollten. Was werfen Sie Monsieur Loupiens eigentlich genau vor? Man würde sich bestimmt kein Bein ausreißen einer Mutter wegen, die es fertig brachte, ihren Sohn zu verlassen, noch dazu ihren unehelichen Sohn. Jeden Tag kamen Leute nach Lumiol und verschwanden wieder, wie sie gekommen waren. Passive Nachforschungen. Wir nehmen alle Zeugenaussagen auf, falls es welche gibt, verlassen Sie sich ganz auf uns.

Monatelang hatte sie sich von zwielichtigen Typen umgeben gefühlt, die die Wahrheit mit aller Gewalt zum Schweigen bringen wollten. Sie hatte gesehen, hinter welch unangreifbarer Festungsmauer aus Heuchelei sich die auf den ersten Blick so farblos wirkenden Lumioler verschanzt hatten. Kein Skandal, keine Wahrheit, auf die man mit Fingern hätte zeigen können. Völlig überfordert von dem, was sie glaubte oder glauben wollte und nicht zu sagen wagte, nämlich dass sie alle eine hässliche Sache deckten, erschöpfte sie sich und wurde schließlich lächerlich mit ihrer despotischen Wahrheitsliebe und Halsstarrigkeit. Und als sich auf Nellys Anrufbeantworter nicht mehr ihre von Schlaflosigkeit heisere Stimme meldete, gab Laura auf. Seit sieben Jahren schlug die Zeit immer größere Bögen um ein Fragezeichen, das beharrlich weiterleuchtete. Und blutete.

Mitternacht. Laura wirft ihren Kaugummi weg. Das irgendwo in der Küche in einem Durchlauferhitzer gefangene Flämmchen ist ihr einziger Gedanke. Wenn sie doch ein ordentliches Stück Eisen zur Hand hätte, mit dem sie unten das Schloss aufbrechen und das Feuer stehlen könnte, um sich einmal richtig satt zu rauchen und diese Stadt alter, bis an die Zähne gegen jeden Eindringling bewaffneter Emporkömmlinge in Brand zu stecken.

Sie riss die Schublade mit den Zigaretten auf, schnappte die rote Schachtel und rannte aus dem Büro. Wenige Minuten später kam sie am Haus der Loupiens an, ihr Herz klopfte. Kein Licht hinter den Bäumen. Derselbe Eindruck eines von Einsamkeit befallenen Orts wie früher. Unter dem Maulbeerbaum stand die Elefantengestalt des Geländewagens, so hoch, dass sie zur Klinke der Beifahrertür hinaufgreifen musste. Die Tür drehte sich geräuschlos in den Scharnieren. Auf dem Armaturenbrett leuchteten geisterhaft die Schlüssel. Von Pierres Platz aus schaltete sie die Zündung ein und dann den Zigarettenanzünder. Zwei Stunden später rauchte Laura gemütlich hingefläzt ihre neunzehnte und letzte Zigarette und beobachtete unter halb geschlossenen Lidern das Haus. Welches der Fenster war das des Jungen? Es gab nicht so viele Fragen, die man ihm morgen zu stellen haben würde. Nur eine, nicht mehr. Sie würde dem Fettnapf nicht ausweichen. Pech für die Direxe. Sie verschränkte die Arme und schlief ein.

Am nächsten Abend versammelte sich der für Pierre einberufene Disziplinarausschuss in der Bibliothek, im Anschluss an das Schachturnier, das er gewonnen hatte. Man schaltete einen Teil der Lampen aus und schob zwei Tische für die Notablen zusammen: die Direktorin, herausgeputzt wie an jedem Tag und in jedem Augenblick, Langnase, die Französischlehrerin, und Laura Meyer in schwarzem Hosenanzug und Wildlederstiefeletten, an denen sich eine Sohle gelöst hatte. Auf einem Stuhl mitten im Raum wand sich Pierre und stellte die neuen Tennisschuhe zur Schau, die er sich heimlich bei seinem Vater ausgeliehen hatte.

Die Sitzung wurde eröffnet. Höflich lauschte er dem Sermon der Direktorin über die jeweiligen Pflichten von Schüler und Lehrer sowie die Disziplin im Allgemeinen; dann dem Laura Meyers über den selbstverständlich vertraulichen Inhalt ihres Gesprächs; schließlich noch den betrübten Komplimenten seiner Lehrerin zu diesem Aufsatz, den sie nicht benoten könne, er wisse schon, warum.

»Dauert es lange?«

»Wenn du gestattest, bin ich hier diejenige, die das Gespräch leitet«, fuhr ihn die Direktorin an.

»Es war nur Spaß. Ich bin übrigens nicht in Eile.«

»Na, umso besser.«

»Umso besser, ja. Oder umso schlimmer.«

Und plötzlich packte ihn der Übermut, fast hätte er

hinzugefügt: Wenn's mir zu sehr auf den Senkel geht, verpiss ich mich.

Gleich in der ersten Frage stieß er sich am Begriff »organisierte Erpressung«. Aber nein, protestierte er empört, Sie lesen zu viele Zeitungen. Die Oberstufe sei schließlich nicht Chicago. Es gebe die Guten, die weniger Guten und die Nieten, und das variiere je nach Fach, man helfe sich eben untereinander. Gegenseitige Unterstützung sei eine religiöse, bürgerliche und auch kommerzielle Tugend. Das lernen wir in der Schule, damit liegt man uns doch ständig in den Ohren. Während er sprach, fragte er sich, woher nur diese wohl gedrechselten Phrasen, diese klangvolle Stimme kamen. Schlag auf Schlag beantwortete Pierre die Fragen der Direktorin, mit Eleganz, Humor und Herablassung brachte er sie mühelos aus dem Konzept. Der Aufsatz? Auf die Schnelle hingeschmiert, um einem Kumpel aus der Patsche zu helfen. Das *pretium doloris?* Ein Schülerwitz. Die Aufgaben für den Technikunterricht? Die mache er manchmal für die Jungs, ja schon, das Fach falle ihm leicht, und er lasse die anderen gern davon profitieren. Namen? Welche Namen? Sie steckten alle mit drin, man wisse sich eben zu helfen. Das verstoße gegen die Vorschriften? Also, wenn sie darauf hinauswollten, sein Vater sage, das Lycée Galilée sei nicht ganz auf der Höhe, was die Brandschutzbestimmungen anbetreffe …

»Wir wollen nicht darauf hinaus, Pierre. Beschränke dich bitte darauf, die Fragen zu beantworten. Bist du auf dem Schulgelände weiteren Repressalien ausgesetzt?«

»Keiner, und ich nenne dergleichen übrigens nicht Repressalien, sondern Freihandel. Ich habe ein Händchen für den Handel, es liegt in der Familie.«

Jenseits des Tischs sah er Laura Meyer einen Blick mit der Lehrerin wechseln, er fühlte die Gefahr, die in der Luft lag. Ein Tribunal, dachte er entsetzt. Die Weiber lecken sich schon die Lippen. Sie freuen sich schon auf ihre Beute. Wenn ich den Mut hätte, würde ich bellen. Er saß in der Falle, dazu verurteilt zu antworten, Details zu enthüllen, die Namen der Anführer, die schlimmstenfalls einen Klaps auf die Finger riskierten, Erklärungen abzugeben, er, dem man Erklärungen immer verweigert hatte, und öffentlich Abbitte zu leisten. Rings um ihn schwankten die Wände, Kopfschmerzen peinigten ihn. Wie sich ein Kerl, den man in die Hinrichtungskammer führt, freuen dürfte, wenn er die blitzende Bahre mit ihren Gurten und dicken Schnallen sieht.

Anscheinend hatte er eine Frage Lauras überhört, sie wiederholte sie mit erhobener Stimme.

»Und was ist das für eine Geschichte mit dem Umhängebeutel?«

»Welcher Umhängebeutel?«

»In deinem Aufsatz erzählst du doch von der Erinnerung an einen Umhängebeutel?«

»Na und?«

Sein harter Ton ließ sie erröten. In weniger als fünf Minuten hatte sich Pierre die Frau zur Feindin gemacht, die er seit Monaten liebte, schreibend und im Geheimen, voller Hoffnung auf den Tag, an dem seine dreizehn Jahre weit hinter ihm lägen und er sich ihr frei nähern und sie in die Arme schließen dürfte.

»Ja, was ist mit diesem Umhängebeutel?«, fragte sie, und ihr Blick umfloss ihn wie Wasser.

Sie versuchte ihn zum Sprechen zu bringen, diese Schlampe, ihn zu manipulieren. Er bekam eine Gänsehaut davon.

»Was weiß ich?«, gab er gereizt zurück und betrachtete die Bücher über ihr. »Es ist mir einfach so eingefallen.«

Ich liebe Laura, hatte er in der Nacht geschrieben, Seite um Seite hatte er damit gefüllt, so viele Ich-liebe-Lauras, wie er Herzschläge in der Brust hatte, und er hatte sie noch auf dem Weg zu dieser Sitzung, wo man ihm eine Falle stellte, geliebt. Er fühlte sich verraten und zerstörte deshalb seinen Traum. Er konnte sie nicht mehr ausstehen. Er konnte ihr diese vertrauliche, angespannte Atmosphäre nicht verzeihen, die lastenden Blicke, diese Anklagen, die von allen Seiten auf ihn einhagelten, nicht einmal die Bücher in den hohen, verglasten Schränken. Er setzte zu einer Lüge an, aber seine Stimme brach. Er senkte den Kopf, die Hände zwischen den Knien gefaltet. Aus seinem Mund sprach jemand, der nicht er war, der ihm aber zuhörte wie die drei Weiber, die sich kein Wörtchen entgehen ließen. Der Umhängebeutel habe früher seiner Mutter gehört, irgendwas von der Armee. Sein Vater habe ihn ihm gegeben, als er klein war. Er habe seine Spielsachen darin gehabt.

»Und er ist verschwunden?«

»Keineswegs. Aber ich kann mir vorstellen, dass er verschwindet …«

»Ich sehe keinerlei Bezug zur hier verhandelten Angelegenheit«, unterbrach ihn die Direktorin.

Er fasste sich wieder.

»Ich auch nicht«, sagte er zwischen zusammengebissenen Zähnen.

»Ich schon«, sagte Laura. »Hat jemand bei dir zu Hause diesen Aufsatz gelesen?«

»Jemand?«

Still. Er spürte diesen Jemand im Rücken. Er fühlte einen kalten Atem in seinem Nacken, eine Hand, die seinen Kiefer umklammert. Nicht zu fassen, ihm war nach Heulen. Und darauf wartete sie nur, dass er Rotz und Wasser heulte, den Sternenhimmel anjaulte, plötzlich packte ihn kalte Wut, er war außer sich.

»Was geht Sie das eigentlich an?«

»Es interessiert mich.«

»Mein Privatleben interessiert Sie?«

»Natürlich nicht«, schnappte die Direktorin, der nun alles aus dem Ruder lief. »Ich für meinen Teil habe nichts mehr hinzuzufügen und schlage vor, wir beenden die Sitzung. Welche Konsequenzen wir aus dieser Geschichte ziehen, werde ich mitteilen, wenn ich die anderen beteiligten Schüler gehört habe.«

Statt aufzustehen, klammerte er sich an seinen Stuhl. Die Angst machte ihn zum Maulhelden.

»He, wie kommt das überhaupt, dass eine Sozialarbeiterin ihre Nase in meine Hausaufgaben steckt?«

Er begriff nicht, wie er so laut, so rüde sprechen konnte, er schwitzte vor Angst. Man würde ihn von der Schule verweisen, er war geliefert. Marc würde alles erfahren, sie würden die Stadt verlassen müssen, er würde Laura nie wieder sehen.

»Ich hätte nicht übel Lust, Anzeige zu erstatten.«

»Na«, sagte die Direktorin versöhnlich. »Nun mal nicht übertreiben.«

Sie betrachtete die Sitzung als beendet und fasste sie eilig zusammen. Mademoiselle Meyer habe gut daran getan, sie auf die illegalen Praktiken in der IIIc hinzuweisen. Man werde dafür sorgen, dass Pierre nicht mehr den Nachstellungen seiner Mitschüler ausgesetzt sei.

»Umso besser, wenn du begabt bist, aber es besteht wahrhaftig kein Grund, dafür Nachteile in Kauf zu nehmen. Und jetzt ab nach Hause.«

»Wieso ist mein Vater nicht hier? Darf man Schüler ohne Wissen ihrer Eltern weich kochen? Was soll überhaupt dieses beschissene Verhör?«

»Bleib bitte höflich, und geh nach Hause!«

Er beugte sich nach unten zu seinem Rucksack, zitternd wie ein Blatt im Wind. Der Weg bis zum Ausgang dürfte lang werden. Sie würden noch weiter über ihn quatschen und Haare spalten. Er wagte nicht aufzublicken. Er war sicher, dass Laura ihn belauerte.

»Und hast du was von deiner Mutter gehört?«

Sein Blick verschleierte sich, er hörte nicht, wie die Direktorin protestierte, das gehe nun wirklich zu weit. Er lachte hämisch, immer noch zu Boden blickend.

»Sie wissen, was Ihnen meine Mutter zu sagen hätte, und ich …«

»Hast du von ihr gehört?«

Das Blut stieg ihm in den Hals, er konnte kaum sprechen:

»Völliger Quatsch, Ihre Erpressungsgeschichte, Sie

sind es, die mich hier erpressen will. Man sollte Sie von der Schule verweisen. Ich sage es meinen Eltern.«

Mit zwischen den Knien hängenden Armen hockte er auf seinem Stuhl, ein Häuflein Verzweiflung. Er verstand nicht, was die Direktorin trieb. Warum sagte sie ihm nicht endlich, er solle Leine ziehen, sich verdrücken? Jeder Augenblick, der verstrich, legte sich ihm aufs ohnehin schwere Herz, erdrückte ihn noch ein wenig mehr. Von seiner Mutter hatte er gehört, o ja, so viel er wollte. Allein schon durch Marc. Das Gegenteil zu behaupten wäre gelogen. Nie hatte sein Vater ihn ohne Nachricht von dieser Frau gelassen, deren bloßer Name alles in ihm aufwühlte. Es war sogar davon die Rede, dass er sie aus Paris mitbringen wollte, wenn er wie jedes Mal dorthin fuhr und ihr zuredete, nach Lumiol zurückzukehren, wieder Freude am Leben zu finden, sich daran zu erinnern, dass sie einen Sohn hatte, schließlich ist eine Mutter keine Kleinigkeit im Leben eines Kindes. So viele Tränen weniger, so viele Sorgen. Und vor allem ist man nie mehr allein.

»Habe ich.« Er blickte auf seine Turnschuhe. »Öfters.«

»Kommt sie denn nie?«

»Doch, sie kommt. So oft sie kann.«

»Und siehst du sie?«

»Natürlich.«

»Du lügst.«

»Sie sind es, die lügt.« Seine Stimme klang erstickt.

Und auf eine völlig unvorhersehbare Weise und mitten in dieser Bibliothek, deren schön gebundene Bücher ihn zu hunderten anklagten und im Dunst verschwammen, fehlte ihm seine Mutter. Verzweifelt.

Fast auf den Tag genau ein Jahr später, als man ihn mit Handschellen gefesselt aus dem Gerichtssaal führte und er sich zu Laura umwandte und sie strahlend anlächelte, sollte sie ihre dumme Reaktion nach dieser Sitzung in der Bibliothek bereuen. Nach Entschuldigungen suchen und sie gleich wieder verwerfen: die Zigarette, der Schlafmangel, ihre alten Eltern, die Dummheit einer Institutsleiterin, der mehr an der Wahrung der guten Manieren gelegen war als an der Sicherheit der Schüler. Und diesen letzten Auftritt des Jungen, der hinter einem Gendarmen herging und ihr wie ein zerknirschter Lausejunge heimlich zulächelte, sollte sie nicht mehr loslassen in der endlosen Zeit, die verging, bis sie nach Désertas fuhr und ihn um Verzeihung bat, zu spät, aber nicht für die Verzeihung. Er fand Worte zu ihrem Trost und suchte ihr sogar zu beweisen, er habe, und das sei ihr Verdienst, nie seine Zeit vergeudet, und alles sei gut, wie es sei. Seine Mutter – Nelly, nicht wahr? – habe Gärten geliebt, und die Hyazinthen, die er gerade vor dem Horizont gepflanzt habe, schrieben das Wort LAURA.

Öffentlich heruntergeputzt und beleidigt wie ein kleines Mädchen, hatte Laura Pierre ein wenig Vorsprung gelassen und ihn auf der anderen Seite des Platzes eingeholt.

»Ich würde mich gern mal ein bisschen mit dir unterhalten.«

»Wir haben wirklich genug geredet.«

»Wovor hast du Angst? Sehr gut, diese Sitzung und die sentimentale Nummer, die du abgezogen hast. Kompliment. Ich habe ja schon einige Heuchler erlebt, aber so was Gerissenes wie du ist mir noch nie untergekommen. Nie stimmt nicht. Ich habe deinen Vater gesehen, der ist auch so ein Miststück. Ihr seid wirklich ein feines Pärchen.«

Ohne aufzublicken, beschleunigte er den Schritt.

»Nett, dass deine Mutter euch besuchen kommt. Sag doch, ist das nicht nett?«

Er wollte laufen, aber sie packte ihn am Ellbogen.

»Ich werd's dir sagen, du Lügner, du hast nie von ihr gehört und ich auch nicht. Sie war meine beste Freundin.«

Er riss sich von Laura los und schrie in die Dunkelheit:

»Niemand hat je etwas von ihr gehört!«

KAPITEL 13

Ja genau, endgültig aus Lumiol verschwinden. Nachdem Marc diese von Alkohol umnebelten Worte zu seinem versteinerten Sohn gesagt hatte, verfolgte er seinen Gedanken weiter. Noch in derselben Nacht legte ihm eine zernarbte Lumpenhändlerin die Karten und sah viel Blau, Größe, Ferne. Am nächsten Tag verschwand er nach Paris; er beriet sich mit Konsuln und Immobilienmaklern, er ließ sich von exotischen Empfangsdamen Prospekte aushändigen und kam völlig überzeugt zurück. Nicht dass er aus Lumiol wegwollte; er liebte dieses Tal wie eine Heimat, vor diesen Hügeln war Nelly zu ihm zurückgekehrt, hier wurde er respektiert, aber wenn er Pierre nicht die Zunge abschneiden wollte, musste er die Koffer packen. Er war bis zu einem gewissen Grad daran gewöhnt. Sein ganzes Leben, jeden Tag war er weggelaufen. Dieses Mal nahm er einen Sohn mit. Nun musste er ihn darauf vorbereiten, ohne dass er es ausplauderte oder zu einem Aufsatz verarbeitete. Zum ersten Mal versuchte er diesen jungen Mann, den er noch einige Jährchen würde aufziehen dürfen, gerecht zu beurteilen. An dem

Abend damals, am Rand der Schlucht, waren sie nur knapp einer Katastrophe entgangen. Pierre hatte niemals mehr davon gesprochen, durch nichts zu erkennen gegeben, dass er ihm etwas nachtrug. Er schlurfte mit einem langen Gesicht herum, als sei er es nicht anders gewohnt oder als habe er es nicht anders verdient. Ein geradezu krankhaftes Geschick, alles unter den Teppich zu kehren. Marc empfand zwar weder Reue noch Verzweiflung, aber er war sich einer neuen Gefahr bewusst. Mit dreizehn Jahren schon stellte Pierre die kräftigen Muskeln, die Überlegenheit und die Vitalität des Mistkerls zur Schau, der sie alle zerstört hatte. Ob er wollte oder nicht, er musste ihn besänftigen und weit wegschaffen. Eine schöne Reise, eine Überraschung.

Er bereitete die Abreise vor wie eine Flucht. Er hatte das Ende seiner Mühen noch nicht erreicht, und als es so weit war, war er nicht mehr derselbe Mensch – aber welcher Mensch war er je gewesen?

Drei Wochen nach ihrem mörderischen Ringen im Schnee kehrten Vater und Sohn, allem Anschein nach versöhnt, zu Fuß aus dem Kino zurück. Hat's dir gefallen? Toll. Tibet ist irre. Schöne Landschaften, schöne Musik. Pierres Kinnlade tat noch weh, auch sein Nacken war noch verspannt. Im Gehen klopfte Marc ihm liebevoll auf die Schulter.

»Wenn du's dir aussuchen könntest, Sohnemann, wo würdest du leben wollen?«

»Im Jemen.«

»Im Jemen?«

»Der Name gefällt mir. Genau wie bei Spanien.«

»Und Tibet?«

»Tibet auch, Tibet mag ich auch.«

»Und Châtillon-sur-Bagneux?«

»Kenn ich nicht.«

Das Thema tauchte auch in anderen Zusammenhängen immer wieder auf. Ja, würde mir Spaß machen, seufzte Pierre auf die vagen Fragen, in denen sein Vater einen richtigen Tapetenwechsel ankündigte, der ihnen saugut tun, sie ein für alle Mal entlumiolieren würde, den sie bitter nötig hätten. Er spottete über die Lumioler, die nie den Fuß vor die Tür setzten und sich noch mit ihrem Unwissen brüsteten, die nie etwas vom grünen Strahl, von Packeis, Canyons, Lamas und vom Dalai Lama gehört hatten.

»Das ist nur zu verständlich, wirst du einwenden, schließlich wimmelt es nicht gerade von Tibetern in Lumiol.«

Da Marc Lust auf einen Happen zu essen hatte, machten sie bei der *Galiote* Halt, einem Lkw-Imbiss an der Ortseinfahrt. Auf dem Dach flackerten in lila Neon die geblähten Segel eines alten Seglers. Serviert wurde schnelle Küche für den eiligen Gast. Eine Schrotthändlerin betrieb das Lokal. Am Tresen stand ein Hocker, und davor waren zwei weiße Plastiktische unter einem Sonnenschirm aufgestellt, der als Blick- und Kundenfang auch nachts aufgespannt blieb.

Sie setzten sich. Es war mild, das Radio spielte. Die blassen Neonreflexe spiegelten sich auf dem Tisch und ihren Gesichtern. Sie waren die einzigen Gäste. Gemütlich in seinen Stuhl gelümmelt, setzte Marc sein Charmeur-Lächeln auf, eine Art Zwangsgrimasse, die er zur Einschüchterung seines Sohnes einstudiert zu haben schien.

»Wir könnten sie doch mitnehmen?«

Pierre biss die Zähne zusammen und wandte sich zum Tresen des Lkws: ein schmieriges Brett, eine Flasche Tomatensauce an jedem Ende, ein Transistorradio mit ausgezogener Antenne, eine geschäftig aufräumende Schrotthändlerin.

»Deine Mutter, wir könnten sie doch mitnehmen?«

Deine Mutter! Er konnte es nicht mehr hören. Am liebsten wäre er aufgesprungen und über die Straße davongerannt.

»Was meinst du, Sohnemann, wie würde sie reagieren, wenn wir es ihr anböten?«

»Das wäre das erste Mal, dass sie reagiert«, erwiderte Pierre in einem Ton, der Glas hätte ritzen können.

Er bereute sofort, dass er geantwortet hatte, dass er getan hatte, als nehme er diesen Blödsinn ernst. Früher war seine Mutter ein Problem gewesen, ein unheilvoller Name, man hielt sich an bestimmte Formen, und wenn man sie erwähnte, dann mit Unbehagen, einem Klumpen im Magen, man holte die Schnapsflasche heraus, und es gab keinen Zweifel daran, dass sie nur eine Schlampe sein konnte, nicht wert, dass sie beide sich ihretwegen in die Haare gerieten. Man nahm sie in Schutz, um sie desto besser angreifen zu können, immer schön abwechselnd, man zog sie durch den Schmutz, und sie war darin liegen geblieben. Schon seit Jahren stand ein Treffen mit ihr nicht mehr zur Debatte, sie sprachen nicht mehr von ihr, sie war wie ein nicht mehr aktuelles Thema, ein Witz, der seinen Reiz verloren hat. Und jetzt, nach der Sache mit dem Aufsatz, kam Marc wieder auf sie zurück. Aber jetzt durfte Nelly kein Haar mehr gekrümmt werden. Als räche er sich, indem er seine Mutter zwischen sie beide stellte, und zwar als armes Mädchen, bei dem man sich eigentlich entschuldigen müsse. Er gab vor, wieder Kontakt zu ihr zu haben, natürlich unter neuen Bedingungen. Er fuhr immer häufiger nach Paris. Er machte sich fein, spielte den unbeholfenen, Rat suchenden Mann, der hin- und hergerissen ist zwischen einer Romanze und seinen Vaterpflichten.

»Nehmen wir sie mit?«

»Ich dachte, wir würden umziehen, um sie abzuhängen, damit sie aufhört, uns auf den Geist zu gehen.«

Marc wirkte verlegen.

»Sie hat sich sehr verändert. Sie braucht Raum für sich, genau wie wir. Also?«

Er sagte nichts, von Scham gequält. Er sah zu, wie sein Vater bedächtig die Plastikgabel in den vom Neonlicht bläulich gefärbten Nudeln drehte. Er war kein völliger Idiot. Er hatte im Internet recherchiert, nach Leuten gesucht, die sie gekannt hatten. Seine Mutter war tatsächlich in Le Havre geboren. Dort war sie aufgewachsen, hatte eine Ausbildung gemacht, war seinem Vater begegnet, hatte in Lumiol einen Sohn zur Welt gebracht und war vom Bildschirm verschwunden. Wenn sie in Paris oder sonst wo lebte, wüsste er es. Tausende würden ihn mit neuen Details versorgen. Es sei denn, sie hätte einen anderen Namen angenommen. Aber warum rief sie nie zu Hause an? »Sie hat Angst, an dich zu geraten, du würdest alles verderben.« Möglich. Sicher war gar nichts. Wer war diese Frau, die er Maman nannte, als er klein war?

»Du misstraust ihr«, sagte Marc. »Stimmt, sie hat allen Grund, mich einwickeln zu wollen. Schließlich zahle ich ihr die Miete, die Rechnungen und noch ein paar Extras.«

Er hatte die Ellbogen auf den Tisch gestützt und sprach langsam, tonlos, er blickte nicht auf.

»Wollt ihr noch ein Kind?«

»So weit sind wir noch nicht, Sohnemann.« Marc bleckte die weißen Zähne.

Pierre nahm ein Dessert, weil sein Vater auch eins nahm. Genauso hielt er es beim Kaffee, der wahrscheinlich schon seit dem Vormittag auf der Warmhalteplatte geköchelt hatte. Die Wirtin brachte die Rechnung.

»Gehen wir?«

»Du hast mir immer noch nicht geantwortet, wegen deiner Mutter.«

Sein Blick verschleierte sich. Ist er verrückt? Hält er mich für verrückt? Was sollte man darauf antworten? Je mehr man über sie redete, desto weniger existierte sie. Man holte eine Puppe aus einem Schrank. Man klopfte den Staub ab, frisierte sie, zog sie an, setzte sie hin, gab ihr zu essen, legte sie ins Bett, sagte ihr, sie sei krank und solle still liegen bleiben, man sagte ihr, sie lüge, man machte sie gesund, vergaß sie für Monate in einer Ecke, machte sie kaputt, reparierte sie, liebe Nelly, böse Nelly, komm her, sag uns, was du auf dem Herzen hast. Zum

Muttertag haben wir ihr einen Blumenstrauß geschickt, Sohnemann, ich habe mir erlaubt, für dich mit zu unterschreiben. Und natürlich antwortete Nelly, dass sie weiße Nelken immer schon geliebt habe, dass sie den Transport gut überstanden hätten, euch beiden einen Kuss.

»Denk drüber nach, Sohnemann, und wenn du die Antwort weißt, sag Bescheid.«

Marc grub mit beiden Händen in den Jackentaschen und leerte den Inhalt auf den Tisch. Wozu einen Geldschein anbrechen, wenn man über solche Alteisen-Reichtümer verfügte? Er begann die Münzen zu sortieren. Nebenbei schien er den Inhalt seiner Taschen zu erkunden. Was ist denn das? Ein Rezept. Und das? Die Einladung zur Oldtimer-Ausstellung. Ich nehm dich mit. Und das? Ach, witzig. Nur eine Polaroid-Aufnahme, aber sie ist gut zu erkennen. Ja, das ist sie. Willst du mal sehen? Er schob das Foto über den Tisch.

Pierre umklammerte unter dem Tisch seine Knie. Seine Hände zitterten. Aus dem Augenwinkel nahm er im Neonlicht ein Frauengesicht wahr, es kam ihm vage vertraut vor.

»Sie ist schön, oder?«, fragte Marc.

Man sah ein düsteres, rotäugiges Gesicht aus dem schwarzen Hintergrund auftauchen, vielleicht auch darin verschwinden, im Vordergrund ragte etwas aus einem Hut.

»Was ist das für ein Hut?«

»Ein Sektkübel mit einer umgedrehten Flasche. Sie wollte sich amüsieren, schließlich war es ihr Fest.«

Als Pierre die Hand nach dem Foto ausstreckte, nahm

sein Vater es wieder vom Tisch. Sie würden es vergrößern lassen. Das wär doch nicht schlecht, ihr Konterfei im Haus zu haben, bis sie dann alle gemeinsam aufbrächen. Er zwinkerte Pierre zu.

»Komm schon, Sohnemann, mach dir nicht zu viel Gedanken. Sie will Sonne und azurblaues Wasser. Haben wir was dagegen?«

Der heimischen Scholle überdrüssig, gelüstete es ihn nun nach fernen Paradiesen, in denen Französisch gesprochen wurde und er von vornherein reich und entsprechend willkommen wäre. Er faxte in alle Richtungen, zog Papeete in Betracht, Mayotte, Neukaledonien, die Seychellen, Vanuatu. Er behauptete, er wolle investieren, eine dynamische, auf sämtlichen Gebieten tätige Agentur eröffnen, kurz: Bauernfängerei betreiben. Totaler Reinfall. Nirgends wartete das Geld auf einen Inkasso-Virtuosen. Die Bürgermeister hielten ihn für einen Betrüger, die Versicherungsgesellschaften hatten ihre eigenen Vertreter vor Ort, die Polizei tat ihre Arbeit, die Schwarzmärkte waren schon in festen Händen. Es fuchste ihn, dass eine Stadt im französischen Mutterland ihm im Namen der Fahne, der Kreuzritter, im Namen Karl Martells und unserer zu Millionen im Kampf gefallenen Bauern sowie unter Berufung auf das öffentliche Interesse Befugnisse zugestand, die ihm von irgendwelchen Bananenrepubliken, die zwielichtigen Geschäften aller Art bereitwillig Schutz und Zuflucht gewährten, böswillig verweigert wurden. Er hätte sich gern auf eine andere Tätigkeit verlegt, aber er hatte sich in eine Welt nach alter Art eingelebt, und das aktuelle Bild seiner Zeit, wie es sich ihm im Internet bot, verursachte ihm Schweißausbrüche. Natürlich bot man ihm an, zu investieren, den höheren Gang einzulegen, goldenesvlies.com, die Website der Zukunft, anzuklicken, Erdbeeren im Senegal zu pflanzen, ein in zweihundert Meter Tiefe in den lauwarmen Gewässern südlich von Borneo liegendes Atom-U-Boot zu kaufen, sich an einem multiethnischen Bordell, fünfunddreißig Mädchen mit mindestens befriedigendem Abitur, zu beteiligen, oder den echten schwarzen Stein des Henoch mit direktem Draht zu den Engeln zu erwerben; seine sämtlichen Aktiva gegen eine Goldgrube von Aktienoptionen einzutauschen, eine noch im Gaszustand befindliche virtuelle Goldgrube, die jedoch bei erster Gelegenheit in greifbares Gold konvertiert werden könnte. Wütend klickte er sich heraus, es zog ihn nach Lumiol zurück, zu seiner Burg, dem Fluss mit seinen Gründlingen, dem guten alten Kernkraftwerk, auf das man wie auf ein Osterei ein Kind gemalt hatte. Er verfluchte den Alchemistengeist dieser Geschäftemacher, die es auf ihn und seinen Sparstrumpf abgesehen hatten. Er spielte eine Runde Solitär und klickte dann auf das rosa Schwein, sein Lieblings-Icon. Sein Guthaben erschien auf dem Bildschirm. Erbärmliche zwei Millionen Francs in Anlagen. Das Ergebnis von dreizehn Jahren harter Arbeit. Seine Büros waren gemietet, er besaß keinen Weinberg, kein U-Boot auf dem Meeresgrund, keine auch nur halbwegs rentable Erdbeere, er war nur ein kleiner Krauter. Sein hübsches weißes Haus mit den verblichenen Ziegeln? Kinderkram. Seine Geländewagen? Ratenkäufe. Wenn man bedachte, dass er auf zehn Millionen in zehn Jahren gerechnet hatte oder eine Milliarde, in deren Schatten er sich jetzt in dem Gefühl räkeln könnte: Ich bin Milliardär. Davon war er weit entfernt. Und was würde aus seinem rosa Schwein, wenn erst der böse Fiskus seine Hand darauf legte?

Dabei lief der Job gut. Die neue Ausstellungshalle mit Einbauküchen hatte voll eingeschlagen. Die Inkasso-Agentur bot inzwischen echte polizeiliche Dienstleistungen an, sie galt als seriös und war bekannt für ihr rasches Durchgreifen. Sie konnte sich kaum vor Auftraggebern retten. Aber mit Rumkommandieren, Beschlagnahmen, Einschüchtern, Rempeln und Sparschwein-Schlachten hatte sich Marc Loupiens nicht nur Freunde gemacht. Es ließ sich nicht verhehlen, dass der Wiederverkauf Probleme bereitete und dass sich, wie der honigsüße Pierre gesagt hätte, dunkle Wolken zusammenballten. Er hatte nicht weniger als achtundzwanzig Verfahren am Hals und nur seinen bösen Glauben zur Verteidigung. Er hatte sich an einem sicheren Ort geglaubt, aber die modernen Zeiten vergifteten noch das letzte Kaff. Überall lauerte Gefahr: in den Lebensmitteln, im Wasser, in der Luft, die er atmete, in den Briefkästen, den Erinnerungen, der Liebe, und die Amsel Pierre pfiff von allen Dächern, für all das sei ihm der Schnabel groß genug gewachsen. Leben, sagte sich Marc immer wieder angstvoll. In der Nachbarschaft eines solchen Wortes war er der Eindringling. Seine Zeit und die Kapriolen der menschlichen Rasse wurden ihm immer fremder. Zweimal täglich schluckte er eine weiße Pille gegen ein namenloses Leiden. Vielleicht das Selbstwertgefühl, ob es nun Selbsthass oder übertriebene Eigenliebe war; seine Haut widersetzte sich seinen Bewegungen, seine Knochen sperrten ihn in einen Käfig, seine Lügen schnürten ihm die Luft ab. Eines Morgens fand er in einer Schublade eine alte Schachtel mit Antibaby-Pillen. Er schob sie unter sein Kopfkissen. Sie machte Geräusche wie eine Kinderklapper. Ich liebe dich, ein bisschen, sehr, über alle Maßen. Er brauchte keine Woche, um sie alle zu schlucken. Wo ich doch schon unfruchtbar war!

Das Jahr ging zu Ende, ohne dass er entschieden hätte, von welchem Ende der Welt aus Pierre und er sorglos ihren Seeblick genießen würden. Es fiel ihm schwer. In Lumiol war er unersetzlich, anderswo unerwünscht, also ließ er sich mit einer Einsicht, auf die er nicht besonders stolz war, wieder heimführen. Wohin? Er forschte in seinem Gedächtnis und stieß zum ersten Mal auf seine holde Gattin. Es war so lange her. Er hatte sie betrogen, mit der Erstbesten am erstbesten Ort. Jeden Abend war er gesättigt nach Hause gekommen. Am Wochenende machten sie das Kind. Von Freitagabend bis Sonntagabend: das Kind. Ein Kreuzweg. Küss mich, streichel mich, komm, ergieß dich. Er stellte sich Peitschen vor, Nägel, Esel, er wrang die Hirnhaut aus. Sie war fünfzehn Jahre älter als er. Sie wirkte jugendlich, und je häufiger man es ihr sagte, desto blühender sah sie aus. Der Arzt gab ihr noch zwei Jahre für eine geglückte Schwangerschaft. Sie gab die Hoffnung nicht auf, einen Sohn von ihm zu bekommen oder eine Tochter, ein dralles, pausbäckiges Baby, seufzte sie. Er tröstete sie. Er fand die rechten Worte, um sie davon zu überzeugen, dass die gute alte Zeit zwar Rüstungen rosten und Steilküsten und Pyramiden brüchig werden ließ, sie jedoch verschonte; sie würde ihren herzförmigen Mund, ihre kleinen runden Elfenbein-Brüste, die Anisfrische ihrer spitzen Zunge nicht antasten, und was für eine niedliche Mama sie bald sein würde. Heimlich beobachtete er, wie das Alter seine Spinnenbeine auf ihr ausstreckte. Er wusste, sie würden nichts erreichen, die amerikanische Behandlung würde auch nicht mehr nützen als die Amulette des Papua-Medizinmanns. Ihre Beziehung war hin. Eine Luftveränderung war ratsam, er war gegangen. Achtundvierzig plus fünfzehn, das machte dreiundsechzig, Teufel auch. Irgendwo hatte er eine dreiundsechzigjährige Gattin, adrett, kultiviert und mit Tennisschuhen an den Füßen. Er riskierte nicht mehr viel, wenn er ihr den Hof machte. *Mein Lieb, so nanntest du mich, als wir zusammenlebten, du stießest mit der Zunge an, als hättest du ein Haar auf der Zunge oder auch darunter, und ich versuchte es zu erhaschen. Mein Lieb, genau wie du habe ich erlebt, wie schmerzvoll der aufgezwungene Bruch einer Beziehung ist. Trauer, ein unsinniger Unfall. Und zehn Jahre später ist das Leid ungeschmälert, ebenso heftig und empörend. Ich weiß nicht, wie ich ohne meinen Kleinen, Pierre war damals sechs Jahre alt, hätte weiterleben können. Du hast richtig gelesen, mein Lieb, ich bin Vater, beziehungsweise ich ziehe einen Sohn auf, den kleinen Unterschied wirst du verstehen können. Nur dir kann ich meine Geschichte erzählen, nur du kennst mich …* Die Zweifel befielen ihn, als er den Brief gerade einwerfen wollte. Eine Schnapsidee. Sein Lieb würde diesen schleifchenverzierten Köder nicht schlucken. Sie wartete doch nur auf ein Lebenszeichen von ihm, um sich zu rächen. Schon, wie er sie hatte sitzen lassen, wie er in einen Zug gestiegen war, um der wochenendlichen Prostitution zu entfliehen. Sie musste ihn hassen, und sie musste diesen Sohn hassen, den er anderweitig aufgetrieben hatte. Vielleicht war sie ja auch gestorben oder verrückt geworden. *Mein Lieb, du hattest ein Haar auf der Zunge, es dürfte inzwischen schneeweiß sein. Ich schreib dir ein anderes Mal, bestimmt, vielleicht zu deinem achtzigsten Geburtstag, wenn du mir gesagt haben wirst, ob das Leben es schließlich doch gut gemeint hat mit dir, ob ich wieder mit meiner guten alten Haut von Ehefrau in Kontakt treten kann, ohne Angst um die eigene haben zu müssen, Adieu, mein Lieb.*

Hinter ihm lagen nur Krach und nachgetragene Wut, Erpressungsversuche mit Selbstmorddrohungen, Hysterikerinnen, deren Beschimpfungen ihn durchs Treppenhaus verfolgten. So viele Geliebte hatte er gehabt, aber nie eine für länger gefunden. In Wahrheit lag ihm nichts daran. Er wollte keine Veränderung in seinem Leben, nichts, was einen Schatten auf Nelly hätte werfen können. Sie war da. Die Trauer hatte sie wieder auferstehen lassen in der schwebenden Form eines immateriellen Wesens, das er nach seinen Wünschen formen konnte. Er sprach mit ihr, sie antwortete. Sie hatte Angst vor dem Dunkel und all diesen toten Stimmen, sie wälzte sich herum und weckte ihn auf. In seinen sehnsuchtsvollen Träumen umarmten sie einander, waren sie nur noch ein einziges langes Beben.

Die große Liebe zur Abwesenden litt an einer Zukunft, der Marc keinen sicheren Ort zu geben wusste. Sein Herz schlug wieder für eine Tote mit offenen Augen, ein endloses Verbrechen. Im Traum umarmten sie einander, ja, aber ihre Münder waren verstopft von Blut und Schlamm, und sie waren von Schnee bedeckt. Er dachte an die Schmelze, er sah die Vögel kreisen, diese Biester hatten sie gefressen. Jetzt erst hatte er sie getötet, jetzt lag sie tot da. Er vermochte diese Last nicht mehr tapfer und mit einem lieben Hahnrei-Lächeln mit sich herumzuschleppen. Er erstickte unter dem Gewicht eines verrosteten Motorrads und eines federleichten Skeletts. Es juckte ihn, zu sehen, wie die Bullen die Ohren spitzen würden bei einer freiwilligen Zeugenaussage, ich war auf der D 83, in der Nähe des Limites-Passes, es war zwei Uhr fünfunddreißig in der Nacht zum Samstag, dem 27. April im Jahre X, ich saß am Steuer eines Chevrolet-Geländewagens, sie auf einer Triumph 125 mit abgefahrenen Reifen, es schneite. Als ich heimkam, war meine Windschutzscheibe voller Schlieren, ich musste sie abspritzen, ein echtes Blut-Puzzle, Jungs.

Er, der immer nur Stillschweigen gefordert hatte, der sich gegen die Geschwätzigen abgeschirmt hatte, träumte davon, irgendein Mädchen mit stummen Lippen und niedergeschlagenen Augen bei sich wohnen zu lassen, das mit den Wänden verschmölze wie ein Tier, wie ein Salamander, und das ihm nachts zuhören würde. Leinenschuhe würde sie haben und langes Haar. Sie würde sich ihm in der Dunkelheit nähern. Ich habe jemanden verloren, den ich wahrscheinlich nie besessen habe. Manchmal begegnete er einer dieser Unbekannten, die dazu geboren waren, aus dem Schatten zu treten und sich von seiner Stimme gefangen nehmen zu lassen. Eben noch, als er den wilden Salbei am Flussufer rodete, hatte er sich ertappt, wie er in die Augen einer Frau sah, die auf der Straße stehen geblieben war. Sie bewunderte die Nelken, die das Mäuerchen säumten. Er war zu ihr getreten, um eine zu pflücken, sie mit einer weißen Blüte zu schmücken, aber sie hatte sich verlegen entfernt. Er hatte die Nelke auf dem Mäuerchen liegen lassen. Über die Augen hing ihr eine hellblonde Strähne. Wie früher Nelly, wie gleichzeitig zahllosen Unbekannten auf der ganzen Welt. Er ging ins Haus, um sich umzuziehen. Als er wieder herauskam, lag die Nelke nicht mehr auf dem Mäuerchen. Er steckte sich auch eine ins Knopfloch.

Als er ein Jahr später von all den unbesuchten Orten zurück war, schickte sich Marc ins Offensichtliche. Er hatte weder die Mittel für die fernen Länder, die ihn gereizt hatten, noch die nötige Lust. Ohne Zeugnisse, ohne Beruf und ohne ein wirkliches Vermögen musste er sich zu einem bescheidenen Umzug entschließen, mit scharfem Auge auf die knappen Finanzen und im vollen Bewusstsein, bei dem Wechsel ein für alle Mal sein Ansehen zu verlieren. Was er dabei gewinnen würde? Vielleicht nichts, vielleicht käme er mit dem Leben davon. Vielleicht nahm ihm auch sein Instinkt die Entscheidung ab. Im Einschlafen sah er ein von Palmen umstandenes weißes Haus mit geschlossenen Fensterläden. Welchen Sinn hatte es loszustürzen, solange sie sich nicht öffneten?

An einem Vormittag im April fuhr er nach Paris und unterschrieb einen Mietvertrag für eine Zweizimmerwohnung, ohne sich die Mühe gemacht zu haben, sie zu besichtigen. Sie war hell und würde noch im selben Monat nach ein paar Pinselstrichen bezugsfertig sein. Da er die verlangten Papiere nicht zur Hand hatte, zahlte er eine Jahresmiete im Voraus. Am Nachmittag meldete sich Marc zu einem allen redlichen Bürgern offen stehenden Auswahlverfahren für die Stelle eines Parkwächters an. Er liebte Ordnung, er liebte Blumen, die Anmeldung verpflichtete zu nichts. Nach Lumiol zurückgekehrt, lud er Pierre zu Georges ein, ein Fest-Dinner, eine Überraschung.

»Warum nicht Freitagabend nach der Schulaufführung, ich hab dir eine große Neuigkeit mitzuteilen.«

»Hoffentlich nicht zu groß.«

Wenn Marc nicht in einem Seelenwinkel noch etwas gehabt hätte, woran er nicht mehr allein leiden wollte, wenn er nicht von frühester Kindheit an der einfachen Geschichte entflohen wäre, in die ihn seine Eltern hineingeboren hatten, wenn er nicht immer gelogen, immer Kreide gefressen hätte, um dieser undurchdringliche Mann zu werden, dieser Felsen aus Nacht, dann wäre er dem letzten Wort nicht so nahe gewesen. Noch zieht er die Fäden, glaubt, sein Glück in der Hand zu haben, die Rollen verteilen zu können, er glaubt, sie würden in einem Monat fortgehen, sein Sohn und er.

KAPITEL 14

»Wie heißt du?«

»Ismene«, flüsterte sie. »Und du?«

»Koryphaios.«

Man bekam kaum Luft in den Kulissen, so eingequetscht zwischen der Eisentür und den bemalten Pappwänden.

»Ich bin Antigones Schwester. Und du?«

»Der Chorführer, das Schicksal.«

»Nicht schlecht.«

Das blaue Licht des Wortes AUSGANG ließ sie im Dunkel aufglänzen. Man sah ihren Nabel zwischen dem schwarzen Minirock und dem weißen Wickeltop, die winzigen Brüste zeichneten sich ab. Mit einer Hand blätterte sie im Text oder benutzte ihn als Fächer; in der anderen hielt sie ungeschickt eine lange vergoldete Zigarettenspitze. Sie hatte noch etwas pummelige Kinderhände, stumm bewegte sie ihre Lippen. Ein völlig nichts sagendes, auf unglaublichen Absätzen balancierendes Mädel.

»Ich hab Lampenfieber.«

»Meinst du, da wärst du die Einzige?«

Sie seufzte. Anscheinend hatte sie sich von oben bis unten mit einem Duftwässerchen übergossen. Ohne die Zigarettenspitze loszulassen, schob sie mit den Fingerspitzen immer wieder die blonde Lockenflut hinters Ohr zurück, um das Stück besser verfolgen zu können.

»In welche Klasse gehst du?«

»In die Quinta. Und du?«

»Sekunda.«

»Auf den Proben hab ich dich nie gesehen.«

»Ich bin für den Spanischlehrer eingesprungen.«

Sie zog ihre hübsche rosige Nase kraus, den Mund vor Aufregung halb geöffnet, und Pierre sah, wie sich ihre Brust hob. Sie hatte wirklich ziemlichen Schiss. Die Kulisse bebte, die Stimmen der unsichtbaren Schauspieler erklangen nur wenige Zentimeter entfernt, und ihre schweren Schritte ließen den Staub aus den Fußbodenritzen hochwirbeln. Die ganze Stadt kam zur Aufführung am Schuljahrsende, auch Laura Meyer, die Dritte von links in der zweiten Reihe. Der Bürgermeister hatte den feierlichen Abend mit einer Ansprache über die große Bedeutung des Theaters eröffnet, gerade in dieser Zeit des Aufbruchs und in einer Stadt wie der unseren, wo man die neuen Jahrtausende begrüßte und den Erfindungsgeist der Alten bewunderte. Die Direktorin hatte mit einer Lobrede auf die Gemeinde geantwortet, die alljährlich den Arbeitskreis Kunst und Jugend des Lycée Galilée unterstützte. Die Französischlehrerin schien eine Vorlesung über die Rolle von Familie und Kind im alten Griechenland improvisiert zu haben. Und in zwei Sätzen hatte Laura Meyer am Mikro das humanitäre Warum und

Weshalb der Körbe am Ausgang erläutert, bevor der Chorführer den mit rotem Samt umwickelten Baseballschläger dreimal auf den Boden gestoßen hatte, die drei Schläge des Schicksals.

»Gleich bin ich dran«, stöhnte sie und legte Zigarettenspitze und Rollenbuch ab, um sich den vom Schweiß klebenden Rock zurechtzuziehen.

Ihre Blicke begegneten sich und ließen einander nicht mehr los. Niemals zuvor hatte Pierre so sanfte, so geschminkte Augen gesehen, und in den Augen etwas wie die Verzweiflung eines Eichhörnchens; Augen, wie geschaffen, sie gleich wieder zu schließen.

»Na, dann mal los«, sagte er.

Und das war der Augenblick, in dem der Blitz in den Hügel von Lumiol einschlug und im Umkreis von mehreren Kilometern alle Lichter löschte. Ismene stieß einen Schrei aus. Pierre tastete nach ihr, fühlte ihre nackten Arme, nahm ihre Hände, spürte einen heißen Atem auf seinem Gesicht und küsste sie im Dunkel, küsste sie, ließ sich in diesen bebenden Kuss fallen, Ismenes Arme umschlangen seinen Hals, ihre duftenden Locken streichelten seine Wangen. Ihr Kuss war endlos, umfangen vom mütterlichen Donner. Als er verrollt war, gingen die Lichter immer noch nicht wieder an, und das Publikum wurde ungeduldig. Zwei Schritte von ihnen entfernt kicherten die immer noch auf der Bühne stehenden Schauspieler und verabredeten sich mit tragödenschwerer Stimme im Café nebenan. Die Aufführung blieb stecken, die Bitten der Direktorin um Ruhe gingen im zunehmenden Raunen und Scharren unter.

»Da lang«, sagte Pierre, als er die AUSGANG-Notbeleuchtung sah.

Die Eisentür führte auf eine Wiese hinter der Schule, die übersät war mit Abfall aller Art, Stuckbrocken und von Winden überwucherten Schulbänken. Ein Weg führte bergab, um gleich darauf zu dem fast an die schwarzen Wolken stoßenden aschfarbenen Wald hin anzusteigen. Draußen war es noch heißer als drinnen. Ein Blitz entzündete den violetten Halbschatten, man hätte die in Todesangst aufgerissenen Augen der Kaninchen am Waldrand zählen können. Sintflutartiger Regen setzte ein, um den Hügel stand eine Gischtwolke, und hinter ihnen schlug die Tür zu.

»Komm«, sagte er und nahm Ismenes Hand.

Sie rannten los und suchten Schutz unter dem Laub der Steineichen, von dem schon bald das Wasser zu tropfen begann. Sie drangen weiter in den Wald ein und stießen auf eine Hütte, gesichert mit einem Vorhängeschloss, das sich nicht aufbrechen ließ. Ein Stückchen weiter ragte eine roh zusammengezimmerte Leiter steil in die Baumkronen. Ismene streifte die hochhackigen Schuhe ab und stieg als Erste hinauf, nach ihr umklammerte Pierre die lauwarmen Sprossen. Den Regenschauern entgegen stiegen sie über die höchsten Baumkronen hinaus und gelangten in eine Art Mastkorb, an dem der Wind rüttelte und dessen Boden mit Hagelkörnern bedeckt war. Sie konnten einander nicht hören. Sie kauerten sich auf die Bretter und lauschten dem abziehenden Unwetter. Mit dem Nachlassen des Regens begann sich im Wald unter ihnen wieder Leben zu regen, die Vögel fanden ihre Stimme wieder, Zwitschern, Keckern, Trillern, Krächzen, Koloraturen, ein ganzer über den Wald verteilter Chor begrüßte das Aufklaren. Die Luft duftete nach Harz und Grün. Ismene lehnte mit den Schulterblättern am Geländer, sie lachte und klapperte mit den Zähnen, ihr glitzerndes Haar hing über ihre Knöchel, die schwarz lackierten Zehennägel ihrer zusammengezogenen Füße erinnerten an Klaviertasten. Sie wirkte wie verzückt. Pierre stand auf, er fühlte sich so zerschlagen und steif, als hätte man ihm eine schwere Fischhaut übergestreift. Der Ausblick raubte ihm den Atem. Der Mastkorb segelte gleichsam über den Blättern, dem Tal, den Flüssen, Gleisen, Dörfern, und ringsum ein Horizont verschwimmender Hügelketten. In dieser Freiheit eines an keine Grenze stoßenden Blicks war ihm, als gleite er als Geist auf einen bestimmten Punkt zu, sich selbst. Unten sah er das von klammen Schatten verhängte Lumiol, das Rathaus, den Platz mit den Akazien, die Schule und weiter hinten sein Zuhause, einen Zuckerwürfel am Flussufer.

»Sieh mal, da wohne ich«, sagte er und dachte an das Foto seiner Mutter.

Als er den Blick wandte, sah er Ismenes Rock und Oberteil über dem Geländer hängen.

»Es ist bald trocken«, sagte sie, »gib mir deine Sachen.«

Sie hatte sich vorgebeugt und sprach durch den Vorhang ihres über den Kopf geworfenen Haares, das sie mit beiden Händen wie einen Lappen auswrang.

Wäre das Unwetter nicht über Lumiol niedergegangen, hätte er nicht durch das Guckloch in der Kulisse gesehen, wie Laura Meyer die Beine übereinander schlug und wieder nebeneinander stellte, hätte er nicht zufällig die flaumige Haut gestreift und diesen Mund einer angstberauschten kleinen Schauspielerin geküsst, hätte ein Schiff nicht damals seine brennenden Trümmer über eine Salzlagune verstreut, hätte Marc nicht gesagt: Große Neuigkeit …

Pierre zog Hemd und Hose aus. Ismene warf ihr Haar zurück und streckte ihm die Hände entgegen, die Handflächen wiesen zum Himmel.

Als er zurückkam, stand Marc starr an der Gartenpforte und versperrte ihm den Weg.

»Hör auf mit dem Gepfeife«, sagte sein Vater. »Ich nehme an, du weißt, wie spät es ist.«

Pierre spürte kaltes Metall an seinem Mund, als Marcs Unterarm auf sein Gesicht zuschnellte. Er verbot sich die Angst, fasste nach dem Handgelenk seines Vaters und las von der Uhr ab:

»Halb zwei … Antigone ist wieder bei Polyneikes, die Untat ist vollbracht.«

Er griff nach der Klinke, aber sein Vater stieß ihn zurück.

»Ich dachte, wir wären bei Georges verabredet.«

… Wohin ich nicht für alles Gold der Welt gegangen wäre, dachte Pierre, der auf einer Wolke reiner Zärtlichkeit schwebte und sich von einem Entzücken zum nächsten zappte, Lauras Knie, Ismenes Nabel, ihr Bauch von elfenbeinerner Zartheit, der fluoreszierende Glimmer an ihrem Hals und ihrer Brust, der unter seinen Händen

Feuer fing, die rosigen Beine um seinen Hals, wie sie sich gegenseitig die vom Gewitter gepeitschte Haut abküssten, zwei Putten, die unter freiem Himmel ihre Flügel und Zärtlichkeiten tauschten, kaum darüber staunend, als hätten sie es immer getan, und die sich erst wieder anzogen, als sie aus dem Wald herauskamen.

»Ich hab's zwischendrin vergessen«, sagte Pierre abwehrend. »Das Paradox des Schauspielers, ich erklär's dir. Ich war nicht mehr ich selbst nach der Aufführung, ich bin es immer noch nicht. Tut mir Leid wegen deiner großen Neuigkeit. Morgen vielleicht. Aber jetzt lass mich durch, ich hab zu tun.«

Marc stand immer noch zwischen ihm und dem Törchen.

»Wo sind meine Schuhe?«

»An meinen Füßen, ich geb's zu. Sie sind ein bisschen nass geworden.«

»Und verdreckt.«

»Ja gut, und verdreckt.«

»Gib sie zurück.«

Pierre zog auf der Straße die Schuhe aus.

»Ist es gut so, kann ich jetzt durch?«

»Du glaubst doch nicht, dass ich sie aufhebe.«

Er senkte die Stimme und zischte ihm ins Gesicht:

»He, du Arschgesicht von Chorführer, wie war dein Stück? Hast du nach Belieben rumgeplärrt? Gut gebrüllt?«

»Es war super. Schade, dass du nicht da warst.«

»Ich war da.«

»Ach so.«

Er bekam eine Gänsehaut, aber dann dachte er: Quatsch. Er hasst die Lehrer und alles, was mit der Schule zu tun hat. Er unterschreibt alles. Er versteht nichts davon, es macht ihm nur Komplexe, er wechselt das Thema, sobald die Sprache darauf kommt, von ihm aus könnten alle Gymnasien abgerissen werden. Wahrscheinlich hat er noch nicht mal den Hauptschulabschluss, er nervt mich.

»Und wie hast du mich gefunden?«

Gleich sagt er: Deine Mutter war da, sie ist extra angereist, um dich sehen zu können, ohne dass du sie siehst, sie hatte sich in Schale geworfen, sie hat geweint, das wird sie dir nie verzeihen. Er lügt.

»Gar nicht.«

Pierre lachte unsicher, er war noch in der Luft mitten im Laub, Ismenes Brüste waren wie zwei sanfte, runde Früchte, ihr Mund verursachte ihm ein Zittern unter der Zunge, und ein Zittern überlief ihn, sobald er daran dachte.

»Du hast woanders hingesehen. Oder du warst schon vor dem Stromausfall weg.«

»… Höchstens eine Minute hat die Panne gedauert. Mademoiselle Meyer musste deine Rolle lesen und deine Französischlehrerin die von Chimene.«

»Ismene!«, fuhr Pierre ihn an. Er war außer sich. »Und jetzt lass mich in Ruhe!«

Die Ohrfeige ließ seinen Atem stocken, Tränen sprangen in seine Augen.

»Erzähl mir erst, was du heute Abend gemacht hast.«

»Ich hab nichts zu erzählen.«

»Ich schon«, sagte Marc, und Pierre sah im Halbdunkel sein Wolfslächeln aufblitzen. »Eigenartig, wie sich eins aus dem anderen entwickelt. Du versetzt mich, ich begegne jemandem und bin dir beinahe dankbar dafür. Zufall, Sohnemann. Ich wusste gar nicht, dass es in Lumiol höfliche Menschen gibt. Stell dir vor, die Schulhonoratioren aßen nach der Aufführung bei Georges, und als sie mich allein, von meinem Sohn verlassen, da sitzen sahen, luden sie mich an ihren Tisch ein. Na, ist das nicht höflich, wenn sie den Vater von dem kleinen Drecksack einladen, der ihnen gerade die Vorstellung verdorben hat?«

Marcs Stimme nahm einen einschmeichelnden Ton an, wahrscheinlich hatte er getrunken.

»Kennst du sie, Laura Meyer?«

»Nein.«

»Charmant ist sie. Ich saß beim Abendessen neben ihr. Ich hätte es schlechter treffen können. Sie fragte sich, ob ich wirklich der Vater des flüchtigen Chorführers sei, der so nett aus seinen Erinnerungen plaudert. Sie erinnerte sich noch an ein kleines Meisterwerk mit einem verlorenen Leinenbeutel als Helden. Die Direktorin hatte mich schon von diesem Werk in Kenntnis gesetzt, du kannst dir denken, dass ich mich noch daran erinnerte.«

Pierre senkte den Kopf, sein Vater packte ihn am Kinn.

»Stimmt es denn nicht, dass du gut bist in Französisch? Dass du Erinnerungen erzählen kannst wie kein anderer? Was findest du so toll an diesen Erinnerungen? Für mich sind sie Ungeziefernester.«

Mit seinem Kneifzangengriff umfasste er Pierres Kinn und erging sich weiter in bösen Schmeicheleien. Braver

Schüler, braver Sohn, diskret, pünktlich, gutartig. Er macht uns ein X für ein U vor, und alles klatscht. Von wem hat er das nur?

»Ganz unter uns, deine Mutter kann besser mit Blumen umgehen als mit Worten. Sobald sie den Schnabel aufmacht, hat sie verloren. Ein liebes Mädchen, aber man zeigt sich nicht gern mit ihr.«

Er lachte ordinär.

»Mademoiselle Meyer ist jedenfalls nicht bange. So hat man sich schon lange nicht mehr an mich rangeschmissen. Nicht mehr lange, und sie will deine Stiefmutter werden. Was nicht heißt, dass sie dich ins Herz geschlossen hätte, sie hat keine besondere Schwäche für kleine Dummköpfe.«

»Eher für Suffköppe«, schrie Pierre, drehte sich auf dem Absatz herum und rannte davon.

Nachdem er die Gleise überquert hatte, kamen die Lichter der Stadt in Sicht. Motorenlärm ließ ihn in den Graben flüchten, beide Hände auf den Ohren. Der Jeep raste vorbei. Die Nacht füllte sich mit Hundegebell.

Das Stück war trotz des Stromausfalls fortgesetzt worden, und Laura war auf die Bühne gestiegen. In Abwesenheit dieses kleinen Dummkopfs muss ich mich eben opfern, ich danke für Ihre Nachsicht und bekommen Sie bitte keine Stielaugen, hatte sie gesagt. Alle hatten auf ihre Beine gestarrt, allen voran Marc. Und später hatte das Schicksal die beiden wie zwei kleine Kätzchen am Nackenfell gepackt und sie Seite an Seite in den sanften Schein eines Candle-Light-Dinners gesetzt. Ihm wurde schlecht, wenn er daran dachte. Das war das Bild, vor dem er davonrannte, wie sich sein Vater und Laura vertraulich über ihn aussprachen. Haltet die Schnauze!

Über kleine Pfade ging er zu Antigone. Das große Fest nach der Aufführung, im Kostüm bitte. Er war struppig, barfuß, sein weißes Hemd war ganz durchweicht. Die Einladungskarte hatte er schon lange zerrissen. Er hatte diese hochnäsige Demoiselle mit ihrem Schnurren eines in Seide aufgezogenen erotischen Tierchens immer kalt abfahren lassen. Und jetzt hatte er nichts Dringenderes zu tun, als dort zu sein, sich zu zeigen, sich mit dem Gewitter und der von einer Bö zugeschlagenen Eisentür herauszureden. Sie würde ihm nur zu gern glauben. Es gab eine Zeit, da hatte Mademoiselle Antigone nämlich ihre Engelshände den seinen genähert. In fünf Minuten hätte er sie beim Wickel.

Sie wohnte am Hang in der schönsten Villa des besten Viertels, einem Kasten, der mit seiner halbmondförmigen Terrasse und der in den Garten flutenden Musik nicht zu verfehlen war. Als er ankam, beleuchtete ein Feuerwerk die Umgebung, er hörte Klatschen und Lachen.

In der Eingangshalle war niemand außer einer großen schwarzen Frau in einem roten schulterfreien Kleid auf einer beleuchteten weißen Wendeltreppe, wie im Traum ging er an ihr vorüber. Ein Gag, würde er später erfahren, eine Studentin, dazu engagiert, den männlichen Gästen, die heimlich gefilmt wurden, einzuheizen, eine Schwarze, die fürs Schwarzsein bezahlt wurde, für eine Seelenmassage, von der die Lumioler Bürger hingerissen waren, einfach herrlich, diese afrikanische Riesin, diese paradiesische Vision ihrer Ängste. Toller Einfall!

Mit brennenden Wangen durchquerte er den ersten Salon, in dem das Gelächter und die zarten Klänge eines kleinen Musikensembles vom Hämmern der nahen Verstärker überlagert wurden. Für die Hausherrin hatte er nur einen flüchtigen Gruß, dann schlängelte er sich zwischen den Tischen durch, gelangte in den Salon der Jugendlichen und fühlte sich einen Augenblick unter Freunden. Das Fest war auf seinem Höhepunkt. Er war fehl am Platze, das sah er auf den ersten Blick. Zu viel Volk, Geschrei und Spot-Beleuchtung. Von der Estrade aus bequasselte ein volltrunkener Kreon am Mikro die Mädchen, die tanzten oder schlapp am Arm ihrer schweißtriefenden Kavaliere hingen. Kein Blick, der seinen traf, kein Lächeln, das ihn begrüßte. Die Grüppchen traten bei seinem Nahen auseinander und schlossen sich wieder hinter ihm, er hätte über Kilometer so gehen können, ohne auf jemand Ansprechbaren zu stoßen. Er rempelte die Tänzer an im Gehen, an seinen Fingerspitzen haftete noch Ismenes Duftwasser, er war begierig darauf, sie an dieser Blume schnuppern zu lassen, sie zu beschimpfen, diese Dreckskerle!

Auf der Suche nach Antigone kam er an der Toilette vorbei, vor der sich die überreizten Mauerblümchen versammelt hatten, dann durch die Küche, in der zwei Mädchen ein drittes, über die Spüle gekrümmtes Mädchen trösteten und ihm dringend empfahlen abzuhauen. Ein Glas in der Hand, kehrte er zu den Tanzenden zurück, aber der Kummer lag ihm wie Blei in den Adern, er stand abseits, als er hörte: »Er ist tatsächlich gekommen, das darf doch wohl nicht wahr sein.« Wenn er die Augen schloss, sah er die üble Visage seines Vaters. Er ging auf die Terrasse zu und stieß auf zwei Schauspieler in glänzenden, wie aus schwarzem Blech ausgeschnittenen Regenmänteln, Schergen aus Kreons Palastwache. »Halt, stehen geblieben, Flachschädel, die Terrasse ist Privatgelände.« Er ließ seinen Blick herumwandern und sah draußen Antigone und den schon etwas weggetretenen König in der weißen Ausgehuniform eines englischen Admirals. »Eine Sekunde nur, Jungs, das Mädchen da hinten erwartet mich.« »Hau ab!« Der lächelnde Kreon trat näher, staksiger denn je, eigentlich war er ein feiner Kerl. Er hatte einen Nervenschaden, in Winternächten lief er von zu Hause weg, um auf öffentlichen Bänken zu schlafen, er sagte, andere täten es auch und seine Eltern hätten zu viel Geld. »Du hast uns im Stich gelassen«, sagte er und streckte die Hand aus, aber als Pierre nach ihr greifen wollte, zog er sie brüsk weg. Er wirkte sanft und irr, seine Augen waren blutunterlaufen, seine Jacke voller Weinflecke. Mit ersterbender Stimme fragte er: »Du warst es doch, der meine Schwester bluten ließ, oder? Sie konnte nicht spielen, weil sie blutete, deinetwegen. Sie sagt, das ist normal, aber du warst es, deinetwegen blutete sie.« Antigone kam mit wiegenden Schritten auf sie zu, in einem blassgrünen knappen Minikleid, Kreon küsste sie auf den Hals, meine Königin, gerade noch hatte er sie den Bestien zum Fraß vorgeworfen, das saß ihm noch in den Gliedern.

»Magst du tanzen?«, fragte Pierre.

Er dachte, sie würde zu weinen anfangen, aber plötzlich strahlte sie auf, nahm ihn bei der Hand und zog ihn auf die Estrade, wo ihr der Musiker das Mikro überließ.

»Eine große Neuigkeit«, verkündete sie mit theatralischem Enthusiasmus. »Wir alle fragten uns, wo nur unser Koryphaios stecken mochte, ob ihn vielleicht die kleinen Schweinlein gefressen haben, ob er sich vor lauter Lampenfieber auf der Toilette verflüssigt hat, aber nein. Da steht er, vor euren Augen, in seinem Kostüm. Leider wird er nicht länger bei uns verweilen können, wir sind ihm nicht gut genug, aber bevor ihr ihm kräftig Beifall klatscht, möchte er euch gern erklären, warum wir ihn nicht auf der Bühne gesehen haben ...«

Sie hielt ihm jäh das Mikro entgegen, er nahm es und legte es wie einen glühenden Gegenstand auf den Boden. Unter Pfiffen und Buhrufen verließ er die Estrade. Diesmal setzte er beim Verlassen der Salons die Ellbogen ein, er durchquerte den Kasten in umgekehrter Richtung, die Afrikanerin schritt für ihn die Wendeltreppe empor, dann war er draußen und atmete die süßlich-klebrige Luft der unter den Sternen liegenden Gärten ein. Als die Musik leiser wurde, blickte er über die Schulter zurück auf den blauen Fleck eines beleuchteten Schwimmbads und den dunkleren Fleck der Terrasse, auf der immer noch getanzt wurde.

Unter ihm lag die metallisch schimmernde Dive. Er roch an seinen Fingern. Er dachte an das über dem Geländer trocknende Oberteil, die furchtsamen Eichhörnchenaugen, die dem Himmel zugekehrten Handflächen. Scheiß-Koryphaios. Er sah Ismene und sich in dieser schwebenden Seifenblase, die sie nie hätten verlassen dürfen. In der Blase erkannte er seine Mutter, sie las in einem Buch. Schon seit Jahren war sie ganz darin versunken. Sie kam nie ans Ende des Buchs, sie las, ohne den Kopf zu heben, ohne etwas anderes zu tun als schweigend umzublättern. Er drückte seine Nase an der durchsichtigen Wand platt. Er war ihr so nah und so fern. Maman, lass mich mitlesen. Dann sah er, wie Marc Laura zu küssen versuchte, und bekam Angst. Er blieb stehen. Der Mond stieg hinter einem Schleier auf, Augen lauerten in den Bäumen, unregelmäßiges, lang gezogenes Lachen erklang. Dass er ein solcher Angsthase war. Er glaubte die schwarze Masse des Chevrolets zu sehen. Papa?, fragte er leise in die Richtung eines Laubgebirges am Straßenrand. Die Dunkelheit flüsterte in seine Ohren: Große Neuigkeit, Sohnemann, sie hat das Gedächtnis verloren, sie weiß nicht mehr, wer du bist. Große Neuigkeit: Sie ist in der Metro überfallen worden, hoffnungsloser Komazustand, deine Mutter ist hoffnungslos, Großer, wir sind frei, wir brauchen uns nicht mehr zu verkriechen. Große Neuigkeit: Das Flugzeug ist ins Meer gestürzt, keine Überlebenden, angeblich wollte sie zu uns, von wegen, sie wollte irgendwohin, um sich irgendwen zu genehmigen, auf meine Kosten, geschieht ihr recht. Große Neuigkeit: Wir heiraten, Laura und ich, sie ist schwanger … Pierre lief mit kurzen, schnellen Schritten, um keinen anderen Klang mehr in den Ohren zu haben als den seines Blutes.

An der Abzweigung, wo er nach Hause hätte abbiegen müssen, lief er stattdessen geradeaus, als wolle er die Gegend verlassen. Neulich hatte man am Staudamm den von den Turbinen zerhackten Körper eines alten Mannes geborgen, ein Fischer, sicher hatte man ihn ins Wasser gestoßen. Er blieb stehen, krümmte sich, er war außer Atem, seine Fußsohlen brannten. Er ließ sich auf den Rücken fallen, die Arme wie ein Gekreuzigter ausgebreitet. Er starb vor Durst. Er riss sich das Hemd vom Körper und stopfte es sich unter den Nacken, er würde die Nacht über hier bleiben, er würde die Augen nicht schließen, an nichts denken. Nach einer Weile bemerkte er ansteigende Sitzreihen um sich herum. Er war nicht mehr auf der Landstraße, sondern lag mitten in einem Stadion auf der Wiese. Ziemlich sicher das Baseball-Stadion. Er war nie dort gewesen. In Lumiol spielte niemand Baseball, niemand war Clubmitglied, nur der Bürgermeister, um mit gutem Beispiel voranzugehen.

Er ließ sich aufs Gras zurücksinken und legte sich zum Schlafen zurecht, als er plötzlich Motorengeräusche hörte, er war sich ganz sicher. Er versuchte etwas in dem dunklen Loch zu erkennen, das den einzigen Eingang zum Stadion bildete, und verdrückte sich in Richtung Zuschauertribüne. An der Balustrade angekommen, stieß er gegen die Gitter zur Abwehr von Randalierern. Benommen wandte er sich um. Am anderen Ende des Stadions sah er einen Scheinwerfer. Ein Motorrad. Die Staubwolke, die es aufwirbelte, trieb unter den Sternen. Es kam im Zickzack auf ihn zu, nahm mit einem von Lachen und Musik untermalten Aufheulen des Motors noch einmal Schwung und stoppte knapp vor seinen Füßen. Eine schöne cremeweiße Maschine mit einem mondweißen Kreon am Lenker. In seinem Gefolge trafen Antigone und die beiden Macker im schwarzen Regenmantel ein. Sie hatten die Musik ausgestellt, nicht aber den Scheinwerfer, der einen weißen Lichtkreis auf das Gras und die Gitter warf. Sie umstanden Pierre wie Schaulustige einen Verletzten. Kreon konnte sich kaum auf den Beinen halten. Die Uniform stand bis zum Gürtel offen.

»Polyneikes ist tot«, sagte er mit Gefühl. »Ich habe ihn verurteilt. Ich bin der König, Koryphaios.«

»Und was für ein hübscher! Und jetzt verschwindet!«

Kreon versank einen Augenblick in etwas wie Nachdenken, die Schergen hielten den Mund, Antigone wiegte sich in den Hüften und schien mit ihren erhobenen Armen Mücken abwehren zu wollen.

»Unmöglich, Koryphaios. Auch du bist verurteilt.«

»Schon gut, Kumpel, geh und schlaf deinen Rausch aus. Morgen kannst du mich verurteilen, wenn du Zeit dazu hast.«

»Nein, heute Abend schon wirst du verurteilt.«

Kreon setzte ein verlegenes Lächeln auf und fiel Pierre unter Schwüren ewiger Freundschaft in die Arme.

»Klemm dir deine Schnapsnasen unter den Arm«, sagte Pierre zu Antigone. »Besoffene Könige sind nicht so mein Fall.«

Er suchte ihren Blick, aber sie machte immer noch einen auf orientalische Tänzerin.

»Du hast Angst«, sagte einer der Schergen. »Man sieht's.«

»Man sieht es, und man riecht es«, sagte der andere. »Bist du das, der hier so stinkt?«

»Nee, das bist du. Das ist deine Spezial-Anti-Itaker-Seife.«

Kreon schien das lustig zu finden. Er brachte Pierres Humor eine kennerhafte Wertschätzung entgegen, wollte immer neben ihm sitzen, mit ihm zusammen im Bistro gesehen werden. Freundlich sagte er:

»Küss dem König die Füße, Koryphaios.«

»Hör auf mich Koryphaios zu nennen, du armer Irrer!«

»Du hast mit meiner Schwester geschlafen, du hast sie zum Bluten gebracht ...«, und wie ein Chirurg, der ums nächste Instrument bittet, schnippte Kreon schwach mit den Fingern.

Mit ihren wiegenden, lasziven Schritten ging Antigone zum Motorrad; als sie zurückkam, schwang sie nach Majorettenart den samtbezogenen Baseballschläger. Mit einer graziösen Bewegung überreichte sie ihn Kreon, der ihn wog, ihn von einer Hand in die andere wechseln ließ, unschlüssig, wie er ihn am besten halten sollte; es wirkte ebenso linkisch wie bedrohlich.

»Ein bisschen aufpassen musst du schon«, sagte einer der Schergen und packte ihn am Handgelenk, als greife er nach dem Halsband eines unberechenbaren Molossers.

»Ich bin der König«, sagte Kreon traurig.

Er hielt den Schläger mit zwei Händen, schulterte ihn und ließ ihn wie eine Axt langsam wieder sinken. Mit der Spitze berührte er sanft Pierres Gesicht, Brust und Bauch und zählte dabei bis drei.

»Gehen wir«, sagte einer der Schergen. »Wir haben hier nichts mehr zu suchen.«

»Gehen wir«, sagte Antigone und schwang sich aufs Motorrad.

»Gehen wir«, sagte Kreon. »Cool ...«

Er stützte sich auf den Schläger und drehte sich auf den Fersen herum, dann kreiselte er zurück zu Pierre, der immer noch mit dem Rücken zum Gitter stand.

»... aber vorher noch die drei Schläge, ich räche meine Schwester, höre es wohl, Koryphaios.«

Und Pierre hörte die Welt explodieren.

KAPITEL 15

Der sonnige, laue Nachmittag ging unter dem Gesang der Kernbeißer in den Linden zu Ende. Marc spitzte die Ohren. Kinder kamen vom Flussufer zurück. Er hielt es nicht mehr aus, das Alleinsein, die Vorstellung von einem überfahrenen, erdolchten oder mit zerrissenen Gliedern auf dem Grund einer Schlucht liegenden Pierre. Hundertmal schon hatte er die Krankenhäuser und im Leichenschauhaus angerufen, jetzt gaben seine Nerven nach. Die Nacht hindurch hatte er Kaffee getrunken, den Tag über Wasser. Er hatte sich Eier gebraten und sie nicht angerührt. Er hatte versucht, oben zu warten, unten, draußen, bei Georges, und hier, in Pierres Zimmer, an seinem Tisch war es immer noch am wenigsten unerträglich. Zusammengesunken saß er auf dem Drehhocker, die Arme baumelten zwischen seinen Beinen, er horchte auf jeden Laut und beobachtete das halb geöffnete Dachfenster, auf dem die Lichtreflexe zu Schatten wurden und ohne jede Vorwarnung in die Nacht übergingen. Die zweite Nacht ohne Nachricht von seinem Sohn. Eine Qual.

Heute Morgen hatte ihn der Lärm eines Motorrads zum Gartentor stürzen lassen. Es war noch dunkel. Er wusste nicht mehr, in welcher Zeit er lebte, und aller Realität zum Trotz wartete er auf beide, auf die Mutter und auf den in ihren Leinenbeutel gekuschelten Sohn, auf Nelly und Pierre. Das Geräusch erstarb, schwoll an, prallte vom Mond ab und fiel auf ihn herunter, ein lang durchgehaltener Ton aus der Tiefe der Zeit, eine irre Hoffnung. Er litt immer noch. Fast jeden Abend ging sie weg, dieses Luder, und wenn er bei ihrer Heimkehr das Pech hatte, noch nicht zu schlafen, warf sie ihm vor, er spioniere sie aus. Er hatte sich nur nach ihr gesehnt, Schlaflosigkeit aus Liebe, das haben alle Männer mal. Dein kleiner Körper, Nelly, warum nicht ich. Niemals, sagte sie. Er folgte ihr auf die Treppe. Dein kleiner Körper, Nelly, er riecht so gut. Hast du ihn heute Nacht verschenkt? Du kannst ja sagen oder nein, aber antworte mir, ich bin kein Hund. Sie warf sich in voller Kleidung aufs Bett. Sag mir wenigstens, ob du ihn verschenkt hast, dann bin ich meine Sehnsucht los, dann kann ich schlafen. Ich interessier mich nun mal für dich, was soll ich machen. Ihr kleiner Körper, er wollte sich ihn einfach nicht mehr in den Armen anderer vorstellen. Und wenn das Leben wieder anfinge, dann würde er wieder anfangen, ihr auf die Treppe zu folgen, an ihr zu riechen, bis nichts mehr von ihr übrig wäre. War es denn so schlimm, dass er sie in die Arme nehmen wollte, weil er zu lange darauf gewartet hatte? Dieses eine Mal hatte er sein Herz in die Waagschale geworfen. Aber sie, nichts, gar nichts, kein Gramm Mitleid. Sie wollte bloß ihr Geld wiederhaben.

Er legte seine verkrampften Hände auf den Tisch. Er kannte alle Zeichnungen darauf, das Flugzeug, den Galgen, die Sonnen, die Münder, die Brüste, die Kringel, die Zahlen, das Gedicht von Kipling, und dieses Arual, das überall auftauchte und Laura verstecken sollte. Auf der einen Seite stapelten sich Bücher, auf der anderen Seite die Hefte, in einem angeschlagenen Becher blühte ein Stiftestrauß. Hier war es, wo Pierre arbeitete, sich quietschend auf seinem Hocker drehte, wo er insgeheim über Fragen brütete, auf die nur sein Vater, und niemand anders, die Antwort wusste. Hier stellte Pierre Vermutungen an, hier erinnerte er sich und betrachtete die Realität unter einem von seinen Kindheitseindrücken bestimmten Blickwinkel. Hier war Pierre wirklich der Sohn Nellys, deren Name auf dem zerkratzten Holz zwischen all den Aruals und Sonnen fehlte. Ich weiß, warum du weggehst, warum du abgelenkt bist, warum du zu viel isst, warum du laut sprichst, warum du über meine Witze lachst, warum du unbeholfen bist, warum du niemals schmollst, warum du keine Freunde hast, warum du ein Aufschneider bist, warum du zu den unmöglichsten Zeiten im Internet rummachst, warum du gleichgültig bist, ohne Pläne, verschlossen und boshaft, warum du neulich abends nicht gekommen bist: »Du denkst an deine Mutter, Sohnemann, du wartest auf sie«, stöhnte Marc und hob den Blick zu dem kleinen Foto, das mit vier Klebestreifen über dem Stiftestrauß an der Wand befestigt war. Deine Mutter, und dieses Bild! Diese widerwärtige Erinnerung, eine Abzockerin, die ihm im Vorjahr zufällig im Untergeschoss einer Bar über den Weg gelaufen war und ihm immer wieder ihre gelifteten Brüste vorgeführt und die Schönheit ihrer Narben gerühmt hatte, eine Hand lag dabei auf seinem Bein, mit der anderen stülpte sie die kaum angebrochenen Champagnerflaschen zwischen die Eiswürfel in dem Leichenbestatterzylinder. Er versuchte das Foto abzureißen, aber der Klebefilm war zu dünn für seine Fingernägel. Eine Hure, Sohnemann! »Du denkst an deine Mutter, und ich lüge dich an.«

Er verschränkte seine Finger und ließ die Gelenke knacken. Alle hatte er angelogen, seine Eltern, seine Frau, Nelly und jetzt Pierre. Er verzettelte sich in den Fetzen eines Ich, das er nie ganz gekannt hatte, nicht einmal als Kind. Damals schon hatte er geschwindelt. Im Bauch seiner Mutter? Hatte er ihr falsche Hoffnungen gemacht. Seine Theorie von der kühnen, der heilsamen Lüge war die Krönung des Ganzen: Man lügt, um überall dort zu lieben, wo einem die Liebe die Tür öffnet und auf ihren hübschen nackten Füßen rasch ins Bett zurückschlüpft. Man lügt, um sich über die Dächer davonzumachen und nach einem anderen Mansardenfenster zu suchen, hinter dem die Liebe darauf wartet, dass ein Dieb an die Scheibe klopft, hingebungsvoll und den Arm voller Croissants. Man lügt aus Mitleid, man lügt aus Freundlichkeit, aus Wahrhaftigkeit, zum Spaß, um herauszufordern … Er ertrug diesen Sumpf nicht mehr, beim Anblick dieser Polaroidaufnahme mit den roten Augen wurde ihm übel. Man lügt um zu lügen. Er war nur ein dreckiger kleiner Lump, dem es an Charme und Argumenten mangelte. Dass er die Frauen betrogen hatte, war ihm egal, die haben ihre Waffen gegen die Plünderer, die plündern selbst, die kommen wieder auf die Beine, aber ein Kind … Ein betrogenes Kind verschließt sich in sein Inneres und stirbt dort einen unbemerkten Tod. Es gibt vor zu existieren, es kommt nicht mehr zurück. Komm zurück, Sohnemann. Dieses aus Gleichgültigkeit anerkannte Balg war sein Sohn geworden, er liebte ihn. Unkraut schlägt zum guten Schluss immer wieder aus.

Er wollte das Zimmer gerade ein weiteres Mal durchsuchen, als ihn das Klingeln des Telefons die Treppe hinunterjagte. Laura Meyer, und zwar sehr aggressiv. Sie wollte Pierre sprechen. »Er ist immer noch nicht zurück? Und Sie bleiben zu Hause und drehen Däumchen? Haben Sie überhaupt kein Gewissen, oder was? Hat Ihnen das mit Nelly nicht gereicht?« Sein Wutausbruch traf nur noch eine tote Leitung. Dieses Miststück hatte ihn schön drangekriegt. Er verstand immer noch nicht, wie der vorige Abend derart hatte schief gehen können. Er sah sich nach der Vorstellung noch müde von der Fahrt nach Paris bei Georges sitzen und auf Pierre warten. Die ganze Stadt hatte sein vergebliches Warten mit angesehen, er hatte Dutzende von mitfühlenden Händen geschüttelt und Dutzende Male wiederholt, er schäme sich für seinen Sohn, ein Jahr Proben in den Wind schießen lassen, dieser kleine Dummkopf! Und dann hatte er sich wie ganz natürlich an dem offiziellen Tisch zwischen zwei Lehrern wieder gefunden, ihm gegenüber diese grünäugige junge Frau, die er irgendwo schon einmal gesehen hatte, da war er sich ganz sicher. Sie übrigens auch. Sie war sehr ungezwungen und liebenswürdig. Quatschte in einem fort und leerte den Inhalt ihres Tellers auf seinen, sie sei nicht hungrig, sagte sie. Sie hatte dafür gesorgt, dass er ungeheuer trank. Sie hatten alle einen sitzen, besonders der Bürgermeister. Dieser Obertrottel hatte nach den Verdauungsschnäpsen auch noch singen wollen. Es waren nicht mehr viele da, außer dieser etwas aufdringlichen jungen Frau, zwei Bullen und ein paar eingefleischten Schnapsschnorrern.

Auf ihren Wunsch hin hatte er sie nach Hause gebracht und, weil er in Laune war, einen Umweg über die Schnellstraße gemacht. Sie wirkte glücklich, zwischen ihnen spielte sich wirklich was ab. Vor ihrer Haustür fiel ihm ein, dass er ihr ein paar Nettigkeiten gesagt hatte, wie sie ein etwas angeheiterter Mann eben zu einer hübschen Frau sagt. Sie schien es nicht eilig zu haben mit dem Aussteigen. Bei der hab ich Chancen, hatte er gedacht.

»Da wären wir.«

Sie lächelte ihm im Halbdunkel zu, er lächelte ebenfalls, er ließ Muskeln spielen, die er schon seit Jahrhunderten nicht mehr gebraucht hatte.

»Sie fahren gut für einen betrunkenen Mann.«

»Nur nicht übertreiben.«

Sie wartete geduldig, dass er den Abschied mit ein paar amüsanten Bemerkungen noch hinauszögerte, aber in Sachen Schönschwätzen war er entschieden aus der Übung.

»Ich hatte gerade eine Vision. Ihre Kühlschranktür mit einer schönen kühlen Flasche Rosé und einer Tüte Milch.«

»Sind Sie Hellseher? Gehen wir«, sagte sie und öffnete die Tür.

Er nahm seine Schlüssel.

»Und Pierre?«

»Was soll mit ihm sein?«

»Machen Sie sich keine Sorgen?«

»Um diesen kleinen Dummkopf? Ich werd Ihnen was sagen, Laura, Pierre ist ein Angsthase, dabei ist er mein Sohn. Er ist nur deshalb nicht da gewesen, um seine Rolle zu spielen, weil er Schiss hatte, ich kenne ihn. Und der wird mich bestimmt nicht daran hindern, mit zu Ihnen hinaufzukommen und ein Glas Milch zu trinken.«

»Ihr Sohn verschwindet, und Sie suchen ihn nicht.«

»Mein Sohn ist nicht verschwunden, er hat mich sitzen lassen, das ist nicht ganz dasselbe. Er hat sich aus dem Staub gemacht wie mein Hund, mein guter alter Totin.«

Sie lächelte immer noch. Ihr Mund glänzte, ihre Augen glitzerten, jetzt musste er sie umarmen. Sie erwartete einen ersten Kuss im Auto, das gehörte sich einfach so, und auch ihm war sehr danach, nur waren sie durch die ganze Breite des Wagens getrennt. Und da hatte er sämtliche Planungen in den Wind geschlagen und völlig ehrlich und in der Hoffnung, Dinge in Ordnung zu bringen, an denen ihm lag und an die er früher wirklich geglaubt hatte, diese unglaubliche Äußerung getan:

»Ich kann Ihnen keine Liebesheirat versprechen.«

Und hinzugefügt:

»Liebe ist selten, und man redet zu viel darüber. Ich rede nie von ihr. Und Sie?«

»Ich auch nicht.«

Lauras Atem hatte seine Wange gestreift, sie rückte näher.

»Ich verspreche Ihnen, ich will's versuchen, aber um ehrlich zu sein, ich bin bereits verliebt.«

»Das ist schön.«

»Ich liebe eine Frau, und ich habe sie verloren.«

»Verloren?«

»Ja, verloren.«

»Meinen Sie damit, sie ist gestorben?«

»Jaa, es ist wie eine Trauer.«

Er strahlte vor seliger Erinnerung. Er empfand Stolz auf diese verlorene Frau.

»Wie ist sie gestorben?«

Die Frage hatte ihn unangenehm berührt.

»Das habe ich nicht gesagt. Sie führt ein nettes kleines Leben in Paris oder Umgebung. Ich glaube, sie lebt mit einem Spanier zusammen. Aber das ist ihr Problem.«

»Und Sie lieben sie immer noch?«

Ganz schön durchtrieben. Sie glaubte vielleicht, eine kleine Spritztour im Mondenschein genüge, um einen Kummer auszulöschen, der alt war wie Herodes. Er hatte die Hand ausgestreckt, aber er fand ihre nicht, sie hatte keine Hände mehr, auch keine Knie, sie drückte sich gegen die Tür und lächelte nicht mehr.

»Wie heißt sie?«

»Sie heißt Nelly. Übrigens reden wir zu viel über sie, das nervt mich. Ich will sie vergessen. Normalerweise gelingt mir das nicht, aber mit Ihnen ist es anders. Ich bin gern mit Ihnen zusammen. Ich habe das Gefühl, ich kenne Sie, und bei Nelly hatte ich dasselbe Gefühl. Ich hoffe, das stört Sie nicht.«

»Im Gegenteil.«

Er hatte wieder damit begonnen, sich über diese unverhoffte Begegnung zu freuen und sie von etwas zu überzeugen, das einem offiziellen Antrag ähneln musste, er suchte alles zusammen, was sich ein Typ zusammenfantasiert, der die Nacht mit dem fast, das spürt er, schon überredeten Mädchen verbringen will; sie zögert noch, lässt sich bitten, wartet auf das entscheidende Wort, das, welches sie noch nie gehört hat.

»Gefalle ich Ihnen denn überhaupt, Laura?«

Als Antwort beglückte sie ihn mit einer Lagebeschreibung, die nichts mehr gemein hatte mit dem schönen kühlen Rosé. Ein Kind verschwindet, mit einer Unbekannten raspelt man kein Süßholz, es sei denn, man ist vollkommen beknackt.

»Vielleicht hatte er einen Unfall. Wenn der Vater sich keine Sorgen macht, wer denn sonst?«

»Ja, aber er will mir bloß eins auszuwischen, und das ist jetzt wirklich nicht der passende Moment.«

Wie immer, wenn er genug davon hatte, für nichts und wieder nichts herumzuschwatzen, ließ er stattdessen seine Hände sprechen, sie hatte sagenhaft weiches Haar und einen schönen festen Nacken. Unter dem Regenmantel spürte man eine Schulter, auch diese angenehm fest und fleischig.

»Ich weiß nicht, ob ich es schon sagte, Nelly war meine beste Freundin.«

Er hatte seine Finger einen Augenblick auf ihrer Schulter Klavier spielen lassen, dann war er wieder hinters Steuer zurückgerückt. Woher hatte er die Kraft genommen zu dieser Frage:

»Ach, Sie hat sie also auch sitzen lassen?«

»Nein. Das war wirklich nicht ihre Art.«

Und da hatte er das böse Spiel durchschaut. Und sie hatte plötzlich das Gedächtnis wiedergefunden. Ihre Stimme war warm und drängend, es lag eine Welt zwischen dem, was sie sagte, und der Art, wie sie es sagte. Sie war ihm nicht in einem anderen Leben begegnet, so weit brauchten sie nicht zu suchen. Sie hatten sich in der Entbindungsklinik von Lumiol gesehen, vor vierzehn Jahren, am Tag, als er sich auf der Suche nach Nellys Sohn Zutritt in den Raum mit den Brutkästen verschafft hatte, wissen Sie noch? Sie war zwar nur Praktikantin gewesen, aber sie hatte trotzdem die Ehre gehabt, ihn vor die Tür zu setzen. Er war damals viel jünger gewesen und hatte sein Haar anders getragen. Die Geburt des Kleinen schien ihn sehr mitgenommen zu haben.

»Erinnern Sie sich?«

»Schwach.«

»Und erinnern Sie sich, wie wir beide miteinander gesprochen haben? Am Abend vorher war sie verschwunden.«

Damit war der Abend natürlich gelaufen. Übrigens war Laura auch gar nicht mehr in seinem Wagen.

Bei Sonnenuntergang zog er zitternd seine durchweichten Joggingschuhe an und rannte los, an der Dive entlang. In der Hoffnung, sein Herz werde zerspringen oder er würde vom Schlag getroffen. Er stellte sich sein Sterben vor, als er an das Ende des Pfads sechs Kilometer flussabwärts gelangte, dorthin, wo die Dive in die Drôme mündete und einen kleinen Aussichtspunkt frei ließ, von dem aus man zwischen zwei roten Leuchtbojen das Kernkraftwerk betrachten konnte. Spuckend fiel er auf die Böschung. Ein von seinem Herz ausgehender Schmerz blendete ihn bei jedem Atemzug, seine Brust brannte. Fast hatte er es geschafft, er musste sich nur noch einmal aufraffen. Noch bevor er wieder zu Atem gekommen war, schlug er die Gegenrichtung ein, tief gebeugt. Laufen konnte er nicht mehr, gerade noch gehen. Das bemerkte er, als er eine spöttische Stimme und Gelächter hörte. Er wurde von Schrotthändlerinnen eskortiert, in Großväterchenmanier, eine ganze kleine Schar, die mit ihren Gören vom Schwimmen zurückkam. Er schwankte in einem vergeblichen Versuch, schneller zu laufen. Er schickte sie zum Teufel, und sie lachten über seine Stimme. Er blieb stehen und sah in die flimmernde Helligkeit, die Mädchen lachten ihm ins Gesicht. Ihm war nicht nach Scherzen. Seit zwei Tagen war sein Sohn verschwunden. Was wussten sie? Sie sollten ihm bloß nicht mit irgendwelchen Lügengeschichten kommen. Eine Hand berührte ihn, als wolle sie sich vergewissern, dass er das Gleichgewicht verloren hatte, er taumelte. Ein knappes Dutzend Megären umringte ihn. Sie hatten keine Angst, das nicht, aber du siehst vielleicht aus! Die sprach, war noch keine fünfzehn. Sie trug Jeans-Shorts und war angeblich eines Abends von seinen patrouillierenden Wachleuten vergewaltigt worden. Nein, sein Sohn war nicht da, aber wenn er es wäre, würde sie ebenfalls Nein sagen. Denn wenn Pierre sie bräuchte und das nötige Kleingeld hätte, sollte er nur kommen, es gäbe zu essen für ihn, ein Bett, Unterhaltung, und du würdest nichts davon erfahren. Sie kamen doch alle zu ihnen, die Männer aus Lumiol, vor allem die Alten von deinem Schlag, und wer sagt, er kommt nicht, lügt. Sie streichelten ihnen übers Haar und flüsterten ihnen zitternd Weiberworte zu. Sie wollten sie immer waschen, kämmen, ihnen die Nägel schneiden, sie ködern, du bekommst ein Haus wie die anderen Kinder auch, schöne Kleider, Spielzeug. Aus ihrem Mund kamen immer die gleichen Worte, in ihrer Unterhose steckte die immer gleiche Sehnsucht, einzig auf der Welt zu sein, und in ihrem Drecks-Hirn die immer gleiche Entschlossenheit, ihr Ab-2010-keine-Schrotthändlerinnen-mehr-in-Lumiol-Gesetz durchzubringen. Zu euerm Glück ist die Unterhose stärker als das Gesetz, selbst wenn sie leer ist. Und jetzt hau ab, wenn dein Sohn bei uns ist, dann weil's ihm da besser geht.

Von ihrem Spott verfolgt, zog er ab. Die Nacht vertiefte sich, eine Maserung von lang gezogenen roten Reflexen lag auf der Dive. Plötzlich sagte ihm sein Gefühl, dass Pierre gerade heimgekommen war. Er war zu Hause. Er deckte den Tisch, bereitete das Abendessen vor. Der kleine Dummkopf liebte ihn. He, kleiner Dummkopf, mir geht's genauso, du hast mir wirklich Angst eingejagt. Wir beiden lieben uns. Schwerfällig stolperte er vorwärts, den Blick auf die von den Spitzen seiner Turnschuhe aufsteigenden Staubwölkchen gerichtet, und murmelte vor sich hin. Du hast mir gefehlt, Sohnemann, wir werden über alles reden. Ich hab dich angelogen, stimmt. Sie lebt nirgends, wir nehmen sie nicht mit in den Jemen, und wo immer wir uns mit ihr verabreden, wir werden sie nicht so leicht finden! Er hörte seine Stimme, die zu Pierre sprach, und er hörte Pierre antworten, er an seiner Stelle hätte dasselbe getan, er hätte gelogen. Man lügt aus Liebe, aus Mitleid, zum Spaß, aus Dummheit, um zu lügen. Die Wahrheit, die erleichtert, ist besser als die Wahrheit. Eines Tages wirst du alt sein und von den Wörtern geheilt, du wirst sie anhören können, und für dich werde ich meinen Sack bis zum letzten Wort leeren. Er besann sich, ich habe dir schon genug gesagt.

Er lief über den Flusspfad, als er Pierre im Gegenlicht auf sich zu kommen sah. Er straffte die Schultern und rieb sich die Lider. Rote Pulse blendeten ihn. Hör zu, Sohnemann, ich war's, ich habe sie getötet. Ich werde diese Worte aus deinen Augen nehmen und sie dir ins Ohr flüstern, du wirst sie kaum hören. Dann wird nicht mehr davon die Rede sein. Und vor allem, unterbrich mich nicht. Marc lief nicht mehr, er schleppte sich schwankend dahin wie ein nur noch von ein paar Knochen aufrecht gehaltener Greis. Jetzt würde er auspacken, es Pierre sagen, trotz seines Widerwillens gegen die Wörter, von denen keines das andere wieder gutmacht. Er wollte schreien, aber sein Schrei war ein Röcheln, sein Herz gab nach, die Wahrheit versank in ihm und wies seine Geständnisse zurück, ich habe sie getötet, ich allein.

An der Wegkehre schien Pierres Gestalt wie ein Reflex im Wasser zu brechen. Marc stürzte los und fiel vor einem wie tot daliegenden Körper auf die Knie. Sein Sohn war voller Blut, das Hemd in Fetzen, die Hände verkrümmt und verklebt wie Vogelkrallen. Zwischen den geplatzten Lidern ließen die blutverkrusteten Wimpern das seltsame Licht der braunen Augen durchscheinen.

»Sohnemann«, flüsterte er, von einem tränenlosen Schluchzen geschüttelt, und seine Schweißtropfen zerliefen auf einem Gesicht, das aussah wie gesteinigt.

Pierre blickte zu seinem Vater auf, mit diesem ein wenig traurigen Blick, in dem Marc seit zehn Jahren unaufhörlich den Schnee auf Schatten fallen sah, die nie verdeckt sein würden.

»Wer hat dir das angetan?«

Pierres Lippen bewegten sich und begannen zu bluten.

»Du.«

Als Marc zu sich kam, lag er mitten auf dem Pfad an seinen Sohn geschmiegt. Der Mond ging vor einem makellosen Tintenhimmel auf, an dem jeder Stern seine Nummer auf der Stirn trug. Die Dive plätscherte über die Flusskiesel.

Er brauchte eine Schubkarre, um ihn zu transportieren. Im Haus nahm er ihn in die Arme und legte ihn auf die Bettcouch unten, wo er selbst immer geschlafen hatte. Er setzte sich auf den Boden und schlief ein, während er die über die Bettkante hängende starr gewordene Hand streichelte. Den Arzt zu rufen kam ihm nicht in den Sinn. Auch nicht, dass Pierre tot sein könnte.

Am Morgen versorgte er seinen Sohn. Er hatte viel Blut verloren, aber nichts Schlimmes abbekommen, abgesehen von einer Wunde an der Stirn. Über eine Länge von zehn Zentimetern klaffte die behaarte Kopfhaut bis auf den Knochen. Das würde schön vernarben, und dann würde das Haar wieder wachsen. Dann wäre nichts mehr zu sehen. Anscheinend war nichts gebrochen. Wer hat dir das angetan? Er sei ein sehr intelligenter Junge, erwiderte Pierre sanft. Delirium und hohes Fieber, urteilte Marc, mindestens zehn Tage Bettruhe. Er würde ihn mit Aspirin und Zitronenwasser voll stopfen. Er brauchte niemanden, um ihn wieder auf die Beine zu bringen. Er glaubte fest an die Hausmittel, denen die Familien seit je ihre Zählebigkeit verdanken: Kaltes für den Kopf, Warmes für die Eingeweide und Gott für uns alle. Eine unfehlbare Methode, es hatte nur zwei Ausnahmen gegeben, Pierres Magengeschwür und seine Blinddarmentzündung.

An den ersten Tagen umsorgte er ihn wie eine Mutter. Er fütterte ihn mit einem Löffel; er zerdrückte Brot in lauwarmer gezuckerter Milch. Zweimal täglich wechselte er den Verband, die Gaze hob er mit einer durchgeglühten Elektrikerzange ab. Er schlief neben ihm auf den Terrakottafliesen, er streichelte seine heiße Hand und redete ihm leise und begütigend zu. Er kühlte ihm die Stirn mit einem feuchten Tuch, lauschte auf seinen stockenden Atem. Er schlief ein, wenn Pierre einschlief, und er dachte an Nelly.

»Also, Sohnemann, wie war das mit der Intelligenz?«

Als Pierre nicht mehr auf die Frage antwortete, schloss er daraus, dass das Fieber nachließ. Als Pierre sich darüber wunderte, sagte er sich, nun sei es unter vierzig, und war völlig beruhigt. Er half seinem Sohn, zu seinem Zimmer hinaufzugehen und einen Schlafanzug anzuziehen; er wechselte die Bettwäsche, legte ihn in ein schönes frisches Bett und stellte ihm mehrere Wasserflaschen neben das Kopfende. »Es geht dir schon besser, du bist auf dem Wege der Besserung. Bis heute Abend, Sohnemann.« Pierre, das Laken bis zur Taille gezogen und schwarze Ringe der Erschöpfung um die Augen, fröstelte und antwortete nichts. Als er den Motor des Geländewagens anspringen hörte, ging etwas wie ein Lächeln über sein Gesicht.

Am Abend sah er seinen Vater nicht wieder. Auch nicht an den folgenden Tagen. Er hatte den Eindruck, allein im Haus zu sein. Die Nächte waren leer und still, der Geländewagen wurde nicht mit einem letzten Tippen aufs Gaspedal geparkt, die Haustür schwieg. Sobald er einen Fuß auf den Boden zu setzen versuchte, wurde ihm schwindelig, und er streckte sich vorsichtig wieder aus. In seinem Kopf sprach man leise zu ihm, man sagte ihm, er sei ein sehr intelligenter Junge, das solle er wiederholen – er wiederholte es. Dieses ständige Geschwätz ermüdete ihn. Er baute Varianten ein. Ich bin ein sehr intelligenter Junge, und ich schmelze wie ein Klumpen Butter in der Sonne, ich löse mich in Luft auf. Er sah eine riesige, mit Nadeln gespickte Sonne. Mehrmals feierte er Weihnachten, allein und ohne besonderen Grund, und blies auf einem altsilbernen Kuchen Kerzen aus, die sich als Musik wieder entzündeten. Ringsum ballten sich die Schatten zu allerlei Zaubergestalten zusammen, die er nach Belieben umformen konnte. Er hatte den Schatten nicht vergessen, der auf der Wand schlummerte, wenn sie am anderen Ende des Zimmers badete, und auch nicht die Tropfen, mit denen sie ihn lachend bespritzte. Es gab keinen Unterschied zwischen dem Ende des Zimmers und dem Ende der Welt, zu dem er sich nicht bemühen würde, um sie zu holen. Er erinnerte sich an eine Badewanne, die wie eine Wiege dicht am Bett aufgestellt war. Nicht vergessen, einen Blick hineinzuwerfen und festzustellen, wer drinlag. Sicher hatte er viele Dinge vergessen, die sie gesagt hatte, und er hörte viele andere, und die Einsamkeit sprach in ihm wie ein lebendiges Wesen. Wenn ich will, lüpfe ich die Decke, unter der meine Mutter versteckt ist, und tanze mit ihr mitten zwischen den Schauspielern, wir drehen uns schöner als die anderen, wie ein Wirbelwind schauen wir beim Bürgermeister vorbei, bei meinen Lehrern, bei Mademoiselle Meyer, meinen Kumpels, da sind wir, aber wir haben keine Zeit, wir werden erwartet. Ich bin wirklich sehr intelligent. Und Pierre stand auf seinem Bett, drehte sich um sich selbst und tröstete jemanden, den er nie wieder sehen würde.

Eines Tages, der vielleicht nur die Frucht eines unter vielen Träumen war, fiel er in einen friedlichen Schlaf. Und wahrscheinlich hätte er Jahre so weiterschlafen können, wenn ihn nicht das schrille Lachen einer Frau geweckt hätte. Er ging die Treppe hinunter. Sein Vater schlief, quer über dem Bettsofa, ein Transistorradio in der Hand. Pierre wollte es ausschalten, dabei fiel es herunter. Die Frau lachte weiter wie eine Verrückte. Er tastete durch das Klappgestänge hindurch und erwischte schließlich das Radio samt einem Zettel, den er mit in sein Schlafzimmer nahm. Ein Brief, wenn man es so nennen wollte.

Monsieur,
unsere Dienststellen haben den Étang de Berre mit Netzen abgesucht und dabei am 10. April dieses Jahres die verkohlten Überreste einer Motorjacht an die Oberfläche befördert.

Unter den Trümmern fand sich ein Seesack, dessen wasserdichtes Fach die Brieftasche von Mademoiselle Nelly Collinet enthielt. Der Unfallpass nannte Monsieur Marc Loupiens als die im Falle eines Unfalls zu benachrichtigende Person. Die Präfektur teilte mir mit, Sie seien der Einzige dieses Namens in unserer Region. Ich ersuche Sie daher, bis spätestens 31. Mai in meinem Büro vorzusprechen.

Als er am nächsten Tag aufwachte, stand Marc neben seinem Bett.

»Na, Sohnemann, wie war das mit der Intelligenz?«

»Hör auf mit dem Quatsch.«

»Du bist geheilt. Du hast mir eine Heidenangst eingejagt, das kann man wohl sagen, aber wir haben uns gut geschlagen. Ich dachte schon, wir schaffen es nicht mehr. Wir werden dich ein bisschen aufpäppeln müssen.«

Er ging zum Dachfenster und öffnete es.

»Wo warst du?«

Die Antwort kam in zwei Raten:

»Hier, wo sonst? …«

Und wie ein Hund mit den Hinterläufen seinen Kot scharrte er seine Worte rasch wieder zu:

»Sei doch nicht so misstrauisch. Wir sind beide ziemlich fertig.«

Er wechselte den Verband, lobte den Zustand der Wunde, setzte sich auf die Bettkante.

»Also, Sohnemann, in Wirklichkeit habe ich das Haus verkauft. Diesen Sommer ziehen wir weg. Es wird noch eine ganze Menge zu regeln geben. Und natürlich kein Wort darüber, bis es so weit ist.«

Pierre reagierte nicht.

»Wir gehen nach Spanien, freust du dich? Der Jemen war ein bisschen kompliziert. In Spanien wird es uns gut gehen. Erst bleiben wir ein paar Wochen in Paris, dann lassen wir uns in Spanien nieder. A propos, ich muss dir was über deine Mutter sagen.«

»Ich dir auch.«

KAPITEL 16

Nur eine Rauferei, meinten die meisten Lumioler, als sie vor dem Fernseher saßen. Man erkannte Pierres Gesicht hinter dem Mosaik, das ihn unkenntlich machen sollte. Neben ihm saß Marc Loupiens am Steuer seines Geländewagens und erklärte düster, dass er sich zu dieser Tragödie nicht öffentlich äußern werde, bevor er nicht einige Gewissheiten habe und die Zustimmung seines Sohnes, der immer noch unter Schock stehe. Geschieht ihm recht, sagten die Schauspieler, schließlich hat er uns hängen lassen. Vergeltung, kläfften die ewig Unzufriedenen, die irrenden Hirne auf der Suche nach dem geschworenen Feind, auf den sie ihr Elend laden könnten. Und der von ihnen gesäte Wind fegte als Sturm der Erregung über den verblüfften Hügel. Der 1. Mai war im Eimer. Die Maiglöckchen im Unterholz krepierten stehenden Stängels. Die Blumenschau wurde verschoben; verschoben wurde auch die jährliche Parade der mit Tüllflügelchen ausstaffierten Schülerinnen und ihr Herumflattern auf den Zinnen der beleuchteten Stadtmauer. Der Besitzer des Waffengeschäfts verdoppelte seinen

Umsatz an einem einzigen Tag und – schwer deutbares soziologisches Phänomen – gab die vier keltischen Degen ab, die sein Schaufenster schmückten. Vergitterungen, gemahlener Pfeffer und Schlagstöcke fanden ebenso reißenden Absatz wie geknöpfte Hosen für junge Mädchen, Letztere wurden überdies gebeten, nur noch zu zweit aus dem Haus zu gehen. Jeden Morgen fielen die Geschäftsführer der Diskotheken und die Wachen in das Hauptkommissariat der Polizei ein, wo man sich gern mit Stöcken verteidigt hätte. *Le Journal* nutzte die Gelegenheit und widmete sein herausnehmbares Magazin dem sexuellen Missbrauch in allen Lebensaltern, in Interviews mit Urologen und Historikern wurden die tausendundeine Möglichkeiten erörtert, sich an seinem Nächsten zu vergreifen.

Pierre erholte sich langsam. Entgegen den Gerüchten beklagte er sich über keinerlei Übergriff. Er war seltsam, wie heiser. Er erinnerte sich nicht, angegriffen worden zu sein. Er sah nur wieder eine rote, mit Nadeln gespickte Sonne und hörte ein heftiges Spritzen. Nach jedem Satz presste er die Lippen fest zusammen, und um seine großen braunen Augen wurde es Nacht.

Bei den Bullen erkannte er keine der Personen wieder, die man ihm zeigte. Er war im Vollbesitz seiner körperlichen und geistigen Kräfte und auch seiner Erinnerungen bis zu jenem roten Augenblick, als ihn die Sonne verschluckte. Die Polizei fragte ihn, der Psychologe, die Krankengymnastin, die über die aufs Geratewohl zusammengewachsene Kopfwunde empörte Krankenschwester, Georges, der selbst ernannte Vertraute, und das Mädchen, mit dem er während des Unwetters verschwunden war und sich geliebt hatte. Eines Nachmittags hatte er sie durchs Dachfenster gesehen, wie sie in weißen Jeans über die Landstraße schlenderte, ein Maiglöckchen im Haar. Als sie ihn sah, nahm sie die Blume, berührte sie mit den Lippen und legte sie aufs Mäuerchen. Wer hat dir das angetan?

Allen antwortete er: Ich weiß es nicht. Marc antwortete er mit gesenkter Stimme: Still. Und der sanfte Blick, den er dabei auf seinen Vater richtete, schien ein schweres Geheimnis zu hüten. Als wolle er nicht zurücknehmen, was er das erste Mal, auf dem Flusspfad, halb ohnmächtig und mit derselben sanften, verschleierten Stimme gesagt hatte: »Du.«

Marc war tief gekränkt. Schließlich fand er in der zweideutigen Rolle des liebenden Vaters ein Ventil für seine Gefühle. Er geriet in Rührung über sich selbst und gefiel sich in einem Gefühl von erlittenem Unrecht. Fünfzehn Jahre Großzügigkeit – fünfzehn Jahre Undank! Er hatte guten Grund, seinem Sohn zu grollen. Nach allem, was er für ihn getan hatte. Kein Wunder, dass er einen Psychologen brauchte.

Nach einem Monat beruhigte sich die Lage wieder. Eines Morgens machte sich Pierre auf den Weg zur Schule. Er war stark abgemagert. Sein Jacke wehte um seine Schultern, und wenn er sich beeilte, wehte sein ganzer Körper. Er überquerte die Place Galilée, ohne den Blick zu heben oder den Kopf zu wenden; er gab das ärztliche Attest im Sekretariat ab und ging zu seiner Klasse. Als er über den

Schulhof lief, versuchte er eine kleine Ismene in weißen Jeans zu erspähen. Nur so, um ihren Vornamen zu erfahren. Er war nicht mehr das kraftvolle Tier, stolz darauf, Feinde zu haben, er war nur ein armes bleiches Etwas, ein Wrack mit verstörten Augen.

»Salut, König«, sagte er und streckte einem großen mondigen Kerl, der bei seinem Nahen von einem Fuß auf den anderen trat, die Hand hin.

Die Hand, die Pierre drückte, war feucht, das Lächeln, dem er begegnete, leer.

Man umringte den Schwächling, klopfte ihm auf die Schultern, übergoss ihn mit Vorwürfen und Ironie. Man verzieh ihm nicht, dass er das Stück in den Sand gesetzt und solchen Quatsch erzählt hatte. Seinetwegen war die ganze Klasse unter der scharfen Beobachtung dieser beiden Zicken, der Sozialarbeiterin und der Direktorin. »Die bilden sich ein, wir wüssten, wer dir die Fresse poliert hat, also, sieh zu, wie du dich rausredest, wirf ihnen die Leute vom Fluss zum Fraß vor, die Wichser von der Dive, so schwer ist das doch nicht.«

Nach dem Unterricht ging er zum letzten Termin mit dem Psychologen in die Klinik. Sein Vater erwartete ihn am Ausgang.

Marc wusste nicht mehr, wie er ihn anfassen sollte. Er litt beim Anblick des versehrten Gesichts.

»Salut, Sohnemann.«

Pierre saß kaum im Auto, da redete Marc auch schon los, wie es ihm gehe, wie sein Tag verlaufen sei, ob er etwas Neues erfahren habe, ob er einen der Schüler verdächtige.

»Niemanden. Hör auf, den Bullen zu spielen.«

Marc lachte gezwungen.

»Und du glaubst immer noch, dass ich es war?«

»Nein«, sagte Pierre, und es klang, als zerplatze eine Blase auf seinen Lippen.

»Warum hast du es dann gesagt?«

Er antwortete gutwillig auf diese Frage, die er zehnmal am Tag hörte. Marc tat ihm Leid. Er hatte das Gefühl, sein Vater würde schnurstracks freiwillig ins Gefängnis gehen, wenn er noch einmal sagte: »Ja, du warst es.«

»Ich sah dich über mich gebeugt, du warst ganz rot, deine Haare standen zu Berge, du hast mich angekeucht, das hat einen ganz komischen Eindruck auf mich gemacht. Tut mir Leid.«

»Wer also?«

»...«

Einige Minuten fuhren sie schweigend weiter; durch die Scheibe sahen sie die diesige Luft und die blühenden Hänge; im Inneren drang eine von nirgendwo kommende Kühle durch die Kleider, legte sich auf die Kehle und kroch tief in die Lungen. Nach der TGV-Unterführung parkte Marc, wie einer plötzlichen Intuition folgend, den Geländewagen neben der stillgelegten Bahntrasse. Er wollte die Szene einfach nachstellen. »Eine unfehlbare Methode. Ich bin der Angreifer, und du kommst auf mich zu, also los.« Die Wärme staute sich über dem Schotter, aus dem hier und da Lupinen wuchsen. Sie gingen einige Meter auseinander, und Marc spielte die Rolle des Übeltäters, der frontal auf ihn zukam, um ihm den Schädel mit einem Gegenstand einzuschlagen, der alles Mögliche sein konnte, von einem Streitkolben bis hin zu einer Eisenstange. Pierre ging zerstreut vor sich hin, mit gesenktem Blick, Marc machte große Schritte, die Faust auf Nasenhöhe ausgestreckt.

Sie blieben beide wenige Zentimeter vor einem heftigen Zusammenstoß stehen. Der Vater öffnete die Faust, tätschelte die Wange des Jugendlichen. Er war sehr blass.

»Ein Schritt weiter, und ich hätte dir die Nase eingeschlagen.«

Er keuchte wie an jenem Tag, als er Pierre auf dem Pfad aufgelesen hatte.

»Du hast mich angesehen. Du hast mir, deinem Angreifer, in die Augen gestarrt. Und den anderen musst du auch angesehen haben. Du weißt, wer es ist, Sohnemann. Denk nach.«

Pierre verschränkte die Hände hinter dem Rücken.

»Ich schlief im Stehen. Als ich die Augen wieder aufmachte, sah ich dich.«

Marc konnte sein ungeduldiges Aufseufzen nicht unterdrücken.

»Bist du niemandem begegnet auf dem Weg nach Hause?«

»Doch, dir.«

Sie stiegen wieder ins Auto, und Pierre ließ sich gegen die Kopfstütze fallen, Beine ausgestreckt, die Fäuste zwischen den Schenkeln. Marc mit seinem Schnüfflergehabe hatte noch allerlei zu bemerken und zu unterstellen. Man würde sie schon noch kriegen, diese Drecksäcke.

»Ich glaube, es waren mehrere und du kanntest sie. Früher oder später wird es dir wieder einfallen, du wirst die ganze Szene wieder im Kopf haben, du wirst sie sehen. Dann werde ich nur noch meinen Job machen müssen. So ist das mit den Erinnerungslücken, das geht vorbei. Und beim Psychologen?«

»Er ließ mich die Hände ausstrecken.«

»Ist ja toll, sag nur, und?«

»Sie zittern nicht mehr.«

»Zeig mal. Und sonst nichts?«

»Wir sollen zusammen zu ihm kommen. Er hält uns für zwei Neurotiker.«

KAPITEL 17

Wenn ich die Hand voller Wahrheiten hätte, so würde ich sie nicht öffnen.« Bewerten und erläutern Sie diese Zeilen Fontenelles.

Nicht schlecht, gab Pierre zu und zog einen Mitsubishi Pencil UH 153 33 Geltintenroller, der so schön übers Papier glitt, aus dem Becher. Er klemmte ihn zwischen Oberlippe und Nase. Nicht schlecht, aber nicht neu. Der Philosoph sagte Wort für Wort, was er schon seit Jahren wusste. Pierre wie aus dem Hirn geschnitten. »Sie haben das ganze Wochenende«, hatte die Direxe gehöhnt. Wer Montagmorgen seine Aufgabe nicht abgibt, fliegt von der Schule. Direxenwort. Eine Kollektivstrafe, und er war schuld.

Sechs Uhr. Er würde nicht das ganze Wochenende damit zubringen. Zehn Minuten pro Seite, also höchstens eine Stunde. Er legte sich die Utensilien zurecht, vor ihm Konzeptblock, Wecker, Handy; links das Lehrbuch, rechts die Schulhefte und das Foto im versilberten Rahmen, das er zur Wand hin drehte. Er brachte den Hocker auf die richtige Höhe, schraubte den Stift auf, um die

Füllhöhe der Tinte zu kontrollieren, legte ihn parallel zum oberen Rand des Blocks ab und wandte den Kopf zum halb offenen Dachfenster. Sein Blick fiel auf das Tablett auf dem Boden. Ein Paket Müsli, eine Kanne Wasser, ein Brot mit Rillettes, eine Ananas und das Schmerzmittel, morgens und abends eine Kapsel, bei Bedarf mehr. Nach dem Aufsatz würde er die doppelte Ration Schmerz- und Schlafmittel schlucken und bis Montag durchschlafen. Danach würde er Laura seine Aufgaben bringen, ja ihr, nein, nicht der Direxe. Laura sollte sie als Erste lesen, und ihre Augen würden Funken sprühen, die vor ihm nie jemand gesehen hätte. Marc? Ein Aufschneider. Er redete übrigens nicht mehr davon. Er vermied heikle Themen. Er vermied sogar, da zu sein. Er hatte sich nach Spanien oder sonst wohin verdrückt, angeblich um das künftige Haus zu besichtigen und Kontakte mit den Einwohnern zu knüpfen. »Ich hätte dich ja mitgenommen, aber du hast Arrest.« Genau, father, hau ab. Er hätte ihn nicht um sich haben können an diesem Wochenende, an dem er viel arbeiten und viel schlafen musste. Die Wörter schwirren umher, streifen die Innenseite der Lider, und da lassen sie sich fangen wie in der Fabel und vor allem wie Dummköpfe. Man stutzt ihnen die Flügel, legt ihnen einen Tintenfaden um den Hals und lässt sie übers weiße Papier traben. Die Aufgabe ist fertig, Fontenelle darf wieder gehen.

Man erstickte unter den Dämmplatten des doppelwandigen Dachs. Pierre stand auf, zog ein frisches T-Shirt an, trank aus der Wasserkaraffe und zog das Dachfenster ein Stückchen zu. Was diese Kernbeißer für einen Radau machten. Im Winter verschwanden sie, und dann, eines Tages, stießen sie zu Tausenden vom Himmel herab, und es war nichts anderes mehr zu hören. Erbärmlich, dieser Garten. Ausgedörrtes Gras, verdurstete Blumen. Die Wörter schwirren, und genau wie die Mücken haben sie eine Art Saugrüssel. Sie pumpen einem die Energie aus dem Hirn.

Als er wieder saß, schob er Heftestapel, Zitatenlexikon, Wörterbuch und Grammatik erneut rechtwinklig zurecht, knipste die Lampe an und schraubte die Kappe vom Mitsubishi. Als er den Satz von Fontenelle abschrieb, sah er, wie der Schatten des Stifts auf ihn zutrieb und sich auf seinem T-Shirt ausbreitete, statt nach rechts zu fliehen. Wieder hatte sich jemand an seinen Sachen zu schaffen gemacht. Die Dinge waren nicht mehr genau an ihrem Platz. Er schob die Lampe zur anderen Seite; der Schatten folgte.

Bevor er mit dem Aufsatz begann, lockerte er seine Hand mit irgendwelchen Kritzeleien. Salut, König, du bist nicht zufällig Engländer? Yes. Deutscher? Ja. Russe? Da. Polak? Jep. Italiener? Si. Belgier? Uk. Bretone? Vouik. Schweizer? Ouak. Alles Mögliche schrieb sich von selbst, aber Fontenelle? … Er hörte noch Langnases Ratschläge: die Schlüsselbegriffe des Themas definieren, Fakten diskutieren, mit der Geschichte in Verbindung bringen, bei einem neuen Gedanken immer an den Leitgedanken erinnern und so eine durchgehende Bewegung schaffen, durch persönliche Zurückhaltung im Dienste der ausschließlichen Darstellung glänzen, die Schlussfolgerung abwarten, um dort das Hemd aufzuknöpfen und die Brust zu zeigen, allerdings nicht zu sehr, und dabei feixen wie ein kleiner Irrer. Er war der Beste in diesem mühseligen Spiel, und in einigen Minuten würde die Leere des Papiers, Fontenelle oder nicht, ganz anders als in diesem traurigen Garten, unter der Vegetation eines gut geschnittenen Gedankens verschwinden. Er las den zu kommentierenden Satz noch einmal durch. Er war ein bisschen blöde, und wenn ich die Wahl hätte, würde ich auf genauere Überlegungen zu ihm verzichten. Er enthielt nicht zwei wichtige Begriffe, sondern einen einzigen: Hand. Die Wahrheit ohne die Hand, die sie enthält, ist nicht mal der Schiss einer Mücke mit gestutzten Flügeln. Hand, Hand, Hand, seine zitterten nicht mehr. Der Rest roch nach Offensichtlichkeit: öffnen oder nicht öffnen, die tapfer im Schweiße des Angesichts verborgene Wahrheit, die in Tugend gehüllte Lüge mit dem Segen des Papstes, der Wissenschaftler und der Krankenschwestern. Oppenheimer, Matteo Falcone oder Judas, sie alle hatten sich vor Reue die Fingernägel bis zum Knochen abgekaut. Heutzutage gab es nicht mehr massenweise Knochen zum Abnagen. Banal wie ein alter Kahn war das Thema, maßgeschneidert. Und nebenher eine moralische Lehre, erteilt von der Direxe, dieser kleinen Königin mit fest geschlossenen Händen. Hatte sie sich je die Nägel abgekaut? Wurde sie von der Frage umgetrieben, ob die Erde sich drehte? Er ist so schön in der Finsternis, dieser sich bewegende Punkt, dieses Staubkorn, das Ozeane beherbergt, Berge und uns Denker und, vielleicht, irgendwo in einer Spalte im Packeis, den Schlüssel zu einem Anfang. Erstens: Den Fortschritt verdanken wir den Sternen, wie auch Gott. Galilei kann beweisen, dass sie sich dreht, Kopernikus feststellen, dass sie der Mittelpunkt von rein gar nichts ist. Aber die Propheten murren, und Fontenelle sieht nicht ein, warum die Weisen ihre Endeckungen mit ihrem Leben bezahlen sollen. Wissenschaft und Religion müssen versöhnt werden, Hexen und Priester sich vertragen. Zwotens: Diesem Impuls folgend, braucht das von Diderot, Marmontel, Helvetius, Vicq d'Azyr, Voltaire, Montesquieu und Rousseau geprägte 18. Jahrhundert nur noch die Enzyklopädie aufzufahren, diese Summa des Universalwissens, ein Buch, das seither nie geschlossen wurde, mochte kommen, was wollte, es musste gewagt werden. Drittens: Ist mit den Computerviren, den Bugs, den Massenvernichtungswaffen und mit dem Klonen von Menschen nicht der Moment gekommen, in dem der Fortschritt gestoppt werden muss? Das wäre die These. These abspeichern, in Reserve halten. Und Pierre sah hinter seinen geschlossenen Augen so gut formulierte Absätze entstehen und sich verdichten, dass er sie auswendig zu lernen versuchte, um Zeit zu gewinnen, um dem Gleiten des Mitsubishi jegliches Zögern zu ersparen. Der Aufsatz lief in seinem Kopf ab, ein natürlicher Plan, der sich innerhalb der vom Thema und einem kühnen Geist gesetzten Grenzen entwickelte. Ausnahmsweise und wegen des raschen Gedankenflugs würde er zuerst die Schlussfolgerung schreiben, das Ziel festlegen und von diesem Punkt, der alt war wie die Welt und solide wie ein Fels, Schritt für Schritt zu Fontenelles großer Hand zurückkommen, wo er sich ein kleines Schläfchen genehmigen würde, um dann die soeben hineingesäten Körnchen aufzupicken. Seine Lider flatterten. Er schwitzte, sein Gehirn siedete. Ihm war leicht übel. Wann hatte er zuletzt etwas gegessen? Er hob die am Konzeptblock klebenden feuchten Unterarme hoch. Aus einem ihm nicht erklärlichen Grund war das Blatt leer. Er nahm seinen alten Pilot G1 mit feiner Spitze und gravierte ein Rokoko-Element ins Holz, Allegorie einer beginnenden Migräne.

Um neun Uhr, er hatte immer noch nichts geschrieben, vibrierte das Handy auf dem Tisch.

»Was treibst du eigentlich?«

»Ich bin fast fertig.«

»Wir haben heute Abend noch was vor, schwing den Hintern!«

Er trennte das Handy vom Netz. Sein Gentlemen's Agreement mit den Schauspielern, die sich als in ihrer Ehre verletzt betrachteten, hatte er völlig vergessen: ihnen Text zu schicken, Füllmenge für mindestens vier Seiten. Er sah sie jeder vor seinem Bildschirm zur Hintergrundmusik mit den Hufen scharren und auf die Verbindung warten, um jedweden Mist zu kopieren und einzufügen. Sie dürften schon recht ungeduldig sein, schon mit leichter Fahne, Gel im Haar und Kondom in der Tasche.

Er wischte den Stift am lose hängenden T-Shirt ab, setzte die Spitze des Mitsubishi aufs Papier und sah zu, wie sich ein blaues Tintenrund ausbreitete, der erste Stern, er wuchs, kam näher. Er machte noch einen, zeichnete den Mond, einen senkrechten Strich, ein Flugzeug, eine Hand. Er änderte die Neigung des Lampenschirms, um nicht mehr sehen zu müssen, wie der Schatten des Stifts zum Tintenpunkt aufstieg und wie durch einen Spiegel hindurch noch das kleinste seiner Zeichen schluckte.

Er schluckt.
Er mag das, diese fetten Fliegen voller Maden.
Und Wahrheiten.
Er bringt sie seinen Kindern mit.
Miam miam.
Wir schlagen uns die Wampe voll damit.
Wir sind unter uns.
Ist das Leben nicht schön?

Er riss das Blatt ab und warf es hinter sich. Seine Hände begannen zu zittern. Durch das Dachfenster wärmten ihm die Strahlen der untergehenden Sonne den oberen Teil des Schädels. Stimmennebel umgab ihn. Er hatte Schmerzen, nicht nur im Kopf. Es tat ihm überall etwas weh. Für die Schmerzmittel war es noch zu früh. Wenn er sie jetzt nahm, dann war's vorbei mit der Geistesschärfe. Schmerz oder nicht, er musste den gegelten Erpressern ihren Text schicken. Dann würde er zu Abend essen. Und dann zwei Tage am Stück schlafen. Dann würde er Laura die Hausaufgabe bringen, zu ihr nach Hause, als Überraschung, und er würde ihre Augen sehen, ihre Augen wie Bonbons. Und warum nicht schon heute Abend? Eine hübsche Darlegung, eine Prise Sand in die Augen und ein wenig Weiß zwischen die Zeilen streuen, eine fein ausgefeilte Schlussfolgerung, und dann war die Sache geritzt. Das war Langnases Steckenpferd, die Schlussfolgerung. Die ging ihr über alles.

Er verzichtete auf die Kapseln und versenkte sich in die Betrachtung des Wortes *Hand*, er sah eine, dann noch eine den Griff eines rot umhüllten Baseballschlägers umfassen, sah dieses Rot sein gesamtes Gesichtsfeld ausfüllen und die ganze Welt in weiß glühende Splitter zerbersten, die bis zu den Grenzen der Finsternis flogen, wo jemand sprach. Würde Marc ihn von Spanien aus anrufen? Erinnerte Marc sich an seine Existenz? Hatte Marc nachts Angst? Brachte er ihm auch nur die geringste Zuneigung entgegen? Würde er zurückkommen? Sein Herz schlug. Er ging zum Wasserhahn und kühlte sich Nacken und Gesicht. Bei der Gelegenheit spülte er sich auch die Füße in der Badewanne ab, griff nach der Schere und hätte sich fast den Nagel eines schmerzenden Zehs geschnitten. Cretinus magnus, freitags nie. Fontenelle hat doch gesagt: Hätte ich an einem Freitagabend vor einem Besuch bei Laura einen Nagel zu schneiden, so würde ich mich zuallererst aufhängen. Außerdem muss man sich jedwede Vorstellung von Scheren, Baseballschlägern, Müttern in Paris und Vätern in Spanien verbieten, es sei denn, sie wären alle zusammen in Tibet. Erst muss man die angefangene Arbeit abschließen. So auf dem Badewannenrand, die Füße im Wasser, wurde ihm bewusst, dass er noch gar nichts angefangen, den Anfangsbuchstaben keines einzigen Wortes geschrieben hatte. Im Zimmer war ein regelmäßiges, lebendiges Geräusch wie von Häuten. Er fürchtete eine Fledermaus und blickte zu den vor undenklichen Zeiten mit der Axt rechtwinklig behauenen Dachbalken auf. Das Geräusch brach ab, setzte an einer anderen Stelle wieder ein, und Pierre sah einen großen Nachtfalter gegen seine Lampe am anderen Ende des Zimmers stoßen. Ringsum war alles dunkel. Mit den Kernbeißern war Schluss, die Nacht hatte sich an ihr Werk gemacht.

Er zog ein sauberes T-Shirt über und nahm das andere, um damit den auf dem Computer sitzenden Falter zu erschlagen, ein riesiges Exemplar mit staubfarbenen Flügeln. Er erwischte ihn beim ersten, von einer Art Wut beflügelten Versuch. Mit zitterndem Finger tippte er eine E-mail für die Erpresser: Es ist so weit, Jungs, schnürt eure Timberlands, ich bin okay. Keine Antwort. Wieder tippte er: Schmollt ihr? Keine Antwort. Ratlos schloss Pierre das Dachfenster und setzte sich vor seinen Konzeptblock. Er würde erst wieder aufstehen, wenn er fertig wäre. Der Schmerz spannte einen Faden zwischen Schulter und Nacken und zog sich durch den ganzen Arm, sobald er den Stift in die Hand nahm. Einige Millimeter über dem Papier schien die Spitze des Mitsubishi eine Silbe in den unsichtbaren Raum zu schreiben und verharrte dann. Ich bin ein sehr intelligenter Junge, dachte Pierre, aber das werde ich ja wohl nicht hinschreiben. Er schrieb es und schrieb es noch einmal, größer. Vom Schreiben wurden seine Finger dick wie Maulwürfe. Hinter ihm auf dem Fußboden lag ein Dutzend zerknitterter Blätter. Warum riefen diese Blödmänner nicht mehr an? Was habe ich jetzt wieder angestellt? Er nahm wieder die Haltung des braven, schwarz auf weiß kritzelnden Schülers ein. Sein Gehirn kam ihm vor wie ein labyrinthischer Bau, in dem er sich auf der Suche nach Eingebungen wie den eben gehabten verirrte. Die Wahrheit, als Thema banal wie ein alter Kahn, wie ein Hammer. Der Hammer schlug, der Kahn lag in Trümmern, eine bösartige Hand mischte sie, eine Hand voller Schweiß und Tratsch lastete auf seiner, und der Mitsubishi verdarb das Blatt, er schrieb *ist ja irre, die Zeitenwirre.* Aufgebracht riss er das Blatt ab und drehte es zu einer Tüte, um den Falter unter dem Computer, wohin er ihn mit dem Fuß befördert hatte, hervorzuholen. Man kann nie wissen, was sich im Innersten eines derart grauen Tiers zusammenbraut.

Um Mitternacht brach Pierre seinen Stift mitten entzwei wie einen Hühnerknochen, der einem Glück bringen und mit einem Streich alle Liebes-, Geld- und Gesundheitsprobleme lösen soll; diese Methode war natürlich bestens geeignet, es mit Fontenelle aufzunehmen und die Frauen zu betören. Eine schöne blauschwarze Flüssigkeit ergoss sich über seine Hände und verströmte einen eigenartigen Geruch, den er begierig einatmete, in der unerklärlichen Hoffnung, dann weniger allein zu sein. Er rieb sich die Hände und hörte den Anrufbeantworter ab. Null. Eine ungute Empfindung überfiel ihn. Die in keinem Wörterbuch stand. Die nur in ihm existierte. Eine Art Mattigkeit, eine wirkliche Sehnsucht, das Licht eines neuen Tages aufschimmern zu sehen.

Ausgiebig gähnend, ließ er das Kinn auf den Block sinken und drehte vorsichtig das Foto zu sich. Ein Geschenk Lauras. Immer wieder Bilder. Die Aufnahme eines Mädchens auf einem Motorrad, erhobenes Kinn, in die Augen hängendes Haar, über der Schulter einen Leinenbeutel, aus dem das erschreckte Gesichtchen eines Kleinkinds lugte. Sie lachte und breitete die Arme aus, als wollte sie sämtliche Himmelsrichtungen gleichzeitig an sich drücken. Sie hatte bloße Hände. Welche Wahrheiten lagen darin? Wozu waren sie gut, die Fotos, die Alben? Man sieht sie oft in den durchweichten Überbleibseln nach Bränden. Er schob den versilberten Rahmen gegen die Wand, fast neben die Polaroid-Aufnahme, auf der sich die Rotäugige amüsierte. Er sah sie an, die eine und die andere, und seine Migräne bekam Junge, alles verschwamm vor seinen Augen. Die junge Frau auf dem Motorrad trug einen schwarzen Zylinder, die Rotäugige einen Leinenbeutel, der Kinderkopf ragte aus dem Hut, wenn ich die Augen voller Wahrheiten hätte, würde ich sie mit dem Stift ausstechen, ich würde mich von alledem nicht anfechten lassen. Er nahm zwei Kapseln gegen den Schmerz und zwei Schlaftabletten und schlief ein, die Wange in der Tintenlache auf dem Tisch. Am Nachmittag des nächsten Tages wachte er auf, im Bett, das Kopfkissen über dem Gesicht. Erst erfüllte ihn trügerische Freude. Im Traum hatte er gerade vier Exemplare einer idealen Hausaufgabe ausgedruckt: für Laura, für sich selbst, für Langnase und für die Direxe. Weder seine tintenverschmierten Finger noch das Durcheinander von T-Shirts und zerknitterten Blättern auf dem Fußboden machten ihn misstrauisch. Er lüftete, zog sich um, säuberte seinen Schreibtisch, legte Hefte und Bücher an beiden Enden sorgfältig über Eck, den Konzeptblock genau in die Mitte und einen neuen Mitsubitonio daneben. Er setzte sich. Noch immer kein Anruf. Nichts zu machen. Ihm war nach Bäumeausreißen, der Schmerz war verschwunden. Es gibt nie nur Samstage. Sie zittern nicht mehr. Sie warten nur darauf, sich zu öffnen. Sesam ist ein Kumpel von mir. Komisch, dass Marc nicht anruft.

Die Stunden verstrichen, und die Tintenmenge im Tank des Mitsubishi nahm kontinuierlich ab. Zeile um Zeile malte Pierre eine unendliche, gleichförmige Wellenlinie, aus der hier und da ein Wort auftauchte. Gewissenhaft strebte er dem Gedanken entgegen, der die Wellenlinie von einem Augenblick zum anderen in Schrift und eine fertige Hausaufgabe verwandeln würde.

Später sah er den Tag hinter dem Dachfenster zur Neige gehen. Wieder konnte er mit Hilfe des Schmerzes die Nervenbahn vom Gehirn zur Hand verfolgen. Seine Adern waren geschwollen. Unter der Haut am Handgelenk war es blau wie Tinte und schlug sanft, Wörter, Zitate, Überleitungen, der ganze fein gerührte Gedankenquark, über den die Lehrer in Verzückung geraten. Hier musste er den Schnitt tun, um diese Wut auszubluten, die ihn erstickte. *Ausgezeichnete Arbeit, ausgefeilt, intelligent, gut geschrieben. Du hast die Themenstellung genau verstanden; dieses Mal werden wir dir die Hände noch nicht abhacken.* Ein süßlicher Schwaden stieg vom Garten auf, eine Schwermut, die seine Hände band, sobald er Anlauf nahm, um den ganzen Aufsatz in einem Zug abzuhaspeln. Die Rhododendrontriebe stachen spitz in die Luft, die Kapuzinerkresse lag flach, überall abgefallene Blütenblätter. Die weißen Nelken hatten über die ganze Länge des Mäuerchens vergilbte und zusammengeschrumpelte Köpfchen. Er lachte laut auf bei der Erinnerung an den mit hüfthohen Stiefeln und einer Motorsense ausgerüsteten Marc, wie ein Luftfahrtpionier hatte er ausgesehen. Sein Vater tat keinen Handschlag mehr im Garten, er verlor kein Wort mehr über die Blumen, die wild wuchsen und starben und dabei diesen üblen Geruch freisetzten. Wie sollte man sich mit diesen Miasmen in der Lunge für Fontenelle interessieren?

Als er hinunterging, um sich um die Pflanzen zu kümmern, war noch für einige Minuten Helligkeit am Himmel. Kaum war er draußen, begann es zu regnen. Die dicksten Tropfen, die er je gesehen hatte, groß wie Tintenflecke, groß wie Blut. Er beeilte sich, wieder ins Haus zu kommen, nahm Marcs Gewehr vom Haken und die Patronen aus der Schublade in der Anrichte, dann baute er sich oben vor dem weit geöffneten Dachfenster auf. Der Schauer ließ nach. Es wurde wieder heiß. Pierre stützte den Gewehrlauf auf den Fensterrahmen und machte sich daran, die kränkelnden Nelken zu enthaupten. Er verfeuerte etwa hundert Patronen. Er sah nichts mehr, sein Zeigefinger war geschwollen. Er hörte auf und schloss das Fenster. Rings um ihn häuften sich die warmen Hülsen. Gute Arbeit. Und morgen früh in alter Frische. Er würde die Toten zusammenharken und die Überlebenden gießen, der Aufsatz wäre nur noch eine Formalität. Marc würde den Garten bei seiner Heimkehr nicht wieder erkennen. Wenn er gut drauf wäre, würde er ihm die Strafarbeit vorlesen. Der Aufsatz als Friedensstifter. Aber sein Vater war misstrauisch. Er bezog alles auf sich. Er würde noch ein Komplott vermuten. Er würde sich von einem seit dreihundert Jahren toten Schriftsteller verfolgt fühlen, der nun von einer Schuldirektorin und seinem eigenen Sohn abgelöst wurde. Er würde ihm gar nichts zeigen. Sollte Marc ruhig argwöhnen, herumwühlen, unter der Wandfarbe suchen, die Glühbirnen herausdrehen.

Er schaltete sein Handy wieder ein und drehte seinen Hocker eins höher, dabei kamen ihm Zweifel, was eigentlich mit der Patronenschublade war. Zu oder nicht zu. Diese Kleinigkeit machte ihn nervös. Wenn er übrigens darüber nachdachte, war es durchaus wichtig. Er ging hinunter. Die Schublade war offen, er war doch nicht blöd, er schloss sie. Ein Bild weniger. Die Luft in der Küche war schwer, stickig. Der Geschirrspüler war anscheinend seit mehreren Tagen nicht mehr gelaufen. Ob Marc dafür verantwortlich war oder er, machte keinen Unterschied. Er drückte auf den START-Knopf und freute sich am Geräusch des Wassers in den Leitungen, das nun in den Edelstahlbehälter einströmte, er stellte sich vor, wie die kreisenden Sprüharme den Schmutz und den Geruch wegspritzten, während die Ratten draußen am Ablauf auf ihren Teil warteten.

Das Zimmer sah schon besser aus, und doch lag noch einiges herum, das Schlafsofa war noch aufgeklappt, der Tisch voller Krümel, und die Fliegen fühlten sich als Sieger. Mehr noch als der unfertige Aufsatz traf der Anblick dieser Vernachlässigung sein Gemüt wie ein Schuss zwischen die Augen. Wahrheit, ja, aber in einem Haus, das sie atmen mochte. Er zog die Vorhänge zu und machte sich an den Hausputz. Er fing mit der Südhälfte des Raums an, wo Marc sein Schlafzimmer und seinen Schreibtisch hatte. Er schüttelte das Bettzeug draußen aus, klappte das Schlafsofa zusammen, fegte in den Ecken, hängte Hosen auf Kleiderbügel, sammelte Socken auf. Das Rauschen der Spülmaschine sang ihm in den Ohren. Und während der ganzen Dauer dieses großen Hausputzes fühlte Pierre sich gut. Fontenelle und er führten laute Gespräche. Sie fanden Gemeinsamkeiten, die Nacht ängstigt, und die Wahrheit ängstigt wie die Nacht. Die Wahrheit kommt im Schlaf, ein flüchtiges Licht zwischen Auge und Lid. Und Fontenelle stimmte zu: Aber ja, Pierre, so ist es, du bist ein sehr intelligenter Junge, du hast alles verstanden, du weißt, dass man die häusliche Pflicht nicht der schulischen opfern darf, du bist praktisch, gewissenhaft, du räumst auf und denkst nach. Der Aufsatz gleich wird ein Klacks sein. Wir werden uns beide dahinter klemmen, wir kriegen das schon hin. Du wirst in deinem Kopf auf einen neuen, strahlenden Gedanken stoßen, sauber wie ein Teller nach dem Spülen. Er ging zur Nordhälfte, der Küche. Er zögerte keinen Augenblick und wischte den Boden auf. Fliegen hassen Chlorreinigergerüche. Er polierte das Telefon, das schon seit zwei Tagen schwieg. Ist das Leben nicht schön? Es ist, wie es ist, das steht schon mal fest. Endlich frei für Fontenelle und Konsorten, ging er wieder in sein Zimmer hinauf. Ein wüstes Durcheinander! Kein Vergleich mit dem Zimmer unten. Es war halb zwei Uhr morgens. Draußen Mondschein in Hülle und Fülle. Die Dive trug ihre silbernen Reflexe bis zu den Sternen. Die Mailbox war leer. Er war auf eine Flut von Beschimpfungen und flehentlichen Bitten gefasst, auf Morddrohungen. Die Erpresser ließen ihn fallen. Als hätten sie endgültig auf die Strafarbeit verzichtet und ihn entlassen. Er wählte Nummern und landete auf Anrufbeantwortern, verschickte Emails und erhielt keine Antwort. Er hatte ohnehin schon wenig Freunde. Sie waren ausgegangen, hatten ohne ihn ihren Spaß, vor morgen Abend würde er nichts mehr von ihnen hören. Sie würden bis zum letzten Moment warten und dann herummaulen.

Müde und verdreckt wie ein guter Arbeiter nach hartem Tagewerk, ließ er sich ein Bad einlaufen. Die Emaille glänzte wie nie seit dem Weggang seiner Mutter. Und kaum war das Wort gefallen, da sah er sie auch schon im klaren Wasser, mit ihrem lebendigen Haar und ihrer Haut, das Buch in den Händen. Dass er zu lachen und nach ihr zu baden wagte, fand er sehr kühn. Er verbot sich, auf die Wand zu sehen. Wenn ihr Schatten da wäre, und wenn nicht … Die Wand war leer. Er hatte ein Liedchen auf den Lippen, das sein Blut gefrieren ließ. Ein längst vergessenes Wiegenlied, Scheißspiel. Er lehnte den Kopf für einen Augenblick gegen die Emaille. Er erinnerte sich, dass auch sie das immer tat und er sich dann fragte, was sie wohl dachte. Weißt du, Pierrot, was ich machen würde, wenn … Einmal hatte er Tränen bemerkt. Und sie hatte gelacht: »Das ist doch nur Wasser, Pierrot, mach dir keine Gedanken.« Er richtete sich wieder auf. Weit entfernt sah er seine Füße. An einem Sonntag kann man gefahrlos krumm gewachsene Nägel schneiden. Er schlotterte vor Kälte. Man kann sie auch wachsen lassen. Ihm war kalt, aber sein Kopf glühte, ein weißer Ofen, in dem weder Rauch war noch Feuer, nur dieser Eindruck, dass die Wörter ohne einen einzigen

Schrei verbrannten. Langsam ließ er sich nach unten gleiten, bis der Kopf unter Wasser war. Er legte die Arme dicht an den Körper und ließ die Luft aus der Lunge entweichen. Fontenelle redete nicht mehr mit ihm. Die Wahrheit hatte nie die geringste Bedeutung gehabt. Schlussfolgerung: Geschlossene Hände sind es nicht mal wert, dass man sie abhackt, sie sind leer. Er wartete, ohne genau zu wissen, worauf. Sein Herz heulte auf dem Grunde eines Vulkans.

Ein Lachanfall trieb ihn aus dem Wasser. Noch bevor er seinen Schreibtisch erreichte, hatte er den Grund vergessen. Lange rang er nach Atem, über die Blätter gebeugt, auf die das Wasser tropfte. Jemand hatte ihm etwas ins Ohr gesagt. Er hatte in seinem Bett gelegen, und jemand hatte gesagt: »Hör mir zu, Pierrot, es ist wichtig.« Jemand sagte: »Weißt du, was ich machen würde, wenn …« Wenn was? Und was hatte Fontenelle damit zu tun? Er nahm Block und Stift mit und legte sich wieder mit geschlossenen Augen in die Badewanne. Die Augenblicke vergingen, und der Gedanke kehrte zurück, schöner als zuvor. Er lag im Bett, jemand las neben ihm. Er hörte, wie der Wind die Seiten anhob. »Weißt du was, Pierrot?« Er lag im Bett, und seine Mutter kam und gab ihm einen Kuss, ihr Haar war feucht. Es war am Abend, bevor sie wegging, aber wie hätte er wissen sollen, dass sie ohne ihn gehen würde. Er tat, als ob er schliefe, sie sagte: »Morgen sind wir weit weg von hier, wir gehen nach Spanien, ans Meer, aber psst, das ist ein Geheimnis.« Sie hatten gelacht wie zwei Spitzbuben. Und Pierre tastete lächelnd nach seinem Block auf dem Hocker, er wollte nur

Spanien schreiben, und die Wörter zogen an ihm vorbei wie ganz leichte Tierchen, die im Nu unsichtbar werden können, ein endloser Gänsemarsch durch eine Wüste. Sie waren so zahlreich, so schön, so zutraulich, ein ganzes Buch gab ein verlorenes Geheimnis für ihn her. Seine Finger entspannten sich, Block und Stift glitten ins Wasser. Und Pierre mit seinem geschundenen Körper voller Blutergüsse schlief in Spanien.

Wenn er seinen Aufsatz nicht abgab, würde man ihn von der Schule verweisen. Wenn man ihn von der Schule verwies, würde er weder Laura noch die kleine Ismene, noch seine Erpresserfreunde je wieder sehen. Er würde von hier weggehen, die Treppe hinuntersteigen, all den Bildern, die er liebte, den Rücken kehren, er würde nicht mehr in der Badewanne seiner Mutter baden, er würde ihren Namen nicht mehr in die Unterseite der Tischplatte ritzen, wo Marc nie nachgesehen hatte, darauf war er nicht gekommen. Er wäre gezwungen, Marc dorthin zu folgen, wo seine Mutter war, inzwischen erwachsen genug, ihn allein auf dem Motorrad mitzunehmen, ohne ihr Geheimnis zu verraten. Wenn er einen guten Aufsatz abgab, würde Laura sagen: Sie dürfen ihn uns nicht entführen, Monsieur Loupiens, eine Lehranstalt wie die unsere kann stolz sein auf einen so intelligenten Schüler. Wenn er ihn nicht abgab, würde man ihn mitten auf den Hof stellen, und alle würden mit dem Finger auf ihn zeigen, auch Laura. Seine Vater würde mit einem Köfferchen und zwei Busfahrkarten kommen. Deinetwegen habe ich alles verkauft, würde er sagen. Deinetwegen müssen wir bis ans Ende unserer Tage Ananas essen. Deine Mutter hasste diese Früchte, sie sagte, sie sähen dir ähnlich.

Pierre zitterte im kalten Wasser, seine Zähne schlugen gegeneinander. Draußen wurde es hell. Sein Knie stieß gegen den an der Oberfläche treibenden Konzeptblock, der angeschwollen war wie arme Ritter. Ein hübsches Muttertagsgeschenk. In einen Müllsack verpackt und mit der Aufschrift »nicht im Bett zu lesen« versehen. Auf dem Badewannenboden blutete der Mitsubishi.

Anrufbeantworter stumm, Mailbox leer. Aufsatz null Punkte. Pierre eine Null. Alles war blank bei ihm, alles atmete Verzweiflung. Er sah durchs Dachfenster. Der Horizont legte einen rosa Tintenfaden über die Hügel. Im Garten kein Unterschied zwischen dem Zustand vor und nach der Füsilierung. Er zog eins der T-Shirts vom Boden und die erstbeste Hose an. Er putzte sich die Zähne und sah dabei das Gewehr, das er auf dem Klodeckel hatte liegen lassen. Es war offen. Eine Patrone steckte noch im Lauf. Mit der man aus nächster Nähe eine Blume zerschießen konnte. Oder Fontenelles Hand. Er war leicht, schwebend, schwirrend. Der Spiegel zeigte ihm die Visage eines auf Besserung seines Zustands nicht sonderlich erpichten Rekonvaleszenten. Vorn waren seine Haare viel zu lang. Er schnitt sie ab, so dass die Narbe sichtbar wurde. Er rasierte sich. Schön sah er aus so ohne Haare und Stoppeln und mit einer bananenschalengroßen Narbe quer über der Stirn. Qué tal, Spanier?

Von einem britischen Rasierer wechselte er zu einem japanischen Stift. Er nahm das nächstbeste Heft, in dem genug leere Seiten waren. Und schrieb: Fontenelle geht mir auf den Geist, und nicht nur er. Diese wichtigen Erklärungen strich er durch. Ihm blieben noch etwa zehn Stunden, bis er ein von eigener Hand getötetes Gehirn sein würde. Unter seinen Füßen rollten die kalten Patronenhülsen. Bald würde der Mann mit den stahlgrauen Fragen in den Augen zurückkehren. Er wollte lieber nicht beim Schreiben ertappt werden, zeig das her, kleiner Dummkopf, zeig Papa deine böse Hurenzunge. Er warf Notizen weg, strich durch, schrieb dasselbe noch einmal, schwor sich, nicht mehr nach jedem Durchstreichen eine neue Seite aufzuschlagen, überhaupt nicht mehr durchzustreichen, zwischen den Wörtern keine Abstände mehr zu lassen, in denen man im Stehen einschlafen konnte. Er riss das letzte Blatt heraus und ging nach oben, um sein privates Heft unter der Matratze hervorzuholen. Er hatte nur noch einen Stift in seinem Becher und die Freiheit von achtundzwanzig kleinen Blättern. Die Zeit drehte sich, beschrieb Kreise, Ecken, Löcher. *Sehr geehrter Herr Loupiens, eine Suchaktion des Zolls im Étang de Berre hat die Überreste einer Motorjacht zu Tage gefördert, deren Eigentümerin Madame Nelly Collinet war.* Er strich es durch. Er wollte nichts wissen. Die Wahrheit, die wahre, die nicht mit Fontenelle und den Meteoriten vom Himmel fiel, sondern im Schnee mit dem Motorrad wegfuhr und ihn in einem verwaisten Bett zurückließ, die lebende Wahrheit war das Letzte, was er wissen wollte. Er ertränkte dieses Grauen unter einem halben Liter Tinte. Auf der Suche nach neuem Schwung griff er nach dem Zitatenlexikon: *Wenn ich mich daran erinnere, so nur kaum.* Zum Kotzen! Übrigens erinnerte er sich. Er wollte gerade den Stift zerbrechen, als ihm ein Satz aus der Kugel floss, cin Satz zog den anderen nach sich, und mühelos füllte er siebzehn Seiten, seine Hand öffnete sich wie eine Auster in ihrem Element, er sprach, zeigte, schloss, und kurz vor den Schlussworten ging ihm die Tinte aus. Er hätte sie ohnehin nicht geschrieben, diese letzten Worte. Auch unfertig verdiente dieser Aufsatz seine 20 Punkte. Mit rotem Stift setzte er ein 20, *exzellente Arbeit* darunter.

Draußen war es dunkel. Außer dem Dynamo am Staudamm war über dem Fluss nichts zu hören, kein vom Wasser herangetragenes Lachen oder Stimmengeräusch. Es war zehn Uhr, Pierre las seinen Aufsatz noch einmal durch, um ihn auszudrucken. Um Viertel nach zehn entschloss er sich, den ersten Satz zu streichen. Der zweite verlor seinen Sinn, er strich ihn gegen halb elf. Er benutzte einen dicken grünen Filzstift mit abgerundeter konischer Spitze. Den dritten Satz strich er automatisch, ohne ihn vorher noch einmal gelesen zu haben. Zehn Minuten vor Mitternacht war vom Aufsatz nichts mehr übrig, kein einziges Wort. Er fühlte sich erleichtert. Und in diesem Moment hörte er unten Schritte.

KAPITEL 18

Pierre humpelte auf dem Strandpfad hinter dem Kleinen her. Ein schwarzer Regenbogen verdeckte den Mond, er hatte Mühe mitzukommen, he, nicht so schnell. Der Kleine ließ ihn einen Augenblick auf seine Schulter gestützt rasten und zu Atem kommen. Man müsse weiter, sagte seine singende Stimme freundlich. Man dürfe die anderen nicht warten lassen. Gun werde sich aufregen und dann gebe es Ärger, sie seien fast da. Es geht, sagte Pierre, blind vor Schmerz, es geht besser, los weiter. Es ging ihm immer noch schlecht, aber die Angst war verschwunden. Ihm war klar geworden, woran er sich halten konnte. Wie ein in der Glut stochernder Hexenmeister hatte er sich über seine Geschichte gebeugt. Er hatte seine verbrannten Zehen anzusehen gewagt. Er war in dieses unruhige Haus zurückgekehrt, wo er an manchen Tagen Glücklichsein vorgetäuscht hatte. Ja, das war er: diese Nächte, die Schreie, die Reifenspuren, der geschmolzene Schnee, die Shampooflasche, die weißen Nelken, die müde Stimme, die traurigen Geburtstagskuchen, der Rum und die Flennerei, diese tagtägliche Komödie, dieser undurchdringliche Mann, den er seinen Vater nannte. Wo war das Kind, das den Schatten seiner Mutter hütete und sich von ihm behütet fühlte? Wo das Kind, das Lauras Brüste in den Tisch ritzte und Ismenes elfenbeinzarten Bauch streichelte? Im Gefängnis. In wenigen Minuten würde er ein Versuchskarnickel sein, ein Krimineller, der auf ein weißes Wasserflugzeug hoffte.

Und während er dem Kleinen folgte, dessen Leinenschuhe den Sand aufwirbelten, dachte er, dass es an der Zeit wäre, sich aus der Familienfalle zu befreien. Er spürte die Meeresbrise und sah die Rauchspiralen des Feuers am Strand aufsteigen. Endlich wollte er dort sein, endlich in diesem Kreis sprechen, zu dem sich die Karnickel in der beharrlichen Hoffnung auf eine unmögliche Flucht allnächtlich versammelten.

Das Angebot, sich hinzusetzen, lehnte er ab. Ohne sich um den Benzinkanister, Guns Hut, die bedrohlich lastende Stille zu kümmern, sah Pierre diese kleinen menschlichen Tiere an, die bereit waren, ihm zuzuhören, ihm zu applaudieren, ihn nach Römerart auszubuhen, den Daumen in den Sand zu bohren und die Nacht mit Verwünschungen seiner Asche zu beenden. Sie warteten. Das Licht spukte über diese fantastische Versammlung verästelter Schattengestalten, ließ Augen, Hände, Zähne aufleuchten. Er hielt den Atem an und blickte ein letztes Mal und mit einer Gefühlsbewegung, die kein Mitleid war, wohl aber Bedauern über eine zerstörte Jugend, auf diesen Pierre, von dem er sich für einige Zeit und vielleicht für immer würde verabschieden müssen.

»Salut«, begann er und begab sich, ganz auf die Stetigkeit der auf ihn gerichteten Blicke konzentriert, in die Geschichte, die seine Legende auf Désertas werden sollte.

»Ich habe einen Menschen getötet und fand es ganz natürlich, als ich es tat. Ihr seid die Ersten, denen ich davon erzähle, ich kenne etliche, die liebend gern an eurer Stelle wären. Die Anwälte und die Bullen, die meinten auch, sie säßen auf den Logenplätzen. Sie freuten sich auf den Beginn des Schauspiels, sie drohten mir, du wirst schon sehen, warte nur, bis du vor dem Richter stehst ...

Die Haftrichterin sollte sich eine blutige Nase holen bei dem Versuch, die durchgedrehten Uhrzeiger dieses Wochenendes, an das Pierre sich offensichtlich nicht erinnern konnte, richtig zu stellen. Sie sollte an der Sanftheit dieser großen braunen Augen abprallen, an dieser stumpfen, vom Unglück noch zusätzlich gedämpften Stimme, die ohne jede Provokation und wie ein Vogel, der seinen Ruf wiederholt, um Vogel zu bleiben, sagen würde: Ich mache nur Spaß ... Sie sollte abprallen am tränenlosen Kummer eines Jungen, der alles, bis hin zu seinem Namen, hatte hinunterschlucken müssen.

Nach bestem Wissen und Gewissen hatte sie einen Fall untersucht, mit dem sie lieber nie betraut worden wäre. Der Psychiater sprach von *neurula*, dem Stadium, in dem sich das Nervensystem des Embryos zu entwickeln beginnt. Bei Pierre wurde ein deutlicher Hang festgestellt, Fragen, die ihm gestellt wurden, offen zu lassen. Dieser Charakterzug wurde schon in den frühesten Schulzeugnissen erwähnt. Dann defilierten die Zeugen an ihr vorbei. Eines Nachmittags hörte sie die freiwillige Zeugenaussage einer verstört blickenden Schülerin aus der Quinta. Sie war nur gekommen, um zu sagen, dass Pierre nett sei. Jeden Morgen erhielt die Richterin ein Briefchen, das sie zur Analyse ans kriminologische Labor weiterreichte. Darin formulierte Pierre in gewähltem Französisch die abwegige Bitte, seinen Vater sehen und in dessen Gegenwart aussagen zu dürfen, sie hätten nichts zu verbergen. Er finde es zudem befremdlich, erneut um sein Aufgabenheft bitten zu müssen, er brauche es dringend, um seinen Aufsatz fertig zu schreiben.

Man erhoffte sich viel von den in seinem Zimmer sichergestellten Blättern mit den Durchstreichungen. Man war sicher, die gestrichenen Wörter unter der Schicht des grünen Filzstifts unversehrt freilegen zu können, aber das Beweisstück kam unentschlüsselt aus dem Labor. Der Alkohol des Filzstifts war in den des Tintenschreibers diffundiert und hatte ihn chemisch verändert. Außer dem Satz Fontenelles war nichts lesbar, und es hatte sich auch nichts in das Papier eingedrückt. Man brachte seinen Schreibtisch, die Pressspanplatte mit ihren tausend Zeichen der Bedrängnis, ins Labor. Man zog tausend Schlüsse daraus. Ein Jahr verstrich. Der Prozess fand statt. Die Zuschauerbänke waren voll. Eide wurden geleistet. Die Zukunft des Jugendlichen geregelt. Pierre hatte die Zähne nur zu Scherzen auseinander bekommen. Ohne mit der Wimper zu zucken, hörte er das Urteil, achtzehn Jahre, dann sah man ihn etwas an den Fingern abzählen. Draußen lächelte er Laura zu.

Als sie sah, wie sich die Gittertüren des Lieferwagens hinter ihm schlossen, hätte sie sie am liebsten gleich wieder geöffnet. Jahre später wartete sie in ähnlicher Verfassung am Fuß einer ungreifbaren Mauer, eines administrativen Festungswalls, auf dessen anderer Seite einem unsichtbaren Pierre der Begriff des Morgen abhanden gekommen war.

Laura war es gewesen, die Pierre zur Gendarmerie gebracht hatte, damit er sich dort stellte. Am Montagabend, sie hatte ihn tagsüber nicht in der Schule gesehen, hatte sie eine dieser heftigen Vorahnungen gehabt, die sie nachts überfielen und mit dem Gefühl aus dem Schlaf rissen, sie müsse sofort etwas unternehmen. Sie zog sich an und ging zum Fluss hinunter. Die Kulisse war unverändert, der unwandelbare Geländewagen unter dem schwarzen Laub des Maulbeerbaums, das Haus hinter den duftenden Linden, das Licht im oberen Stock, das für alle Ewigkeit zu brennen schien.

Es war zwei Uhr morgens. Wie von einem regelmäßigen Atem wurde der Duft der Linden zu ihr getragen. Eine schöne Sommernacht, lind und blau. Nachdem sie einige Zeit auf der Straße auf und ab gegangen war, stieg sie über das Mäuerchen und näherte sich dem Haus. Die Tür stand offen, man sah den blassen Schatten der Spüle, das Wachstuch auf dem Tisch, die Treppe, das Spiegeln eines entfernten Fensters. Ohne zu zögern, trat sie ein, eine angstvolle Intuition zog sie zu diesem Lichtschein, der sich über die Stufen ergoss. Sie stieg die Wendeltreppe hinauf, die vor ihr schon drei Menschen benutzt hatten. Sie gelangte in eine Mansarde. Sie war leer, wie überstürzt verlassen. Der vergoldete Stern eines längst vergangenen Weihnachten war mit einem Faden an einem Dachbalken befestigt; eine rote Lampe beleuchtete das wüste Durcheinander auf dem Boden: zerknittertes Papier, Müsli, Kugelschreiber, Bücher, Patronenhülsen, verknäuelte Kleidungsstücke. Es roch ein wenig stechend. Mit weichen Knien ging sie durchs Zimmer zum Tisch und las ihren eigenen Namen in Schönschrift auf einem großen Heft. Sie hob auf, was von Nellys Foto übrig war, nur der versilberte Rahmen hob sich noch von der Wand ab, die neben einem Polaroid-Bild mit Einschüssen bedeckt war. Sie versuchte, einen kühlen Kopf zu behalten. Sie hatte hier nichts zu suchen. Pierre und Marc waren unterwegs. Sie würden zurückkommen. Wenn sie sich nicht umgehend aus dem Staub machte, würde sie den Rest der Nacht auf dem Polizeirevier verbringen. Ihr Herz klopfte wild beim Anblick der leeren Patronenhülsen. Jedes Mal, wenn sie sich zum Gehen anschickte, erschien vor ihr das Bild eines gewissenhaft schreibenden Schülers, den sein Vater von hinten erschießt. Sie betrachtete die Tintenflecke auf der Tischplatte, immer erschienen sie ihr rot, aber, so redete sie sich selbst gut zu, dann wäre doch überall Blut …

Sie wandte sich dem in der Dunkelheit liegenden Schlafzimmer zu. Ein fast vertrauter Ort. Nelly hatte ihr von den Nächten dort erzählt, mit dem frustrierten Mann unten, der sich für ihren Wächter hielt, der alle Augenblicke heraufkam, um zu sehen, ob alles in Ordnung sei, ob sie nichts bräuchten, sie und ihr kleiner Körper. Ihre Augen gewöhnten sich langsam an die Dunkelheit, so dass sie den Bauch einer altmodischen Badewanne erkennen konnte, und dann sträubten sich ihr die Haare. Sie war nicht allein. Da war eine reglose Gestalt, jemand beobachtete sie. »Oh«, stöhnte sie. Sie dachte nicht nach, sie stürzte los. Fieberhaft tastete sie über die Wände, bis sie endlich zwischen Spiegel und Waschbecken einen Schalter fand; drei Birnen leuchteten auf. In der Badewanne saß Pierre, vollständig angezogen, kurz geschoren, mit wächserner Haut, die Lippen ernst geschlossen, und starrte ins Unendliche. Im Wasser lag ein Gewehr. Sie dachte, er sei tot, bis seine Finger, die den Stift an die Brust drückten, bebten.

»Pierre.«

Mehrmals wiederholte sie seinen Namen, er schien sie nicht zu hören. Sie legte ihre Hand auf seinen Arm, und er bekam Gänsehaut. »Wie lange bist du schon da drin? Wo ist dein Vater?«

Seine Hände spielten mit dem Stift, ängstlich darauf bedacht, ihn vor dem Wasser zu schützen. Und plötzlich lösten sich seine Lippen, und er seufzte:

»Ich hab meinen Aufsatz nicht fertig …«

»Wo ist dein Vater?«

»… aber ich schreib ihn fertig. Höchstens noch eine Stunde. Frage der Intelligenz.«

»Wo ist er?«, schrie Laura und schüttelte ihn. Pierre runzelte die Stirn.

»Das müssen Sie ihn fragen, ich habe zu tun.«

Er umklammerte die emaillierten Ränder, er versuchte aufzustehen.

Für einige Sekunden fand Laura diese Antwort beruhigend. Sie half dieser Art Wasserleiche aus dem Wasser. Es war eine gute Eingebung gewesen, hierher zu kommen. Sie würde auf Marc warten, bis er käme. Diesmal käme er nicht ohne offiziellen Bericht davon, und sein Sohn nicht ohne Meldung. Pierre stand da wie ein Baby, das mit ängstlichem Entzücken die aufrechte Haltung entdeckt. Laura legte einen Arm um ihn und stützte ihn unter der Achsel, er nahm sie bei der Taille und schien tanzen zu wollen, als er sie zum Tisch lenkte. Tropfend sank er auf den Hocker.

»Wo ist dein Vater?«

Er ließ seinen Hocker kreiseln und sagte schwach: »Still.« Er wiederholte es mit einer eigenartigen Stimme, er imitierte jemanden; sie schauderte, so bedrohlich wirkte es. Dann öffnete Pierre ein Heft. Er fühlte, wie Laura ihn ansah und wie ihn dieses Zittern überkam, das seine Schrift unleserlich machte.

»Pierre, deine Hände.«

Er packte den Stift, hob ihn wie eine Waffe und zerschmetterte ihn auf dem Tisch.

Seine Hände zittern, das weiß er besser als jeder sonst, und Marc hat es ihm gestern Abend bei der Rückkehr aus Spanien oder woher auch immer gesagt. Pierre, deine Hände … Ist das alles, was du mir zu sagen hast?, hatte er geantwortet. Wäre er weniger weggetreten gewesen, hätte er sicher bemerkt, dass auch sein Vater nicht ganz auf der Höhe war. Und es hätte ihn verblüfft, dass er kein Wort über die versengten Patronenhülsen verlor.

»Fertig mit dem Aufsatz?«

»Schon seit zwei Tagen. Ich hab ihn schon zur Schule gebracht. Die Direxe will ihn in unserer Zeitung veröffentlichen. Wenn du ihn liest, weißt du, warum.«

Er wusste gar nicht, was er noch alles erfinden sollte, um seinen Vater glücklich zu machen. Er war nicht mehr allein. Das Wochenende war vorbei. Er konnte die welkenden Nelken und das trostlose Flattern der Falter vergessen.

»Zeigst du ihn mir?«

»Ich hab ihn nicht mehr.«

»Das Konzept?«

»Ich hab keins gemacht. Ein doofes Thema. Du fängst an, und dann läuft's wie von selbst.«

Wenn er geahnt hätte, dass er ihn lesen wollte, hätte er ein Doppel behalten. Er würde ihn aus dem Kopf noch einmal schreiben, haargenau so, bis aufs letzte Komma. Und in seiner Euphorie suchte Pierre nach einem Satz, der genau ausdrücken würde, wie beglückend er es fand, Marcs Sohn zu sein. Seine Hände zitterten schon weniger. Hast du das gesehen? Er streckte die Arme aus. Stützte sich mit den Fingerspitzen gegen die Wand.

»Das verdanke ich dir, dass ich so weit bin.«

»Umso besser, Sohnemann. Du hast wohl ganze Arbeit geleistet.«

Als wolle er sagen: Bei dem Durcheinander, das du angerichtet hast, sollte mich das sehr wundern.

»Was hast du mit deinen Haaren gemacht?«

»Mir war zu heiß. Die Narbe juckte.«

Marcs Hand fuhr rasch über sein Bürstenhaar und

dann hinunter zu den siebzehn Zeile für Zeile und dann noch einmal diagonal durchgestrichenen Seiten. Er blätterte darin. »Komisches Thema«, sagte er, als er Fontenelles Satz las, trat dann zurück und gab dem Wust zerknitterten Papiers einen vagen Tritt.

»Gib's dran, Sohnemann. Du kannst ihn morgen früh vor der Schule schreiben. Wir brauchen bloß früh aufzustehen, ich helf dir dabei. Ich hab Hunger.«

Die letzten Gäste brachen gerade auf, als sie bei der *Galiote* anlangten, dem einzigen nach Mitternacht noch offenen Restaurant. Sie ließen sich an einem Tisch vor dem Lkw nieder, über ihnen ein schöner schwarzer, wie frostklarer Himmel. Der leichte Wind spielte in den Fransen des Sonnenschirms und trug die verschwimmenden Klänge eines fernen Festes heran. Im Radio auf dem Tresen lief ein Liedchen; als sie mit Essen fertig waren, lief es immer noch und immer noch im Rhythmus des blauen Neonblinkens auf dem Dach.

Pierre, vom Schlafmangel berauscht wie von einer Droge, summte mit. Er hatte nur an ein paar Fritten geknabbert und langweilte sich nun. Marc auf der anderen Seite des Tisches ließ sich Zeit. Er war schon bei der zweiten Aufschnittplatte, und ein Bier folgte dem anderen. Sie waren beide nicht sehr gesprächig.

»Ich komm gleich wieder.«

Schon recht, dachte Pierre bei sich und blickte seinem Vater nach, der hinter dem Lkw verschwand. Er fühlte sich leicht und sicher. Es gibt Augenblicke, in denen man über dem Nichts schwebt und nur von ein paar einfachen freundlichen Worten vor dem Absturz bewahrt wird. Die Wirtin brachte Brot. Sie lächelte Pierre an, dann die Sterne. Auch sie summte. Sie liebte dieses Lied so sehr, dass sie mit dem Erstbesten hier auf dem staubigen Grasplatz inmitten der Katzen hätte dazu tanzen mögen, schon recht. Vielleicht waren es einige sanfte Worte, nachts, zu den Klängen eines Akkordeons, welche die einzig wirklich lohnende Wahrheit in der Hand zum Beben brachten.

»Eigentlich geht's uns doch gut.« Marc war zurückgekommen.

Pierre stand auf. Die Wirtin war etwa fünfzig, möchten Sie nicht tanzen, Madame? Was machst du denn für Sachen?, fragte Marc lachend. Das siehst du doch, ich tanze mit der Wirtin, und ganz wie er es sich gedacht hatte, hatte sie Schwung in den Beinen, tanzte sie leicht wie ein Kind, und fröhlich drehten sie sich im blauen Neonblinken des Lkws. Ein verteufeltes Paar, sagte Marc, drehte seinen Stuhl in ihre Richtung, trank auf ihr Wohl und begann dann etwas unrhythmisch mitzuklatschen, *schon recht*. Die Musik verstummte für einen Moment und setzte dann von selbst wieder ein, Pierre hatte seine Dame an Marc abgetreten, zum ersten Mal sah er seinen Vater in den Armen einer Frau, Marc ließ sich bis zum Bürgersteig wiegen und wieder zurück in den Lichtschein des Lkws, wo ein paar Worte das ganze Leben umfassten, er blickte auf seinen Sohn, jetzt bin ich dran, rief Pierre, *so ist das Leben.*

Atemlos saßen sie einander wieder gegenüber, die Wirtin brachte zwei Bier. Sie stießen auf das Bier an, auf die Schrotthändlerinnen, auf die Sterne, jeder in seiner Welt.

»Da gibt's was, das ist nicht so toll, Sohnemann ... Wie soll ich's dir sagen? Ich war nicht in Spanien.«

»Mir doch egal.«

»Ich hab das Wochenende im Krankenhaus verbracht. Magst du nicht einen kleinen Schnaps?«

Als einzige Antwort goss sich Pierre ein Glas Wasser ein.

»Dann trink ich eben allein«, sagte Marc ein wenig enttäuscht. »Nein, Sohnemann, wirklich nicht toll, ich muss mit dir reden.« Er fasste nach Pierres Hand und drängte ihn, doch bitte einen Schnaps zu trinken.

»Wenn du unbedingt willst«, sagte Pierre, und Marc wartete, bis er mehrere getrunken hatte, zur Entspannung, er bemerkte nicht, dass Pierre die Gläser zwischen seinen Beinen auf den Boden leerte.

Hinter dem Tresen trank die Wirtin mit einem Strohhalm eine Fanta Orange und lächelte vor sich hin.

»Hör zu, Sohnemann, es fällt mir schwer, darüber zu sprechen. Früher hättest du mich gefragt, wo ich schon wieder gewesen bin, du hättest mir vorgeworfen, dass ich deine Mutter ohne dich besuche, dass ich dich immer ausschließe, du hättest mir jedes einzelne Wort, das sie gesagt hatte, aus der Nase gezogen, bis ich dich zum Teufel geschickt hätte. Du bist anders geworden.«

»Verzeih mir«, seufzte Pierre und winkte der Wirtin mit seinem leeren Glas, er war unglücklich, er fühlte sich gefangen und überfordert von diesen längst vergangenen Ereignissen, für die er doch schon sein Leben gegeben hatte. Er sah seinen Vater an und fand ihn gealtert. Was hatte er sich nun schon wieder einfallen lassen?

»Also, was ist mit meiner Mutter?«

»Motorradunfall«, sagte Marc klanglos.

Nach einem kurzen Schweigen brach Pierre in Lachen aus und trank versehentlich seinen Rum.

»Dann brauchen wir sie bloß noch neben dem unbekannten Soldaten zu begraben. Los, zahl und lass uns abhauen.«

Marcs Profil im Schatten wirkte verkrampft. Pierre lehnte sich über den Tisch.

»Was nicht in Ordnung, Suffkopp? Ich hab in deinem Bett den Brief vom Zoll gefunden. Ich weiß alles.«

»Du weißt was?«

»Ich weiß, dass sie gestern in deinen Armen gestorben ist.«

»Und was noch?«

»So einiges.« Pierre stand auf. »Und ich glaube, ich habe es immer gewusst.«

Es erstaunte ihn, dass solche Worte ausgesprochen werden konnten. Sie hatten überhaupt keinen Sinn, aber sie hatten ihm immer auf der Zunge gelegen, auf dem ganzen Körper, und jetzt komm, Suffkopp, Arschloch, Drecksack.

»Komm jetzt, Papa, ich bin müde«, und in seinem Kopf hörte er: Mistkerl, Lügner.

Marc ließ ihn nicht aus den Augen, als er ein Bündel Banknoten aus der Tasche zog und auf den Tisch warf.

»Ich habe bezahlt. Ist das alles?«

»Das ist alles. Ich weiß Bescheid über die Motorjacht, das Feuer, den Étang de Berre. Und das langt mir, ich schwör's dir, mehr muss wirklich nicht sein.«

Er versuchte das Lied mitzupfeifen, das immer noch lief, aber es gelang ihm nicht. In der diesigen Helligkeit sah er die Wirtin hinter dem Tresen die Arme öffnen, bereit zu einem weiteren Tänzchen und einer weiteren Reise, aber er dachte nur noch an Flucht. Eines Tages sollte er reichlich Gelegenheit haben, es zu bereuen. Er würde die unendlichen Nächte einer Insel ohne wirklichen Namen haben, um zähneknirschend die Minute, in der sein Leben entgleiste, noch einmal und anders zu durchleben, eine Schrotthändlerin reifen Alters in die Arme zu nehmen und sich mit ihr im besänftigten Licht des anbrechenden Morgens zu drehen.

»Setz dich wieder hin.«

»Ich will nichts wissen«, stöhnte Pierre und trat weiter zurück, der Boden bebte unter seinen Füßen, fast wäre er der Länge nach hingefallen.

Schwankend ging er um den Lkw herum, die Musik erreichte ihn nur noch gedämpft, schon recht. Auf der Rückseite standen Gasflaschen, Ölkanister, Kistenstapel hinter einem Gitter mit riesigen Löchern, ein Paradies für Biertrinker. Und auf der Vorderseite die Berge.

Er hielt sich mit beiden Händen am Gitter fest, als er Schritte hörte.

»Du spionierst mir nach«, sagte er dumpf. Und wie all die anderen Biertrinker klammerte er sich an die Sterne und suchte nach ihren Namen, die er nie gelernt hatte, Kassiopeia, Vega, Regulus, das Lied wirbelte inmitten der Sterne, er ertrug es nicht mehr.

»He, Sohnemann«, sagte Marc im Näherkommen. »Was erzählst du da für eine Geschichte mit der Salzlagune? Auf der Salzlagune waren wir wie zwei Turteltauben. Wir liebten uns fürs Leben, deine Mutter und ich. Und ohne deinen beschissenen Vater würden wir uns immer noch lieben.«

Er legte ihm die Hand auf die Schulter, aber Pierre machte sich los.

»Lass mich, Suffkopp. Ich fahr nicht mit dir zurück.«

»Übrigens war es keine Salzlagune, Sohnemann, und auch nicht damals, man hat dich angelogen. Es war da hinten, direkt gegenüber ...«

Bevor er seinen Satz zu Ende bringen konnte, hatte Pierre sich umgewandt und war ihm an die Gurgel gesprungen, der Sprung einer bis aufs Skelett abgemagerten Katze mit bloßliegenden Nerven. Marc fiel auf den Rücken. Ich hab mich gestoßen, dachte er, so ist das Leben, lass mich los, Sohnemann. Pierre lag auf ihm, Wange an Wange, die Hände um seinen Hals, und murmelte: Halt den Mund, Papa, halt den Mund, und drückte, so fest er konnte, um nichts mehr zu hören als ein Gurgeln, ein stimmloses Röcheln, drückte, um gar nichts mehr zu hören. Und Marc, schon mit geschlossenen Augen, fragte sich, ob er seinen Satz zu Ende gebracht hatte oder nicht, ob er Zeit genug gehabt hatte, bis ans Ende der Worte zu gehen, die er sagen wollte, wir sind glücklich miteinander, du und ich, wir gleichen uns, Sohnemann, es ist, wie sie sagte, wir leben in einer Art Osmose. Was das ist? Man liebt sich, und man tut sich gegenseitig weh, auf ganz kleiner Flamme. Man muss aufpassen mit den ganz kleinen Flammen, deine Mutter wusste es genau, deine Mutter ... In ihren Ohren ist ein Zischen, aber nicht von den Schneeflocken, sie kann sich nicht bewegen, nicht schreien, beim Atmen wird ihr schlecht. Sie ist ein wenig traurig. Sie lebt noch einige Augenblicke, die in der Tiefe eines lichtlosen Abgrunds zu Ewigkeit werden. Schnee, weiße Nelken, sie vergisst sie schon. Wie schnell man am Ende vergisst. Dein kleiner Körper, Nelly.